책물고기

묘보설림
004

책물고기 書魚

왕웨이렌

김택규 옮김

글항아리

| 일러두기 |

- 이 책의 저본은 王威廉, 『聽鹽生長的聲音』(花城出版社, 2015)이다.
- 본문 각주는 모두 옮긴이 주다.

차례

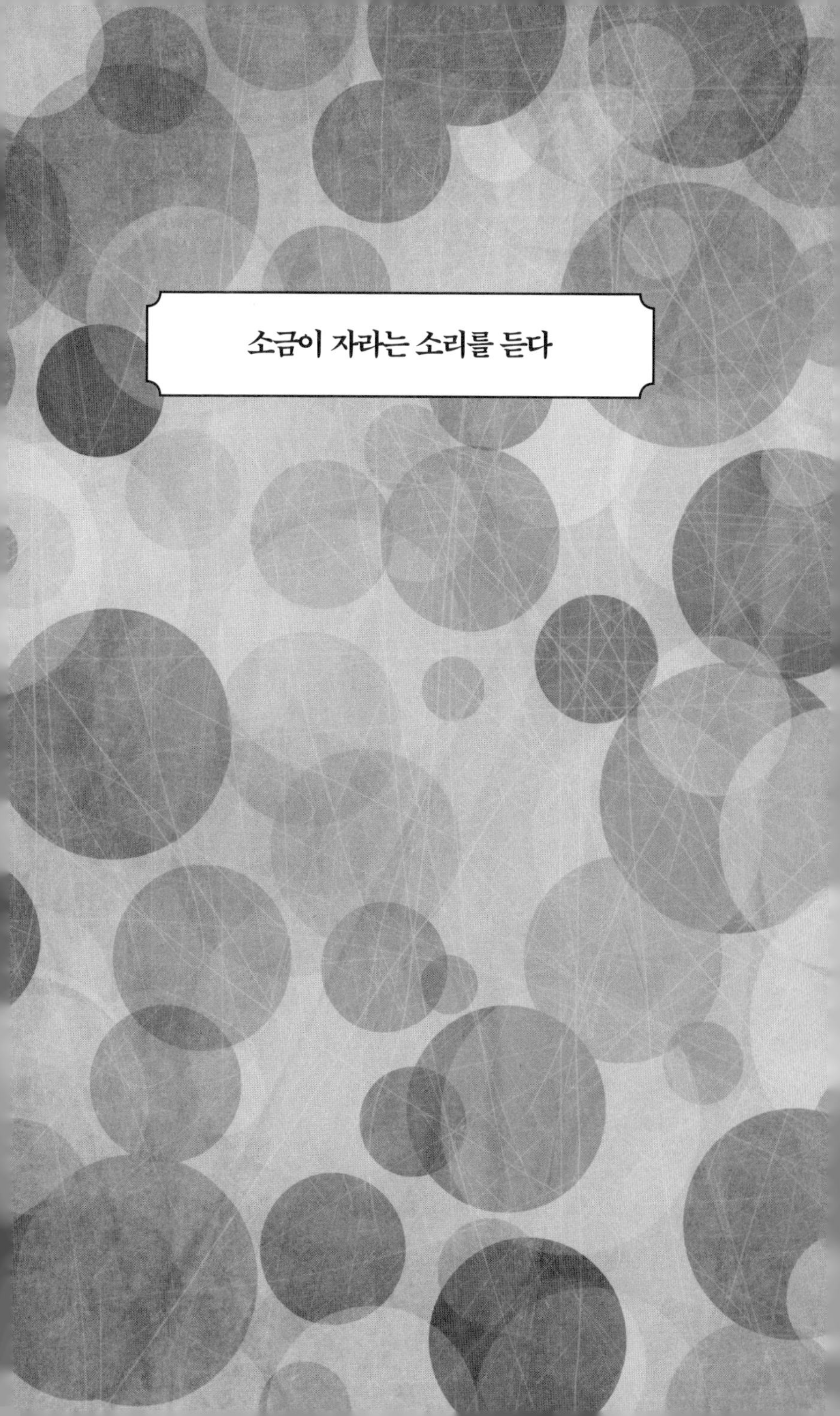
소금이 자라는 소리를 듣다

오후 네 시, 나는 공장을 나와 은빛의 소금밭이 하늘 끝까지 이어져 있는 광경을 보다가 문득 울고 싶었다. 그 충동은 요즘 갈수록 빈번하게 나를 찾아온다. 방금 샤오딩小汀의 전화를 받았다. 그는 티베트로 가는 길에 이곳에 들러 나를 만나고 싶다고 했다. 지금껏 오로지 나를 만날 목적으로 온 사람은 없었다. 전부 지나가는 길에 나를 만나러 왔다. 나는 이미 익숙해졌다. 이 지역은 그저 스쳐 지나가면 족한 곳이다. 나는 화학실험실 입구의 계단 앞에 가서 앉았다. 건물 지붕의 대형 스피커에서 안전생산 수칙을 읽는 소리가 흘러나오고 있었다. 샤링夏玲의 그 목소리는 더는 우리가 처음 사귀던 그때처럼 듣기 좋지 않았다. 우리가 부엌에서 다툴 때와 마찬가지로 딱딱하고 메마르게 들렸다.

나는 샤링이 무슨 심정으로 그 수칙들을 읽고 있는지 알지 못했고 또 그 사건이 일어난 지 벌써 한 달이 지났는데도 아직 그 일을 받아들일 수 없었다. 원래 죽도록 좋아하는 술도 마시지 않았다. 스스로 뉘우쳐서 술을 끊은 것이 아니라 무서워서 못 마시는 것이었다. 술만 마시면 자오趙 형의 그 얼굴이 떠오르기 때문이었다. 그날 밤 우리는 술을 많이 마셨고 자오 형은 소금호수에 빠졌다. 사람들이 발견했을 때, 자오 형의 얼굴에는 소금꽃이 가득했고 눈알도 빽빽한 흰색 막에 덮여 있어서 마치 그 소금이 기괴한 생명을 얻은 듯했다. 나는 그것을 보자마자 명치가 홧홧해질 때까지 밤새 마신 술을 다 토했다. 그 토사물은 소금밭 깊이 스며들어 더러운 구덩이를 만들었다. 그 모양은 꼭 흉측하게 벌어진 괴수의 아가리 같았다. 나는 무서워서 더 볼 수가 없었다. 그것이 달려들어 나를 집어삼킬 것만 같았다.

이제 샤오딩이 나를 보러 올 것이다. 그는 조금 흥분된 목소리로 전설의 소금호수를 보고 싶다고 했다. 나는 은색으로 반짝이는 사방을 둘러보았다. 이곳에 뭐가 볼만한 것이 있는지 이해가 가지 않았다. 물론 오랜만에 샤오딩과 재회하는 것은 내게도 기쁜 일이었다. 샤오딩은 내 고등학교 동창이었고 우리 둘은 똑같이 성적이 형편없어서 담임 선생은 우리를 교실 맨 마지막 줄에 앉혔다. 수업 시간마다 목을 움츠리고 있던 우리는 언제나 있으나 마나 한 몇 명에 속했다. 말하고 보니 내 등은 바로 그때 굽어버렸다. 샤오딩은 나보다 성격이 좋았다. 자신을 비하한 적도 없고 푸대접을 받는다는 생각도 하지 않았다. 수업 시간에는 멍하니 있거나 그림을 그렸다. 그가 한 여학생의 옆얼굴을 진짜처럼 그렸던 것이 생각난다. 안타깝게도 그 여학생의 이름은 까먹었다. 샤오딩은 그녀를 몰래 좋아했던 것이 분명하다. 샤오딩이 그림을 그리고 있을 때, 나는 한쪽에 웅크리고 앉아 가사를 구상하고 있었다. 작곡을 조금 할 줄 알아서 속으로 멜로디를 흥얼거린 뒤에 어울리는 가사를 떠올렸다. 보통 한두 마디를 쓰고 나면 수업이 끝났고 그러면 다들 시끄럽게 뛰어다니는 통에 내 구상은 뚝 끊기곤 했다. 그래서 나는 조용한 교실을 무척 동경했다.

몇 년 뒤, 나는 광활한 소금밭을 마주한 채 밤낮으로 이어지는 정적을 얻었지만 단 한 줄의 가사도 쓸 수 없었다. 내 비극은 바로 그렇게 운명 지어졌다. 내 마음속에 약간의 선율도 남지 않았음을 깨달았을 때, 내 폭음은 시작되었다. 자오 형은 나를 폭음의 문에 들어서게 한 사람이었다. 그가 우리 집 창문을 두드리기만 하면 아무리 늦은 시간이어도 나는 옷을 입고 그와 함께 달려나갔다. 우리는 한 병에 십 위안 하는 칭커주青稞酒(쌀보리술)를 마셨고 보통 안주는 없었다. 일인당 한 병씩 건배를 하며 마시다가 병이 비면 의식을 잃곤 했다. 이튿날 우리 집 침대 위에 누워 있는 나 자신을 발견하면 나는 늘 신기한 생각이 들었다. 어떻게 돌아왔는지 기억이 전혀 안 났기 때문이다. 하지만 내 신발 두

짝은 가지런히 침대 밑에 놓인 채 신발코가 바깥을 향하고 있었다. 마치 항구에서 채비를 마치고 출항을 기다리는 함대 같았다. 처음에는 샤링이 정리해준 줄만 알았다. 그러나 샤링이 친정에 갔을 때도 내 신발이 똑같이 그렇게 가지런히 놓여 있는 것을 보고 비로소 남들이 내가 술을 마셔도 안 취한다고 하는 말을 믿게 되었다. 사실 나는 진즉에 취해 있었다. 단지 나와 다른 사람을 분별하지 못하게 된 것일 뿐이었다. 때로 그런 생각을 하면 등골이 오싹했다. 내 몸속에 다른 사람이 살고 나는 그 사람 대신 살고 있는데 내가 의식을 잃으면 그 사람이 나와서 생명을 지배하는 것 같았다.

이제 술을 안 마시는데도 생활은 별로 호전되지 않았다. 나와 샤링의 냉전은 시간이 지날수록 견디기 힘들어졌다. 우리는 침대 위에 비스듬히 누워 눈을 부라리고 말다툼을 하다가 각자 넋을 잃곤 했다. 그럴 때면 거실에서 텔레비전 소리가 울렸다. 그 소리는 내 삶처럼 공허했다. 우리는 오히려 거실에서는 말다툼을 하지 않았다. 함께 텔레비전을 봤기 때문이다. 전에 술을 마실 때는 수면 문제는 걱정할 필요가 없었다. 가장 오래 잘 때는 하루 밤낮을 꼬박 자고서야 깨어났다. 그런데 술을 끊고 나서는 잠자기가 어려워졌다. 낮에 아무리 피곤했어도 밤에 침대에 누우면 몇 시간을 뒤척이고 나서야 겨우 잠이 들었다. 어느 날 밤에는 참을 수 없어서 화장실에 들러 소변을 본 뒤, 부엌에 들어가 요리용 맛술을 한 병 들이켜고 침대에 누워 깊은 잠에 빠졌다. 그리고 새벽녘에 나는 악몽에 놀라 깨어났다. 꿈에서 자오 형이 소금밭에 서 있는 것을 보았다. 하늘에서는 눈이 흩날리고 있었는데 세상이 온통 하얗고 한기가 뼛속까지 파고들었다. 자오 형이 "아우, 한잔하자!"라고 말했다. 하얀 소금 혹은 눈송이가 그의 얼굴에서 떨어져 내렸는데 그 속에서 부패한 검은색이 드러났다. 나는 꼬박 일주일을 아무것도 못 먹었고 머릿속 깊은 곳에서 찢어지는 듯한 통증을 느꼈다. 차라리 잠을 못 자면 못 잤지 다시는 그런 악몽을 꾸고 싶지 않았다.

다시 말하지만 샤오딩이 나를 보러 온다고 해서 나는 기뻤다. 더구나 시간이 갈수록 더 기뻤다. 나는 며칠 휴가를 내고 시내에 계속 머물며 그와 며칠 실컷 놀기로 결심했다. 샤오딩은 모레 라싸로 가는 기차표를 끊어달라고 했다. 나는 기차역 매표창구 앞에서 잠깐 망설이다가 닷새 뒤의 표를 끊었다. 그리고 샤오딩에게 전화를 걸어 말했다.

"모레 표는 매진이야. 여기서 며칠 더 묵어야겠어."

샤오딩은 의외로 시원스럽게 말했다.

"그것도 괜찮겠네. 오랜만에 우리 둘이 뭉치니까 말이야."

나는 집 안을 싹 청소한 뒤, 손님방을 비우고 침구를 갖춰놓았다. 샤오딩은 자기 말고 한 명이 더 온다고 했다. 나는 그 한 명이 여자임을 알아듣고 더 묻지 않았다.

내가 하는 일을 지켜보던 샤링이 궁금한지 몇 번이나 물었다.

"샤오딩 그 사람, 친한 친구 맞아? 당신이 그 사람 얘기하는 거 들은 적 없는데."

"다른 사람 얘기도 들은 적 없을걸. 회사 동료 얘기 빼고는."

샤링은 고개를 끄덕이더니 불쾌한 낯으로 말했다.

"당신은 언제쯤 나한테 모든 걸 말해줄 거야? 나를 이렇게 눈곱만큼도 안 믿어주다니."

"당신을 믿는 것하고 이게 무슨 상관인데? 나도 샤오딩을 거의 생각해본 적이 없다고."

샤링이 고개를 절레절레 흔들며 말했다.

"당신은 진짜 피도 눈물도 없는 사람이야."

나는 입을 다물었다. 내가 피도 눈물도 없는 사람이 아니라는 것을 난 알고 있었다.

"샤오딩은 뭐 하는 사람이야?"

샤링이 생각났다는 듯이 불쑥 물었다.

"고향의 탄광에 있다고 들었어."

나는 샤오딩과 오랫동안 연락하지 못하고 지냈다. 오래전에는 확실히 그랬던 것 같았다.

"석탄을 캐?"

"그렇지는 않겠지. 아마 사무직일 거야."

그건 나 스스로 생각해낸 것이었다. 나 같은 사람도 기술자로 그럭저럭 살아가는데 하물며 샤오딩은 어떻겠는가.

"보아하니 당신 친구도 그리 잘살 것 같지는 않은데."

샤링은 입을 삐쭉 내밀고는 장을 보러 갔다.

샤링은 우리 공장에서 제일 예쁜 여자다. 이런 말을 할 때도 나는 전혀 우쭐하지 않는데, 그것은 우리 공장에 여자가 열 명뿐이기 때문이다. 맨 처음 샤링을 봤던 때를 잊을 수 없다. 그녀는 무거운 여행 가방을 끌고 중형 버스에서 내렸다. 그녀의 얼굴은 주변의 황량한 풍경 속에서 돌연 솟아오르는 태양처럼 빨갛게 달아올라 있었다. 나는 즉시 그녀를 사랑하게 되었고 그 사랑은 실리적인 성격이 강했다. 무슨 일이 있어도 그녀를 얻고 그녀와 결혼해 아이를 낳기를 바랐다. 이곳에서 괜찮은 여자를 사귀는 것은 녹색식물 한 떨기를 발견하는 것만큼이나 어려운 일이었기 때문이다. 아마도 인연 때문이었는지 그녀는 내가 있던 업무팀에 배속되었다. 하지만 처음부터 나는 그녀가 호락호락한 여자가 아님을 알았다. 그녀의 큰 눈에는 늘 우울이 가득했으며 다른 여직원들이 우스갯소리를 할 때도 그녀는 여전히 걱정스러운 표정이었다. 심지어 한 번도 나를 진지하게 봐준 적이 없었다. 나는 그녀의 마음을 알 것 같았다. 예전에 나도 그랬으니까. 소금밭의 흰빛에 눈이 쓰라리고 걸핏하면 눈물이 흘러나와서 내가 정말 슬프고 괴로운 건지 한동안 분간이 가지 않았다. 그때 자오 형은 내게 "봄이 되면 나아질 거야. 그때는 황사가 흰색을 다 덮으니까"라고 말했다. 정말로 봄이 왔을 때, 나는 이불 속에 숨어 정말로 펑펑 울었다. 니미, 그런 봄은 난생처음이었다. 황갈색 모래바람이 이곳을 지옥으로 바꿔놓았다.

샤오딩이 전화를 걸어와, 벌써 도착했다고 말했다. 나는 얼른 아래층으로 내려가 그를 맞았다. 여러 해 못 봤는데도 한눈에 그를 알아보았다. 그 동그랗고 살찐 얼굴의 희미한 미소. 그의 곁에는 검정 미니스커트를 입은 긴 머리의 여자가 서 있었다. 선글라스를 쓰고 있어서 생김새는 잘 안 보였지만 느낌은 꽤 좋았다. 샤오딩은 나와 포옹을 하고 나서 그 여자의 이름은 진징金靜이며 자신의 여자친구라고 소개했다.

"아직 결혼 안 했어?"

난데없는 내 물음에 그가 웃으며 말했다.

"그래. 아직 안 했어."

그의 웃는 얼굴은 무척 다정다감해 보여서 나는 내 삶이 얼마나 무미건조한지 절감했다. 그들을 데리고 집으로 오다가 계단 입구에서 장을 보고 돌아오는 샤링을 만났다. 나는 샤오딩에게 말했다.

"내 아내 샤링이야."

샤오딩은 친절하게도 샤링의 손에서 시장바구니를 빼앗아 들며 말했다.

"제수씨, 이번에 신세 좀 질게요."

샤링은 그 순간에 딱 어울리는 말을 했다.

"신세는요. 안 오실까봐 걱정했는걸요."

집에 들어가서 샤오딩과 진징은 방마다 들여다보며 예의 바르게 탄성을 지른 뒤 소파에 앉았다. 진징이 아무렇게나 선글라스를 벗었다. 그녀의 아름다움은 날카로운 비수와도 같았다. 검집을 벗어나자마자 나를 찔러 상처를 입혔다. 나는 조금 허둥대며 그들에게 차를 따라주고 샤오딩 옆에 앉았다. 얼른 집 안을 둘러보았다. 웬만큼 정리해놓은 모든 것이 삽시간에 초라해진 듯했다.

"진짜 오랜만이다. 너…… 탄광에서 일하지 않았어?"

나는 이 질문을 안 할 수가 없었다.

"맞아. 못 참고 뛰쳐나왔지."

샤오딩은 담담하게 말했다.

"그러면 지금은 뭐 해?"

나는 무척 궁금했다.

"그림을 그려."

샤오딩은 나를 보며 미소를 지었다.

"생각나? 나는 쭉 그림 그리기를 좋아했잖아."

나는 힘주어 고개를 끄덕였다.

"당연히 생각나지."

샤오딩은 눈을 가늘게 뜨고 옛날이야기에 빠져들었다.

"탄광에서 일할 때는 어둠 때문에 답답해서 죽는 줄 알았지. 대낮에도 깜깜한 지하에 있어야 했고 밤에 땅 위로 올라오면 또 사방이 칠흑처럼 어두웠으니까. 때로는 내가 곧 장님이 되지 않을까 의심이 들더라고. 그러다가 어느 날 다시 그림을 그리기 시작했는데, 알록달록한 색깔을 보니까 꼭 목말라 죽을 것 같던 사람이 물을 사발로 들이켜는 것 같더라! 나는 제일 선명한 색깔로 제일 선명한 그림을 그리려 했어. 수백 미터 지하에서도 틈만 나면 그림을 그렸지. 내가 그린 그림은 엄청나게 화려해서 동료들은 보기만 하면 흥분을 하더군. 평상시 여자 이야기를 할 때보다 훨씬 더."

샤오딩은 신이 나서 줄줄이 이야기를 늘어놓았다. 분위기도 덩달아 쾌활해져서 진짜 오랜 친구끼리 재회한 느낌이 들었다.

"그러면…… 그때 너 진짜로 석탄을 캤던 거로구나!"

나는 감탄해서 말했다. 그가 그림을 그린 것에 대해서는 뭐라고 맞장구를 쳐줘야 할지 몰랐다.

"맞아. 진짜로 석탄을 캤지. 아빠가 평생 광부로 일하셨거든. 아빠는 진즉에 폐가 망가졌으면서도 나한테 석탄을 캐라고 하더군. 아빠 눈에는 내가 아무것도 못할 것처럼 보였나봐."

"다행히 너는 그림을 그릴 줄 알잖아."

"맞아. 다행히 나는 그림을 그릴 줄 알지."

이쯤에서 잠깐 말이 끊어졌다. 샤오딩은 옛날 생각에 젖었고 나는 지금 내 생활에 더 깊은 절망을 느꼈다. 샤링이 볶음 요리를 한 접시 가져와 우리에게 먼저 먹으라고 했다. 진징이 일어나서 "나도 도울게요"라고 말했다. 샤링은 손사래를 치긴 했지만 진징을 말리지 못해 함께 부엌에 들어갔다. 나는 두 사람의 뒷모습을 응시하다가 문득 샤링이 부끄럽다는 생각이 들었다. 그것은 처음 느껴보는 감정이었다. 샤링이 촌스러워지고 뒷모습도 퉁퉁해져서 마치 도시로 일하러 온 시골 보모 같다는 느낌이 들었다. 나는 괴롭고 난처했다. 감히 샤오딩을 보지 못하고 곧장 거실 캐비닛 앞에 가서 술 한 병을 꺼냈다.

"이렇게 어렵게 재회했는데 한바탕 마셔봐야지."

샤오딩은 눈살을 살짝 찌푸렸다. 한 가닥 어두운 그림자가 눈빛을 스쳤지만 그래도 고개를 끄덕이며 "그러자"라고 말했다.

술을 안 마시고 싶은 게 분명한 두 사람이 억지로 술을 마시는 것은 희한하기 그지없었다. 하지만 내 마음속에서는 어떤 목소리가 반드시 그래야만 한다고 집요하게 소리쳤다. 샤링과 진징이 거의 동시에 우리 쪽으로 걱정의 눈빛을 보냈지만 나와 샤오딩은 뻔뻔하게 어색한 미소를 지은 채 첫 잔을 배 속에 털어넣었다. 두 여자는 눈빛을 거뒀고 아무 말도 하지 않았다.

식사 후 두 사람은 낮잠을 자게 한 뒤, 나는 소파에 앉아 텔레비전을 보았고 샤링은 부엌에서 뒷정리를 했다. 어쩐 일인지 문득 우리 아이가 생각났다. 미처 세상에 태어나지 못한 그 아이가. 바로 이런 오후였다. 샤링은 부엌에서 설거지를 하다가 갑자기 배가 아프다고 했다. 나는 얼른 그녀를 부축해 아래층으로 내려가 택시를 불러 병원으로 달려갔지만 이미 늦은 뒤였다. 유산을, 나는 직관적으로 이 단어를 체험했다. 그것은 보이지 않는 죽음이자 갑작스러운 습격이었다. 샤링은 울었다. 그녀는 보기 싫게 울면서도 소리를 내지 않았고 나는 마음이 찢어질 것만 같았다. 나중에 샤링은 이를 갈며 말했다.

"저 망할 소금밭 때문이야."

나는 물었다.

"무슨 근거라도 있어?"

"그런 게 무슨 소용이야? 소금밭 반경 십 리 안에 살아 있는 게 있어? 니미, 우리만 빼고."

니미라니. 샤링은 뜻밖에도 '니미'라고 말했다. 나는 그녀가 욕을 하는 것에는 익숙지 않았지만 그녀의 말은 일리가 있다고 생각했다.

이때 손님방 문이 열리고 샤오딩이 밖으로 나왔다. 그가 하품을 하며 말했다.

"잠이 안 와."

"왜?"

내가 묻자 그는 창밖을 힐끔 보며 말했다.

“너무 밝아서. 어쩌면 이렇게 밝지?”

“여기는 해발 삼천 미터가 넘어. 안 밝을 수가 있나.”

샤오딩은 소파 위에 풀썩 주저앉았다.

“원래 어둠이 끔찍했는데, 탄광을 떠난 뒤로 두더지처럼 어둠을 그리워하게 됐어. 내 방은 한낮에도 커튼을 쳐놓고 있지. 나는 어둠 속에서 그림을 그려.”

나는 웃으며 말했다.

“내 세상에 온 걸 환영해. 지나치게 밝은 내 세상에 온 걸 말이야.”

샤오딩은 눈을 감고 웃다가 감전이라도 된 듯 온몸을 부르르 떨었다. 나는 거실 창문으로 다가가 커튼을 쳤다. 집 안이 어두워지기는 했지만 그 강렬한 빛이 커튼 틈 사이로 파고들었다. 일 년 내내 어둠 속에 있었다고? 그것은 어떤 느낌일까? 나는 상상이 안 갔다.

“네가 있는 소금광산은 전국 최대라던데?”

샤오딩이 물었다.

“그뿐이겠어. 아마 세계 최대일걸.”

나는 자조적으로 말했다.

“나 좀 데려가줘.”

샤오딩이 갑자기 기운차게 말했다.

"그러니까…… 지금 말이야?"

샤오딩은 고개를 끄덕이더니 손을 들어 시계를 보고 말했다.

"아직 안 늦었잖아. 안 멀지?"

"차로 가면 한 시간 조금 더 걸려."

나는 정말 가고 싶지 않았다. 오전에 차를 타고 거기에서 돌아왔기 때문이었다. 하지만 그런 말을 하기는 좀 그랬다. 특히나 기대가 가득한 그의 얼굴을 보니 더 그랬다.

"너는 매일 한 번씩 갔다 오지?"

"아니야. 가끔 너무 피곤하면 공장에서 자. 거기 숙소가 있거든."

"힘들겠네."

"괜찮아. 나는 기술직인걸 뭐."

"옛날에 네가 화학을 잘하긴 했지."

샤오딩이 웃으면서 말했다.

"그랬었나?"

나는 정말 기억이 나지 않았다. 각 과목 성적이 다 별로였지만 마지막에 시험 운이 따라 전문대에 합격한 것만 기억이 났다. 하지만 샤오딩은 대입시험 직전에 학교를 떠났다. 자신감을 완전히 잃었다고 내게 말했었다. 원래 그는 어떤 일에도 흔들리지 않을 것처럼 보였지만 마음속은 이미 황폐해질 대로 황폐해져 있었다. ……이런 옛날 일을 지금 다시 꺼낼 필요는 없을 듯했다.

“좀 더 마실까?”

샤오딩이 웬일로 먼저 제안했다.

방금 우리는 세 잔을 마시고서 술잔을 놓았고 그래서 두 여자는 안심했다. 지금은 그녀들이 다 쉬고 있어서 술 마시기에 딱 좋은 때였다. 나는 술병을 들었고 우리는 다시 술을 마시며 고등학교 때 이야기를 떠들어댔다. 나는 결코 옛날이 그립지 않았다. 그때가 좋은 시절이었다는 생각은 들지 않았다. 하지만 그 시절을 화제 삼아 여유 있게 이야기할 수 있다는 것은 역시 흐뭇한 일이었다. 사실 나는 줄곧 진징에 관해 물어보고 싶었다. 그렇게 아름다운 여자를 샤오딩이 어떻게 찾았을까? 하지만 나는 먼저 입을 열 수 없었다. 남자의 그런 속내를 드러내고 싶지 않았다. 그렇게 술을 마시다보니 졸음이 오기 시작했고 결국 나와 샤오딩은 소파에 기댄 채 곯아떨어졌다. 예상했던 대로 나는 또 꿈에서 자오 형을 보았다. 그는 “아우, 한잔하자!”라고 말했다. 얼굴이 온통 하얀 소금에 뒤덮인 채 그는 소금채취선 갑판에 앉아 있었는데 수면에 그의 그림자가 비치지 않았다.

“자오 형, 친구가 나를 보러 왔어요.”

내 말에 그가 답했다.

“네 친구와 몇 잔 더 마시지 뭐.”

“형은 잘 지내는군요.”

자오 형이 텅 빈 입을 벌려 웃었다.

"너도 잘 지내잖아."

나는 놀라서 깨어났다. 샤링과 진징이 베란다에서 소곤소곤 이야기를 나누고 있었다. 그녀들이야말로 오랜만에 만난 친구 같았다. 샤오딩은 내 옆에 비스듬히 누운 채 요란하게 코를 골고 있었다. 나는 다시 눈을 감았다. 자고 싶은 생각은 전혀 없었지만 일부러 자고 있는 척했다. 멋대로 며칠 늦게 기차표를 끊은 것이 조금 후회가 되었다. 늘어난 그 며칠을 어떻게 보내야 할지 아예 생각해둔 것이 없었다.

낮에 먹고 남은 음식으로 대충 저녁 끼니를 때웠을 때, 샤링이 다 함께 산책을 다녀오자고 제안했다. 우리는 거리로 나갔다. 한여름이었지만 낮과 함께 태양의 위력이 사그라짐에 따라 시원한 바람이 광야 깊은 곳에서 불어와 한기가 느껴졌다. 샤오딩이 탄복하여 말했다.

"시원하네. 정말 상쾌한걸!"

진징이 맞장구를 쳤다.

"맞아. 정말 좋네."

내 눈빛이 그녀의 아름다운 얼굴 위에 잠시 머무르다 미끄러져 그윽한 밤의 어둠 속으로 빠져들었다. 나는 길의 끝에서 취객 몇 명이 흔들흔들 걸어가고 있는 것을 보았다. 그 영락한 소도시는 나를 남몰래 슬프게 했고 진징은 그 놀라운 미모를 가진 채 지나치게 밝은 번개처럼 내 슬픔의 그림자를 더 짙게 만들었다.

"너 아직 가사 쓰냐?"

샤오딩이 불쑥 물어봤다. 진징과 샤링이 동시에 고개를 돌려 나를 보았다. 이제껏 내가 가사를 썼던 일을 얘기해주지 않은 탓에 샤링은 눈이 휘둥그레졌다. 나는 웃음을 터뜨리며 샤오딩의 어깨를 툭 쳤다.

"이 자식, 무슨 헛소리를 하는 거야?"

"나한테 가사를 쓴다고 한 적은 없지만 나는 진작부터 알고 있었다고. 네가 흥얼흥얼 가사를 읊조리는 걸 들었거든."

나는 난처해서 손사래를 치며 말했다.

"그냥 장난으로 한 거였어."

"세상에 장난 아닌 게 어디 있어? 내가 그림을 그린 것도 장난이었어. 사람이 사는 것도 장난이잖아."

나는 더 말하지 않고 속으로 중얼거렸다.

'하지만 누구는 장난을 계속하지 못하지.'

이튿날 나는 그들을 소금호수에 데려가 구경시켜줘야 할지 고민했다. 하지만 구경을 마치고 나면 어떻게 해야 하나? 나는 주저하다가 또 하루를 보냈다. 그날은 햇빛이 눈부셔서 모든 사물의 가장자리마다 밝은 빛무리가 일렁였다. 우리는 집 안에 틀어박혀 하는 일 없이 시간을 보내다 저물녘이 돼서야 먹자골목에 가서 양꼬치를 먹었다. 그들이 그곳의 양고기를 거듭 칭찬하는 통에 나는 조금 기분이 좋아졌다. 양꼬치를 먹을 때 진징은 마침 내 반대편에 앉아 있었다. 나는 몇 번 그녀를 보다가 그녀가 거의 웃는 법이 없으며 눈빛에 알 수 없는 우울함이 깊이 감춰져 있다는 것을 깨달았다. 더욱이 그녀와 샤오딩은 그리 친밀한 것 같지 않았다. 하지만 다시 생각해보니 샤링도 우울한 여자이고 나와 샤링도 보기에는 그리 친밀하지 않을 듯했다.

양꼬치 몇 접시를 해치운 뒤, 다들 무척 만족스러운 듯 분위기가 달아올랐다. 샤링이 웃으면서 말했다.

"샤오딩, 당신은 어떻게 진징을 꼬셨어요? 좀 얘기해줘요."

뜻밖에도 샤링이 내 대신 물어봐주었다. 샤오딩이 헤헤 웃고서 말했다.

"그건 비밀이에요."

내가 말했다.

"시치미 떼지 말고 말해."

샤오딩은 진징을 힐끔 보았다. 진징이 말했다.

"사실 비밀이랄 것도 없어요. 나는 이 사람의 손님이었어요. 우리는 초상화를 그리다가 알았죠."

"응, 그랬었지."

샤오딩이 말했다.

"탄광에서 도망친 뒤, 쭉 남의 초상화를 그려주며 살았는데 그러다가 진징을 만난 거야. 그때 진징에게 물었지. 돈은 안 받을 테니 몇 장 더 그리게 해줄 수 있느냐고. 그런데 괜찮다는 거야."

진징이 나를 바라보며 말했다.

"이 사람이 너무 진지하게 그림을 그려서 그랬어요. 누가 그렇게 집중해서 나를 보는 건 처음이었거든요."

나도 그녀를 바라보았다. 우리는 기껏해야 일 초 정도 마주 보았다. 나는 고기를 먹는 척 고개를 숙여 그녀의 아름다움을 피했다. 아마도 화가만이 예술이라는 핑계로 그런 아름다움을 직시할 수 있을 것이다.

샤오딩이 진징에게 물었다.

"그러면 내가 잘 그렸어?"

"잘 그렸지. 하지만 그건 내가 아니었어."

샤오딩은 놀라서 입이 벌어졌다.

"당신이 아니면 누구였다는 거야?"

진징은 미소를 지었다.

"당신의 꿈이었어."

나와 샤링은 깔깔 웃었다. 나는 진징을 보며 말했다.

"예술가의 창조물이 다 자기 마음속의 꿈이라고는 해도 그 꿈은 당신이 샤오딩한테 준 거예요."

"바로 그거야, 그거!"

샤오딩은 고개를 주억거리며 맥주를 벌컥벌컥 마셨다.

진징이 샤오딩을 돌아보며 말했다.

“내가 당신한테 준 꿈을 돌려줄 수 있어?”

우리는 잠시 어안이 벙벙해졌다가 웃음을 터뜨렸다. 알고 보니 진징이 썰렁한 농담을 한 것이었다. 진징의 미소가 유성처럼 스치고 지나갔다. 그녀에게는 말할 수 없는 신비가 깃들어 있었다. 그녀는 나를 매료시키는 동시에 두렵게 했다. 나는 그녀에 대한 호기심을 떨칠 수가 없었다.

샤오딩이 낄낄거리며 말했다.

“어디 그뿐이겠어. 내 전부를 다 줄게!”

모두 또 웃음을 터뜨렸다. 샤링이 불쑥 한숨을 쉬며 말했다.

“두 분이 즐거워하는 걸 보니 정말 좋네요.”

“설마 두 사람은 즐겁지 않은 건가요?”

샤오딩이 물었다.

나는 할 말이 없었지만 그래도 무슨 표시는 해야 할 것 같아서 어쩔 수 없이 소리 내어 웃었다.

“자, 내가 한 잔 권하지.”

샤오딩은 잔에 가득한 맥주를 단숨에 비운 뒤, 입가를 닦으며 말했다.

“사실 나는 술을 마시면 안 돼. 그래도 너와 오랜만에 만나 이렇게 기쁘니 어쩔 수 없지. 진징한테도 말한 적이 있지만 전에 노점 장사를 할 때 단속반한테 두들겨 맞아 간을 다쳤거든. 병원에서 수십 바늘을 꿰매고 겨우 목숨을 보전했지, 헤헤."

샤오딩의 얼굴에 미소가 번졌지만 눈은 어둠 속에 잠겨 잘 보이지 않았다. 그가 몇 마디 하지 않았어도 그것이 무엇을 의미하는지 나는 이해했다. 나도 잔에 술을 가득 부어 그에게 보인 뒤 단숨에 마셔버렸다.

"내일 우리 소금호수에 가는 거지?"

샤오딩이 갑자기 내게 큰 소리로 물었다.

그 녀석은 더 난처한 이야기가 나올까봐 이때 그 이야기를 꺼냈다. 나는 고개를 돌렸고 진징이 기대감 가득한 눈빛으로 나를 보고 있는 것을 발견했다.

"그래. 내일 두 사람을 데려가주지."

나는 술잔을 들어 올리며 말했다.

소금호수에 갔다.

한 시간 통근 버스를 탄 뒤, 똑같이 생긴 공장 건물들을 지나 모퉁이를 돌면 바로 눈앞에 소금호수가 펼쳐졌다. 샤오딩이 입을 딱 벌린 채 중얼거렸다.

"진짜 신기한 풍경이네……."

그의 표정은 내가 상상했던 것과 한 치도 어긋나지 않았다. 이 광경을 나는 머릿속으로 이미 여러 차례 그려보았다. 단지 샤링도 올 줄은 생각하지 못했다. 원래 그녀는 안 올 줄 알았다. 전에 친구가 올 때마다 나는 그녀와 함께 소금호수의 '가이드' 노릇을 하려 했지만 그녀는 번번이 딱 잘라 거절하곤 했다.

"그 시시한 곳은 안 갈 수만 있으면 안 가고 싶다고."

그래서 이번에는 아예 그녀를 부르지 않았다. 그녀가 안 가면 나도 진징을 대하는 것이 훨씬 편했다. 그런데 진징이 같이 가자고 하자, 그녀는 아무 망설임 없이 그러겠다고 했다. 아름다운 여인의 매력은 동성조차 저항하기 어려운 것일까? 지금 샤링은 진징의 곁에 서서 그녀의 어깨를 붙들고 있었다. 바람이 두 사람의 머리칼을 동시에 흐트러뜨렸다. 나는 문득 두 사람이 친자매 같다는 생각이 들었다.

우리는 호숫가로 걸어갔다. 응결된 소금 알갱이가 발밑에서 뽀드득뽀드득 소리를 냈다. 마치 눈밭 위를 걷고 있는 듯했다. 주변에는 풀 한 포기 나지 않았고 날아가는 새도 한 마리 없었다. 하늘은 짙은 남색이었지만 호수는 늘 그렇듯이 우울한 진녹색이었고 호수 한가운데는 청색과 황색이 섞여 마치 수심 가득한 얼굴 같았다.

진징이 말했다.

"여기 오니까 갑자기 겨울이 온 것 같아요."

나는 맞장구를 치며 물었다.

"그런 느낌을 뭐라고 부르는지 알아요?"

진징이 나를 보면서 조금 생각하다가 말했다.

"황량하다고 해야 하나요?"

그녀의 말이 내가 마음속에 준비해두었던 정답을 총알처럼 꿰뚫었다. 나는 한숨을 쉬었다.

"맞아요, 황량하죠."

샤링의 안색이 바람에 쓸려 안 좋아졌다.

"그래서 나는 여기 오는 게 무서워요."

이때 맨 앞에서 걷던 샤오딩이 뒤를 돌아보며 말했다.

"그럴 리가요. 나는 여기가 너무 아름다운걸요!"

물론 그곳은 당연히 그곳만의 독특한 아름다움이 있었다. 호숫가의 적설처럼 청정한 소금층과 호수 속에 침전된 소금꽃은 다 기적 같은 풍경이어서 화가가 그런 풍경을 보고 마음이 흔들리지 않는 것은 불가능한 일이었다. 그러나 화성의 풍경도 독특한 아름다움이 있지만 그곳에서 살겠다는 사람은 없다. 그리고 불행하게도 나와 샤링은 어쩔 수 없이 체류해야 하는 '화성인'에 속했다. ……나는 정신을 차리고 샤오딩에게 반농담조로 말했다.

"너는 이 풍경을 꼭 그려야 해. 틀림없이 세상을 깜짝 놀라게 할 테니까."

샤오딩은 쪼그려 앉아 소금물에 손을 담그고 말했다.

"꼭 그럴 거야. 그러려면 잘 느껴봐야지."

"무좀이 있으면 발도 담가봐. 나을 테니까."

내 말을 듣고 그는 정말로 양말을 벗고 소금물로 걸어 들어갔다. 진징이 그를 향해 소리쳤다.

"당신 지금 돼지 족발이 되고 있는 거야?"

우리는 깔깔 웃음을 터뜨렸다.

가까운 곳에서 작업하던 남색 소금채취선 한 척이 우리를 보았는지 이쪽을 향해 다가왔다. 샤오마小馬가 틀림없었다. 내가 아는 사람 중에 배를 모는 사람은 그밖에 없었다.

과연 샤오마였다. 그가 조종실에서 머리를 내밀고 나를 향해 손을 흔들었다. 나도 손을 흔들어주었다. 샤오딩이 흥분해서 물었다.

"우리 배 타도 되는 거지?"

말하면서 그는 배를 향해 걸어갔다.

"이 멍청아!"

내가 욕을 하자 샤오딩은 말했다.

"여기는 사해랑 똑같아. 익사할 일은 없다고."

그는 아예 물속에 풍덩 들어가서 배 쪽으로 헤엄쳐갔다. 나와 샤링은 진징을 데리고 가까운 간이 부두로 갔다. 우리가 도착했을 때, 샤오마는 벌써 물에 빠진 생쥐가 된 샤오딩을 건져 올려 우리 쪽으로 오고 있었다. 샤오딩은 뱃머리 위에 서 있었다. 아직도 흥분이 안 가셔 두 팔을 치켜든 채 우리를 향해 즐거운 비명을 지르고 있었다.

우리가 배에 오르자 샤오마가 즐거운 표정으로 내게 말했다.

"네 친구 진짜 재밌는데!"

"그럴 만도 해. 이 친구 뭐 하는 사람인지 맞춰볼래?"

샤오마는 고개를 저었다. 옆에서 샤오딩이 낄낄대며 말했다.

"컴컴한 몇백 미터 지하에서 일 년 내내 햇빛도 못 보죠."

샤오마가 말했다.

"광부군요! 어쩐지 그럴 것 같더라. 여기는 빛이 아주 많아요. 보아하니 우리는 서로 딴 세상 사람이군요!"

모두 큰 소리로 웃었다. 샤오마는 배를 호수 가운데로 몰고 갔다. 호수 가운데는 그 널찍한 소금 저수지의 중심일 뿐이라고 그는 말했다. 관리의 편의를 위해 거대한 소금호수를 논밭처럼 여러 구역으로 나눴다는 것이었다.

"여러분한테 소금호수의 석양을 보여드리죠. 아마 평생 못 잊을걸요."

샤오마가 자신 있게 말했다.

"정말요?"

샤오딩이 눈을 크게 뜨고 서쪽을 바라보았다.

나는 그 풍경을 수도 없이 보았다. 석양은 찢어진 간 같기도 하고 선홍색 피가 흰색 붕대를 가득 적신 것 같기도 했다. 나는 보이지 않는 대포가 태양을 향해 발포하고 있다는 생각이 들었다. 또 눈에 안 보이는 기관총이 나의 삶을 쏘아 갈겨 내가 석양처럼 핏빛으로 물든 것 같기도 했다. 석양은 한량없이 좋았다.

단지 황혼에 가까워질수록 아름다운 것들이 죽음과 너무 가까워졌다. 나는 진징을 보고 있었다. 저녁놀이 그녀의 몸에 쏟아져 그녀를 오색찬란한 선녀로 만들었다. 그녀는 갑판 위에 앉아 먼 곳의 풍경을 바라보고 있었다. 보기에 그녀는 자신의 아름다움에 별로 관심이 없는 듯했다. 그리고 샤오딩은 소금호수의 풍경에 완전히 빠져, 진징과 함께 있어줘야 한다는 것도 까맣게 잊고 있었다.

"자, 마셔요!"

샤오마가 선실에서 칭커주 한 병을 꺼냈다.

이곳에서는 폭음하지 않는 남자가 없었다.

마찬가지로 이곳에서 폭음에 초대되면 거절은 허용되지 않았다.

우리 세 남자는 갑판 위에 둘러앉았다. 진징은 배 난간 앞에서 있었으며 샤링만 바쁘게 우리에게 술을 따라주고 선실에 가서 땅콩까지 안주로 가져다주었다. 샤오마가 감탄하여 내게 말했다.

"너는 복 받은 놈이야."

나는 샤링을 보며 고개를 끄덕였다.

"이봐, 샤오마는 쭉 당신을 좋아했어."

샤링은 내게 눈을 흘기며 뾰로통한 어조로 말했다.

"자기 아내를 그렇게 웃음거리로 만들어야겠어?"

"그게 내 아내가 착하다는 걸 증명해주지."

"쳇!"

그녀는 홱 돌아서서 선실로 들어가 나오지 않았다. 텔레비전을 보러 들어간 게 분명했다. 그녀는 눈앞의 '아름다운 풍경'을 더 감상할 수 없었다. 그것은 그녀에게 일종의 고통이었다. 아, 예전에 나와 샤오마는 동시에 샤링을 쫓아다녔고 마지막 승자는 나였다. 그때 내가 의지한 것은 내 유일한 취미인 가사 쓰기였다. 하지만 가사를 노래로 불러줄 수 없어 별수 없이 시인 것처럼 샤링에게 선물했다. 생명의 흔적이 없는 이곳에서 시 한 편의 낭만은 그 무엇보다 유용했다. 이튿날 나는 샤링의 답장을 받았고 거기에는 이런 말이 쓰여 있었다.

"당신의 시가 내게 이곳의 아름다움을 발견하게 해주었어요. 아마 이것만이 여기에 계속 머무를 용기를 내게 줄 것 같아요."

나는 그녀의 그 말이 내 시보다 훨씬 강하다는 생각이 들었으며 한동안 깊은 감동에 휩싸여 거의 어린 소녀를 보는 듯한 연민으로 그녀를 대했다. 우리는 한때 그렇게 서로 온기를 나누며 살았다. 하지만 끝내 그 미증유의 황량함에 패해 우리도 그 황량함의 일부가 되었고 그러고서 서로 적이 되었다.

독한 술이 몇 잔 배 속에 들어가고 저물녘의 차가운 바람이 정면에서 불어오자 나는 조금 어질어질했다. 샤오마의 화상을 입은 검은 자줏빛 얼굴이 보였고 그것이 거울처럼 내 얼굴을 비췄다. 눈물이 걷잡을 수 없이 내 뺨 위로 흘러내렸다. 샤오딩이 깜짝 놀라는 모습을 보였지만 눈물을 닦기는 이미 늦었다.

"괜찮아. 목이 막혀서 그래."

나는 또 샤오딩에게 술을 권한 뒤, 다시 샤오마에게 말했다.

"내 친구를 잘 대접하라고. 이 친구가 기분 좋게 술을 못 마시면 다 네 접대가 소홀해서 그런 거야."

내 말을 듣고 샤오마는 더 자주 샤오딩에게 술을 권했다. 몇 번 술잔이 오가자 샤오딩의 눈빛이 조금 몽롱해졌다. 샤오딩은 약해 보이기가 싫은지 거꾸로 내게 술을 권했고 나는 연달아 또 그와 세 잔을 마셨다. 마음속에서 두려움이 꿈틀꿈틀 기어 나왔다. 마시면 안 돼. 나는 내 자신에게 말했다.

"자오 형이 그렇게 된 건 정말 네 탓이 아니야."

샤오마가 갑자기 이 말을 꺼내는 바람에 나는 가슴속에서 피비린내가 솟구쳐 아무 말도 할 수 없었다.

"그게 아니야……."

나는 내가 왜 눈물을 흘렸는지 설명하고 싶었다. 하지만 어떻게 그것을 설명할 수 있단 말인가.

"무슨 일이죠?"

샤오딩이 샤오마를 붙들고 자세히 캐물으려 했다. 샤오마가 후회 가득한 표정으로 나를 보았다.

"괜찮아. 말해줘도 돼."

나는 손사래를 치고 고개를 돌렸다.

나는 진징이 나를 보고 있는 것을 눈치챘다. 우리의 눈빛이 서로 마주쳤다. 바로 그때 석양이 저물었다. 광야여서 더 급작스러웠다. 지평선의 창백한 빛이 순식간에 컴컴한 어둠이 되었다. 그 어둠은 하늘 깊은 곳의 희미한 빛과 대조되어 더 촘촘해 보였다. 마치 어떤 무거운 금속 같았다. 잠깐 진징의 얼굴이 안 보였다. 그러니까 이유 없이 갑자기 그녀의 얼굴이 보고 싶었다. 술김에 말 못 할 욕정이 생긴 것은 결코 아니었다. 단순한 동경일 뿐이었다. 그것은 내 삶에서 보기 힘든 어떤 희망 같았다. 아니, 희망보다 더 아름다운 환상이었다.

샤오딩이 어둠 속에서 흐느껴 울었다. 자오 형의 이야기에 상심했을 수도 있고, 그저 자기 문제로 우는 것일 수도 있었다. 나는 남자가 우는 것에 익숙했다. 그것은 나 자신만이 아니라 이곳에 사는 남자들 전부를 포함했다. 샤오마는 울고 있는 샤오딩에게 계속 술을 권했다. 그는 경험이 풍부했다. 보통 이런 상황에서는 몇 잔 더 마시면 울음을 그칠 뿐만 아니라 되레 웃기 시작해서 웃음을 못 그치게 마련이다. 나는 일어나서 배 난간으로 가 진징 옆에 섰다. 그렇게 그녀의 모습을 새롭게 볼 수 있게 되었다. 속눈썹이 촘촘한 그녀의 눈이 가까운 곳의 호수 물처럼 반짝반짝 빛났다. 나는 저항할 수 없는 유혹을 느꼈다. 이런 여자와 함께 사는 것은 어떤 느낌일까? 나는 아득한 상상에 사로잡혔다.

샤링을 진징과 바꾼다면 내 삶은 어떻게 달라질까? 나는 잠시 머릿속이 혼란해져 나도 모르게 한숨을 쉬었다.

"왜 그러세요?"

진징이 드디어 입을 열고 내게 물었다.

"당신은 샤오딩을 사랑하나요?"

생각지도 않았던 물음이 내 입에서 튀어나왔다.

"글쎄요. 사랑하지 않는 것 같네요."

진징의 대답은 의외로 단호했다. 아무 망설임도 없었다.

"그러면 왜 아직 샤오딩과 함께 있는 거죠?"

"나는 나 자신도 사랑하지 않아요. 나 자신과 살고 싶지도 않아요."

"자신을 사랑하지 않는다고요?"

"네."

"왜죠? 당신은 이렇게 아름다운데!"

"나는 도망자이기 때문이에요. 사람을 죽였죠……."

나는 내 귀를 의심했다. 놀랍고 두려워 술이 확 깼다. 진징의 표정은 평소와 다름이 없어서 그저 일상적인 이야기를 하는 듯했다. 하지만 어느새 흘러나온 그녀의 눈물을 보고 나는 그녀가 한 말이 진실임을 확신했다.

"샤오딩도 아나요?"

나는 목이 마르고 간지러워 헛기침을 했다. 진징은 고개를 흔들었다.

“저 사람은 물어본 적이 없어요.”

그녀는 잠시 뜸을 들이다가 다시 말했다.

“물어보면 말해줄 거예요.”

“그러면 말하지 말아요.”

나는 한숨을 쉬었다.

“죽은 사람이 벌을 받아 마땅한 사람이었어도 내 죄가 크다는 걸 나는 알아요. 나는 계속 구차하게 살아갈 생각이 없었어요. 여기저기를 떠돌았죠. 어디를 가든 상관없었어요.”

“나는 아무것도 몰라요.”

그랬다. 나는 꼬치꼬치 캐묻고 싶은 생각이 전혀 없었다. 진징이 하고 있는 말이 텔레비전 드라마의 이야기인 것만 같았다.

“누가 물어보기만 했으면 나는 다 말해줬을 거예요. 하지만 여태껏 물어본 사람이 없었어요. 당신만 물어봤죠. 또 왜 자신을 사랑하지 않느냐고 물어봐줘서 감동했어요. 많은 사람이 내 미모를 사랑했지만 내가 자신을 사랑하는지 물어본 사람은 거의 없었어요.”

“이해해요.”

“정말이요?”

“그래요. 방금 전, 저 사람들이 자오 형 이야기를 했는데 알고 있었나요?”

"샤링이 얘기해줬어요."

"자오 형이 죽던 날, 나와 자오 형 둘만 함께 있었죠. 나는 늘 의심해요. 내가 그 형을 해친 게 아닌지."

"그날 취했었나요?"

"그래요, 취했었죠. 하지만 나는 이상하게 취한 뒤에도 멀쩡한 사람처럼 행동하거든요. 사람들은 다 내 주량이 세다고 오해하는데 사실은 그렇지 않아요. 술이 깨고 나면 나는 내가 무슨 일을 했는지 전혀 기억을 못해요."

"내가 알고 싶은 건 당신이 왜 계속 자기를 의심하느냐는 거예요……."

진징은 치명적인 단서를 꽉 부여잡고 내가 말하도록 몰아붙였다.

나는 잠시 생각하다가 가까운 공장 건물에서 빛나는 불빛을 바라보며 입을 열었다.

"사실 나는 그 자오 형이라는 사람을 무척 좋아했어요. 우리는 함께 술을 마시며 별의별 이야기를 다 했죠. 그러다보면 시간도 잘 가고 하루하루도 잘 흘러갔죠. 하지만 나는 이런 삶이 싫었고 이런 삶에 반항하고 싶었어요. 그리고 자오 형이야말로 이런 삶의 상징이었죠. ……그래서 나는 그런 생각이 든 거예요. 하지만 자오 형이 죽은 뒤로 내 삶은 더 고통스러워졌어요."

"그러면 당신은 당신이 자오 형을 죽였다고 생각해도 되겠네요. 그렇게 생각하면 좀 편해질 거예요."

진징은 조용히 속삭이며 다가와 내게 팔을 기댔다.

나는 위안을 느꼈지만 또 중얼거리듯 물었다.

"그래도 될까요?"

"당신은 내가 얼마나 지금 당신의 삶을 부러워하는지 모를 거예요. 만약 당신이 정말 살인범이라면 이 황량한 곳에 사는 게 마음 편한 속죄이지 않을까요? 당신 곁에는 당신을 사랑해주는 여자도 있잖아요. 당신의 아이까지 낳아주고 싶어하는 여자가 말이에요."

"샤링이 그러던가요?"

"당연하죠."

진징은 말을 마치고 소리 내어 웃었다. 그녀의 웃는 얼굴이 침침한 불빛 속에서 성스러운 빛무리를 띠었다. 나는 그녀에게 녹아들어갈 것 같았다.

"이봐, 거기서 무슨 얘기를 하는 거야? 빨리 와서 한잔해!"

샤오딩이 우리 쪽을 향해 고함을 질렀다. 그는 벌써 취해서 바보처럼 행복하게 함박웃음을 짓고 있었다.

그날의 뒷이야기는 기억나지 않는다. 나와 샤오마 그리고 진징은 계속 술을 마셨고 나는 취했다. 이상하게도 그날 밤 자오형의 꿈을 꾸지 않았다. 하지만 다른 꿈을 꾸기는 했다. 나 혼자 밤에 소금호수 기슭을 걷고 있었는데 숨 막힐 듯한 어둠이 덮쳐

왔다. 나는 절망하여 눈을 질끈 감았다. 그런데 사방에서 미세한 소리가 어지럽게 들려왔다. 마치 어떤 것이 자라나고 있는 소리 같았다. 너무나 무서웠다. 아침에 깨고 나서 그것이 소금이 자라는 소리가 아니었을까 생각이 들었다. 그곳에서는 소금이 자랐다. 아름다운 소금꽃이 끊임없이 피어나곤 했다. 그러고 보면 그곳에는 우리 말고 다른 생명도 있었다. 소금이 바로 생명 없는 일종의 생명이었다. 조물주 앞에서 우리와 소금이 무슨 본질적인 차이가 있겠는가. 우리와 소금은 다 자라나고 쇠락하는 일종의 변화일 따름이다.

샤오딩과 진징이 떠나고 두어 달 뒤에 나는 커다란 소포를 받았다. 모양을 보니 그림이 분명했다. 포장을 풀어보니 예상대로 액자를 잘 맞춘 유화였다. 샤오딩이 소금호수를 그린 것이었다. 그 그림 속 소금호수와 소금꽃은 무척 기괴했다. 처음 볼 때는 외계 행성의 풍경 같기도 하고 초현실주의 화풍 같기도 했다. 하지만 오래 들여다보고서 그 안의 변형과 과장이 소금호수의 가장 중요한 특징을 드러낸다는 것을 깨달았다. 나는 거실에 그림을 놓고 샤링이 돌아오기를 기다려 감상하게 했다. 하지만 그녀는 보자마자 놀라서 소리를 질렀다.

"빨리 치워. 두 번 다시 보고 싶지 않아!"

"왜 그러는 거야?"

나는 이해가 가지 않았다.

"내 꿈속의 소금호수와 똑같단 말이야. 놀라서 죽을 뻔했잖아!"

정말 신기한 일이었다. 나는 어쩔 수 없이 그림을 다시 포장해서 다른 곳에 놓았다. 아마도 소금호수가 아닌 곳에서 다시 꺼내어 보면 틀림없이 다른 풍취가 있을 것 같았다.

나는 샤오딩에게 그림을 보내줘서 고맙고 잘 간직하겠다는 내용의 편지를 썼다. 진징에 대해서는 한마디도 쓰지 않았다. 그가 좋아할 것 같지 않았기 때문이다. 나는 더 이상 샤오딩이 부럽지 않았다. 진징이 그를 사랑하지 않기 때문일 수도 있었고, 스스로 내 죄를 인정하고 내 행복을 깨달음으로써 착실히 이곳에 살기로 했기 때문일 수도 있었다. 샤오딩은 답장을 보내지 않았다. 그는 그렇게 사라졌다. 소금호수에 떠다니던 소금 알갱이가 억수 같은 빗속에서 사라지는 것처럼.

넘실대던 물결이 잔잔해지면서 삶은 그렇게 다시 평온을 되찾았다. 나는 더는 폭음을 하지 않았다. 꿈에서 자오 형을 볼까봐(아직도 가끔 보곤 했다) 그런 것이 아니라 아기를 갖기 위해서였다. 샤링은 임신을 하자마자 무급 휴가를 받아 성 소재지의 고모네로 갔다. 우리는 떨어져 살면서 말다툼도 줄어들고 감정도 차차 회복되었다. 나는 이미 내가 다른 여자와 함께 사는 광경을 상상도 할 수 없게 되었다. 이듬해 가을, 그녀는 건강한 남자아이를 순산했다. 아버지가 된 뒤에도 나는 계속 소금호수의 공장에 다녔다. 그사이에 그만둘 생각을 안 해본 것은 아니었다. 하지만 이상하게도 혼자 끝없는 소금밭에 있으면 마음이 점차 평온해져 떠나고 싶은 생각이 수그러들었다. 또한 소금호수 기슭을 걷다가 그 외계 행성 같은 풍경을 보고 있으면 샤오딩의 그림과 진징의 아름다운 얼굴이 떠오르곤 했다. 그 느낌은 무척 아련해서 마치 내가 현실이 아니라 어떤 기묘한 꿈속에서 그들을 만난 듯했다.

겨울이 되자 희한하게 북풍이 불었다. 나는 소금호수의 표면에 얇은 얼음이 덮여 투명한 소금층과 한데 섞여 있는 것을 발견했다. 그런 광경은 매우 보기 드물었다. 소금호수는 거의 어는 일이 없었다. 나는 일부러 공장에 가서 온도계를 확인했다. 최저 기온이 영하 25도였다. 더 골치 아팠던 일은 그렇게 혹독한 추위에도 눈이 계속 안 내려서 견딜 수 없이 건조한 것이었다. 아침에 일어날 때마다 목구멍이 아리고 따끔거렸다. 어느 날 아침, 나는 일어나자마자 편지 한 통을 받았다. 국제우편이어서 변변찮은 영어 실력으로 한참을 씨름한 끝에 그것이 네팔에서 왔다는 것을 알았다. 나는 십중팔구 진징의 편지일 것이라고 짐작했다. 혹시 꿈속에서 온 편지인가? 나는 잠깐 내가 아직 자고 있는 것은 아닌지 의심했다.

진징의 글씨는 그녀처럼 아름다웠다. 그녀는 편지에서 자기는 잘 있으며, 카트만두의 보다나트 불탑 앞에서 참회를 할 때 내가 떠올라 펜을 들게 되었다고 했다. 그 불탑의 기단에는 부처의 눈이 숱하게 그려져 있는데 그 자비로운 눈들이 자기를 주시하고 있어 마침내 죽음을 두려워하지 않게 되었다고도 했다. 또 그녀는 카트만두가 너무 아름다운 곳이라고 말했다. 푸른 산이 사방을 에워싸고 있고 언제나 꽃이 무성해서 기회가 있으면 나도 꼭 와서 볼 수 있었으면 좋겠다고 했다. 그곳은 소금호수와는 전혀 다른 풍경이라는 것이었다. 그녀는 샤오딩의 행방도 알려주었다. 그는 선전深圳에 가서 갤러리를 열었는데 운영이 꽤 잘된다는 얘기를 들었다고 했다. 마지막으로 그녀는 나중에 죽음이 찾아왔을 때 소금호수 같은 곳에서 죽어 태곳적 신비와 하나가 되고 싶다고 말했다. 그녀는 자료를 찾아보고 세계에서 가장 큰 소금호수는 내가 있는 곳이 아니라 남미 볼리비아 남서부 고원지대의 우유니 소금호수라는 것을 알았다고 했다. 그래서 나중에 그곳에 묻히기를 희망했다. 그녀는 번거로움을 무릅쓰고 여러 가지 통계를 나열했다.

"……거기는 해발 삼천 미터 이상이고 1만2500킬로미터에 걸쳐 이어져 있어요. 매년 겨울이면 비가 고여 얕은 호수를 이루지만 여름철이 되면 물이 다 말라서 소금 위주의 딱딱한 광물층만 남지요. 그곳의 소금층은 대부분의 지역에서 두께가 십 미터가 넘고 총 매장량은 약 650억 톤이어서 전 인류가 몇천 년을 먹어도 충분해요. 그곳 사람들은 건기에 호수 표면의 굳은 소금층으로 두꺼운 소금 벽돌을 가공해 집을 짓지요. 그 집은 지붕과 문, 창을 빼고는 벽과 실내의 침대, 탁자, 의자 같은 가구까지 전부 소금덩이로 만들어져 있어요."

나는 그녀에게 보내는 답장에 이렇게 썼다.

"우유니 소금호수의 몇 가지 통계 수치는 조금 낮춰야 해요. 그리고 계절이 북반구와 다를 뿐 이곳과 큰 차이는 없죠. 당신에게 이 편지를 쓰고 있는 지금, 나는 소금 벽돌을 쌓아 만든 탁자 위에 엎드려 있어요. 소금 벽돌 위에 유리판을 깔고 또 유리판 위에는 두껍고 따뜻한 남색 벨벳을 깔았죠. 이 탁자를 어루만지고 있으면 구조가 특이하기는 해도 일반 탁자와 별 차이가 없어요……."

나는 다시는 그녀의 편지를 받지 못했고 시간이 지나자 그 편지를 받은 사실조차 비현실적으로 느껴졌다. 왜냐하면 물증이 사라졌기 때문이다. 나는 샤링이 볼까 두려워 그 편지를 다 보자마자 태워버렸다. 봄이 오자 샤링이 또 전화를 걸어와 아이를 보러 오라고 채근했다. 그리고 오는 김에 면접시험을 보라고 했다. 어떤 친척이 내게 새 일자리를 찾아봐준다는 것이었다. 나는 짐을 꾸리며 생각했다. 어쩌면 여태껏 누구도 나를 보러 이곳으로 찾아온 적이 없었고 오직 끝없이 자라는 소금만이 나와 함께 있었는지도 모른다고. 아, 그랬다. 그때는 소란스러운 낮이었는데도 나는 그 미세한 소리를 분간할 수 있었다. 고개를 들고 창밖의 창백한 소금밭을 바라보았다. 내가 다시 돌아올지는 나도 알지 못했다.

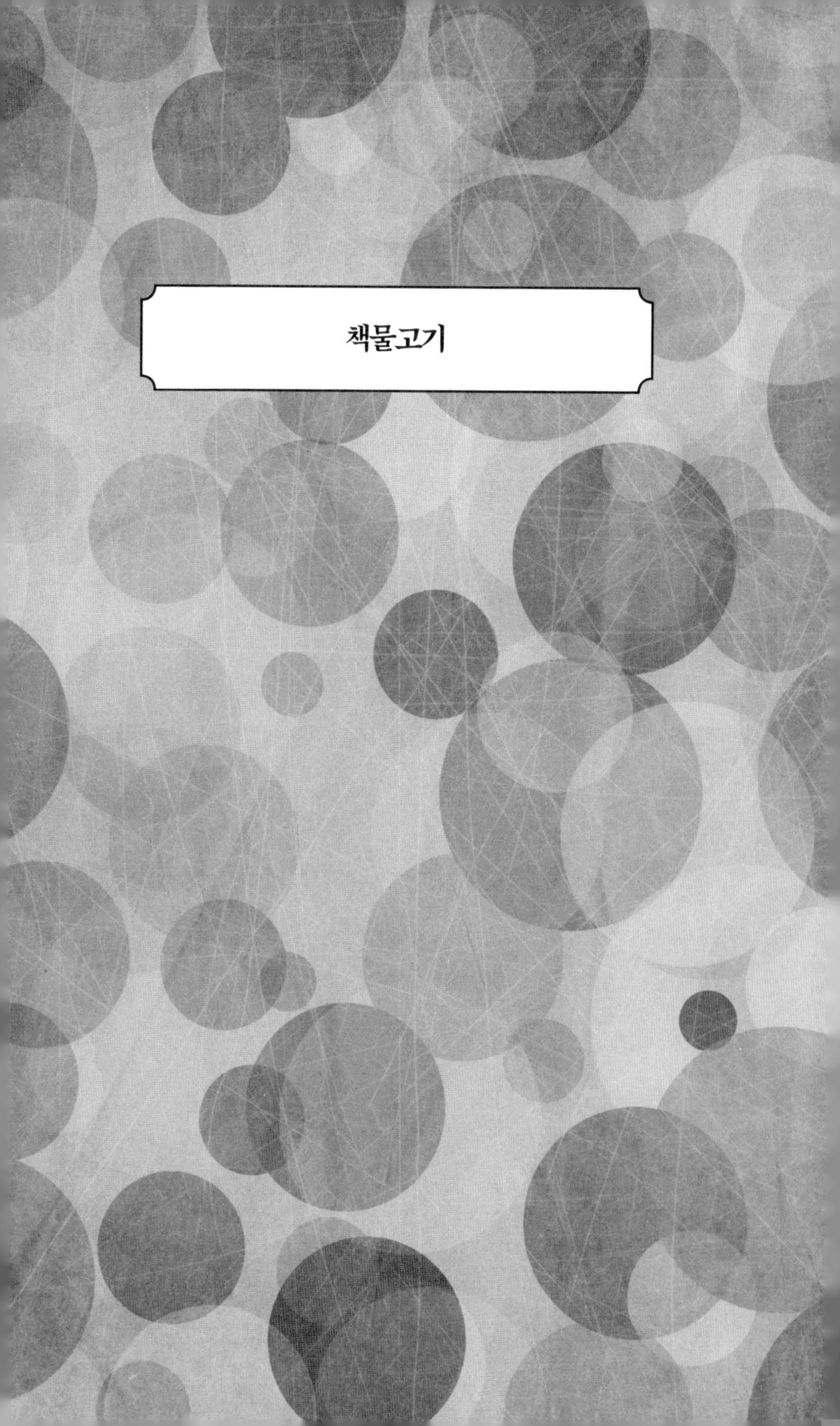

책물고기

보통 우리는 사람이 벌레로 변하는 카프카의 이야기가 현대문학의 시초라고 알고 있다. 그런데 나는 카프카가 「변신」에서 사람이 벌레가 아니라 다른 생물로 변하는 이야기를 썼어도 그 작품이 그토록 대단한 호소력을 가질 수 있었을지, 혹은 그렇게 심원한 창조적 가치를 지닐 수 있었을지 궁금했다.

이것은 전형적인 소설가의 문제의식처럼 느껴진다. 다시 말해 우리의 마음속 감정을 어떻게 외적인 이미지로 바꿀 것이며 벌레의 이미지는 과연 적절한 것이었을까? 나는 이 문제에 매혹되어 오랫동안 헤어나오지 못했다. 만약 카프카가 사람을 개, 돼지, 소, 양 따위로 변하게 했다면 그것은 확실히 적절치 못했을 것이다. 너무 익살맞거나 아니면 너무 온순했을 것이다. 혹시 고양이로 변하게 했다면 나쓰메 소세키의 이야기처럼 색다른 재미가 있기는 했겠지만 역시 사람의 마음을 꿰뚫는 힘은 덜했을 것이다. 더구나 그 고양이가 보통 고양이가 아니고 문인 기질이 있는, 죽을 때까지 쥐 한 마리도 잡지 않는 '우아한 고양이'였다면 더욱더 그랬을 것이다.

이렇게 하나하나 배제해가면서 나는 점점 더 현대인에게는 다른 선택의 여지가 없다는 것을, 혹은 다른 선택은 현대인과 무관하다는 것을 깨달았다. 그렇다. 현대인은 벌레로 변할 수밖에 없다. 이런 답을 얻었을 때 이 문제의 의미는 이미 한 소설가의 곤혹감을 한참 넘어섰다. 나아가 "현대인은 벌레다"라는 이 이미지는 단지 하나의 은유일 뿐만 아니라 어떤 진실하고 필연적인 관계가 돼버렸다.

물론 사람이 벌레가 되는 이야기가 「변신」만 있는 것은 아니다. 내가 중학교 때 배운, 포송령蒲松齡의 단편소설 「촉직促織」에서는 한 아이가 용감한 귀뚜라미로 변해 다른 귀뚜라미들과 싸워 이겨 황제의 마음을 얻음으로써 자기 가족에게 부귀영화를 선사한다. 이것도 당연히 일종의 '변신' 이야기다. 물론 전형적인 중국식 '변신' 이야기이기는 하지만. 이 작품은 「변신」과 대단히 유사한 모티프를 갖고 있으나 그 이야기는 여러 면에서 「변신」과 완전히 대조적이다. 「촉직」의 '변신'은 가족을 구하지만 카프카의 '변신'은 가족에게 철저히 외면당하기 때문이다. 이것이 바로 전설과 현실의 다른 점이다. 전설은 모두 삼인칭으로 쓰이지만 진정한 현실은 단지 일인칭에만 속한다. '나'는 잠에서 깼을 때 자신이 벌레로 변한 것을 깨닫는다. 이 '나'는 사실 우리이고 우리 중 누구도 요행히 이를 면하지는 못한다.

계속 추론하자면 우리는 모두 그런 위험에 처해 있음을 부정할 수 없다. 갑자기 자기가 벌레로 변하고 있음을 깨닫는 위험에 말이다. 단지 대다수 사람이 그 기미를 외면하고 있을 따름이다. 지금부터 나는 내가 최근에 겪은 일을 이야기하려 한다. 역시 벌레와 밀접한 관련이 있는 일이다.

나는 많은 독자처럼 스스로를 '책벌레'에 비유하곤 한다. 책장 사이에서 빠르게 기어 다니는 작은 벌레에 말이다. 하지만 나는 역시 많은 독자처럼 그 '책벌레'라는 것이 대체 무슨 생물인지 연구해본 적은 없다. 그것은 너무나 작고 보통 눈 깜짝할 사이에 사라지며 겉보기에는 이와 닮았다. 바로 그런 연상을 하면서 우리는 손가락을 뻗어 책장 위에서 그것을 단번에 눌러 죽이곤 한다. 그것의 체액은 딱 침 끝 정도의 면적을 적실 뿐이고 책장은 금세 말라버려 마치 아무 일도 일어나지 않은 것 같다. 더 많은 경우, 그 벌레들은 손가락의 습격에서 도망쳐 책장 틈으로 파고든 뒤, 다시는 자취를 드러내지 않는다.

그런데 이번 주 토요일 저녁 무렵, 나는 신기한 책벌레와 맞닥뜨렸다. 그때 나는 베란다 옆의 소파에서 책을 보고 있었는데 갑자기 주변이 침침해져서 고개를 들어 바깥을 바라보았다. 어느새 햇빛이 아래층의 '새끼벌레'라는 이름의 음식점에서 파는 물 섞은 오렌지주스처럼 묽어져 있었다. 내가 보던 책은 『그림으로 보는 케임브리지 고고학사』였다. 장정이 무척 정교하고 종이가 반들반들한 아트지여서 내가 애지중지하는 책이었다. 가본 곳도 적지는 않지만 나는 책 속에서 세계를 이해하는 편이 더 좋다. 책 속의 세계는 어떤 신비감이 있기 때문이다. 반대로 여행지에 있으면 나는 이미 어떠한 신비도 체험하지 못한다. 그러다가 문득 내가 3D 영화를 보고 있다고 느끼곤 한다.

다시 책을 읽으려고 고개를 숙였을 때 책벌레 한 마리가 눈에 띄었다. 나는 마침 앙코르와트에 관한 부분을 읽고 있었는데 삽입된 사진의 배경이 정말 너무나 아름다웠다. 폐허 같은 석벽이 녹색 이파리와 한데 어우러져 있었는데 책의 설명에 따르면 그 석벽은 왕의 사다리꼴 대좌臺座였다. 그 대좌에는 각기 다른 자태의 사내들이 검을 들고 눈을 부라린 채 새겨져 있었다. 그 작은 책벌레는 마침 단도를 든 사내의 눈 위에 엎드려 있었는데 문득 사람에게 들킨 것을 알아챈 듯 신경질적으로 뛰어다니기 시작했다. 그 순간, 나는 침침한 햇빛 때문에 눈이 흐릿해진 줄로만 알았다. 그러나 눈을 비비고 몇 번 목을 돌리고 나서도 여전히 그 작은 책벌레가 책장 위에서 왔다 갔다 빠르게 돌아다니는 것이 보였다. 정말 뜨거운 솥 위의 개미와 흡사했다.

나는 완전히 녀석에게 정신이 팔렸다. 화학물질 냄새로 가득한 이런 빳빳한 아트지 속에서 책벌레가 어떻게 살아갈 수 있을까? 더 이상한 일은 죽을힘을 다해 도망치는데도 그 책벌레가 길을 잃은 듯 제자리에서 맴돌고 있는 것이었다. 그 불쌍한 녀석은 놀라서 어쩔 줄 모르는 것 같았다. 나는 손가락을 뻗어 살짝 눌러 죽일 준비를 했다.

하지만 나는 갑자기 망설여졌다. 그 작고 불쌍한 벌레가 내 호기심을 건드렸다. 나는 마음속으로 물었다. 책벌레는 도대체 어떻게 생겼을까? 나는 책벌레에 대해 전혀 아는 게 없었고 지금까지 자세히 관찰해본 적도 없었다.

다탁 위에 살며시 책을 놓고 얼굴을 기울여 자세히 관찰했다. 나는 조금 근시이긴 했지만 그래도 녀석의 기본적인 윤곽이 눈에 들어왔다. 녀석의 머리에는 조금 긴 더듬이가 두 개 달려 있었고 그 긴 더듬이 밑에 또 무척 짧은 더듬이가 역시 두 개 달려 있었다. 녀석의 꼬리는 더 괴상했다. 모두 세 가닥인데 고대의 무기인 삼지창을 연상시켰다. 그리고 그 양쪽 옆에는 짤막한 세 쌍의 다리가 분포되어 있었다. 녀석에게 눈이 있는지 없는지는 분간이 되지 않았다. 돋보기를 가져와야 하나 고민이 됐지만 내가 자리를 뜬 사이에 녀석이 갑자기 정신을 차리고 책 틈으로 감쪽같이 사라지지 않을까 걱정되었다.

하지만 달리 방법이 없지 않은가? 달아날 수 있다면 녀석에게는 당연히 좋은 일이었다. 나는 일어나 책상 앞으로 가서 서랍을 열고 돋보기를 찾은 뒤, 어린애처럼 흥분해서 되돌아왔다. 아, 녀석은 사라진 것 같았다. 책장 위에는 아무것도 없었다. 나는 앉아서 자세히 살피다가 나도 모르게 미소를 지었다. 알고 보니 녀석은 사진의 녹색 이파리 위에 웅크리고 있었는데 마치 미세한 벌레 구멍 같았다.

멈춰 있으니 관찰하기에 더 좋았다. 나는 얼른 돋보기를 들고 계속 보기 시작했다. 눈앞의 광경은 무척 불가사의했다. 돋보기 아래에서도 녀석의 모습은 별로 뚜렷해지지 않았다. 신체 윤곽은 마치 한 폭의 연필 소묘 같아서 그렇게 디테일하지 않았다. 더 괴상한 것은 녀석이 책장 위가 아니라 진짜 앙코르와트의 숲과 석상 위에서 기어 다니는 것 같다는 사실이었다. 녀석은 나와 앙코르와트를 연결시켜 그 책의 페이지를 또 하나의 아득한 시공으로 통하는 출입구로 만들어버린 듯했다. 나는 덜컥 겁이 났다. 그 출입구로 빨려 들어가 다시는 못 돌아올 것 같았다. 나는 더 생각할 여유도 없이 바로 책을 덮었다. 그리고 소파에 털썩 주저앉아 불안한 마음을 달래며 멀리서 그 책을 바라보았다.

몇 분 뒤, 나는 마음이 진정되어 방금 전 일은 내 환상에서 비롯된 것이라고 생각했다. 책을 너무 오래 봐서 피곤했고 또 일상이 빈약해서 신비한 일에 대한 잠재적 욕구가 있었던 듯했다. 나는 다시 책을 들고 방금 전의 페이지를 펼쳤다. 앙코르와트의 사진은 여전했다. 짙푸른 수풀과 회색의 돌들은 전혀 바뀐 게 없었다. 가장 중요한 것은 그 책벌레가 사라진 것이었다. 나는 다시 돋보기를 들고 녀석의 시체를 찾으려 했다. 그러나 책을 끝까지 벌려 샅샅이 뒤졌는데도 아무 성과가 없었다. 녀석은 도망친 것이다.

그렇게 어수선할 때 아내 후리胡莉가 퇴근해 집에 돌아왔다. 토요일이니 나와 함께 집에서 쉬어야 했지만 주택대출금을 미리 갚으려고 그녀는 굳이 아르바이트를 하러 나갔다. 나는 그녀가 그러는 것이 마음에 들지 않았다. 사실 나와 그녀는 여러 면에서 생각이 많이 달랐다. 예를 들어 그녀는 지금 살고 있는 250만 위안짜리 헌집을 기어코 사려 했다. 그 액수는 우리가 감당할 수 있는 범위를 한참 넘어섰다. 우리 둘이 앞으로 이십 년은 겨우 입에 풀칠만 하며 살아야 했다. 나는 정말 집의 노예가 되어 한평생 살고 싶지는 않았다. 하지만 그녀를 설득할 방법이 없었다. 양가 부모와 친구들까지 다 그녀 편이었기 때문이다. 그들은 심지어 일차 상환금까지 빌려주겠다면서 지금 안 사면 더 사기 어려워질 것이라고 충고했다. 하지만 우리가 왜 꼭 집을 사야 한단 말인가? 계속 세 들어 살 수는 없는 걸까? 혹은 이 비싼 도시를 떠나 우리가 집값을 감당할 수 있는 소도시로 갈 수도 있지 않은

가? 그것도 아니면 아예 전 세계를 집으로 삼아 해외를 누비고 다니면 훨씬 상쾌하지 않을까?

나는 끝까지 납득을 못 했고 그래서 집과 관련된 여러 일에 적극적으로 나서지 않아 후리와 싸우기도 많이 싸웠다.

간단히 후리의 직업에 대해 얘기해보겠다. 그녀는 한 공립중학교에서 국어를 가르친다. 사립중학교의 불쌍한 선생들에 비해서는 월급이 천 위안 정도 높기는 해도 끝이 빤히 보이는 그 직업의 특성상 평생 큰돈을 벌 가능성은 전무하다고 볼 수 있다. 하지만 그녀는 그런 현실을 잘 모르거나 받아들이고 싶지 않은 것 같다. 또한 늘 학생들을 격려해야 하는 탓에 온몸에서 맹목적인 낙관주의가 철철 넘친다. 그러나 다른 측면에서 보면 확실히 그녀는 좋은 선생이기는 하다. 가끔 안 좋은 마음으로 생각해봐도 선생이라면 자기가 도덕적 책임감으로 학생들에게 떠들어대는 그 허풍스러운 말들을 굳게 믿어야 한다. 비록 눈앞의 학생이 사회에 진출해서 어떤 타격을 입을지 뻔히 보일지라도 말이다. 만약 내가 중학교에 다닐 때 후리 같은 선생을 만났다면 지금 그녀가 생활을 위해 대가로 치르고 있는 그 모든 것을 순순히 인정했을지도 모른다.

집을 산 뒤로 우리의 삶의 질은 곤두박질쳤다. 공자가 말한, "석 달을 고기 맛을 몰랐다三月不知肉味"는 생활을 해야만 했다. 나는 이런 현실이 내가 그녀와 그녀를 지지하는 그녀의 친구들을 설복시키는 데 도움이 되기를 바랐다. 그래서 몰래 기회를 엿보며 눈치를 살폈다. 그녀는 당연히 내 음모를 간파하고 짐짓 허세를 부리며 억지로 참고 버텼다. 대출금을 조기 상환하기 위해 주말에 학원에서 아르바이트를 할 계획이라고 말하기도 했다. 나는 서슴없이 그녀에게 "계란으로 바위 치기지"라고 말했다. 그녀는 내가 너무 부정적이라고 생각했는지 진지하게 나를 타이르기 시작했다. 꼭 자기 학생을 다루는 것처럼 우선은 온화하게 이치를 따지다가 말을 안 들으면 갖은 수단을 써 나를 징벌했다. 그밖에 또 다른 필살기를 쓰기도 했는데 그것은 친구들을 동원해 인해전술로 내가 항복할 때까지 들볶는 것이었다. 나는 이미 그 고통을 실컷 맛보았기 때문에 그녀가 한바탕할 자세를 취하면 얼른 꼬리를 내리고 지지를 표명했다. 그녀는 한술 더 떠서 이런 말도 했다.

"당신도 빨리 주말 아르바이트를 찾아!"

"알았어. 좀 이따 찾아볼게."

나는 화장실로 도망쳐서 앞으로 주말마다 어디에 가서 시간을 보내야 하나 머리를 굴렸다.

지금 후리는 숨을 헐떡거리며 분홍색 핸드백을 내려놓고는 신발을 벗으면서 고개도 안 든 채 내게 물었다.

"저녁에는 뭘 먹지?"

그녀는 조금 풀이 죽어 보였다. 어제와 그제와 그끄제와 마찬가지로 삶에 패배한 모습이었다. 당연히 나는 몰인정한 사람이 아니므로 조금 안쓰러워하며 말했다.

"냉장고에 신선한 야채가 없는 것 같던데. 우리 그냥 나가서 먹을까?"

나는 그녀가 돈을 아끼려고 거절할 줄 알았는데 대답은 의외였다.

"나가서 먹어야 하면 나가서 먹어야지."

그녀는 몸을 일으키고는 웬일로 눈을 동그랗게 뜨고 내게 따졌다.

"그렇다고 나한테 목소리를 깔고 얘기할 필요까지는 없잖아. 왜 그러는 거야? 내가 그렇게 미워?"

"목소리를 깔았다고?"

나는 어리둥절했다.

"나 그런 적 없어. 피곤해서 잘못 들은 거 아냐?"

"거짓말 아니거든. 목소리가 계속 낮아져. 감기라도 든 거야? 어디 아픈 데 없어?"

말하면서 그녀는 내 이마에 손을 얹었다가 다시 자기 이마에 손을 얹었다. 그녀가 나를 웃기려고 하는 것 같아 나는 소리 내어 웃었다.

"당신 진짜 피곤해서 어떻게 된 거 아냐?"

나는 말을 하며 유심히 내 목소리에 귀를 기울였지만 별로 이상한 점은 없었다.

"웃지 마! 듣기 싫어 죽겠네!"

그녀는 온도계라도 쥔 것처럼 손을 휘저었다.

"보아하니 정신은 멀쩡한 것 같네. 에이, 우선 됐고 밥이나 먹자. 나 배가 고파 돌아가실 것 같단 말이야!"

우리는 문을 열고 아래층으로 내려갔고 선택의 여지 없이 우리 형편에 딱 맞는 '새끼벌레'로 갔다. 창 쪽의 칸막이 자리에 앉고 보니 주변에는 전부 데이트하는 학생들뿐이었다. 후리는 치킨카레를, 나는 파스타를 시켰다. 정말 오랜만의 외식이었다. 창밖에 흐르는 자동차의 물결을 보다가 나는 뜻밖에 이 도시가 친근하게 느껴졌다. 우리는 식사를 하며 이야기를 나눴다. 꼭 연애 시절로 돌아간 것처럼 분위기가 좋았다. 후리는 나보다 말하는 것을 좋아했고 자기 학생 이야기를 즐겨 했다. 나는 요즘 학생들이 흥미롭고 제정신이 아니라는 생각이 들었다. 그들은 아이폰을 못 사서 자살 충동까지 느끼지 않는가. 그래서 나는 그들이 대체 무슨 생각을 하는지 알고 싶어 수시로 후리에게 얘기를 해달라고 했다. 그런데 그녀는 오늘 좀 이상했다. 내가 뭐라고 대답할 때마다 말을 멈추고 내 목소리를 비웃었다.

처음에는 신경 쓰지 않았지만 점점 나도 내 목소리가 확실히 굵어졌고 심지어 울리기까지 한다고 느꼈다. 아무래도 몸에 열이 올라 그런 것 같았다. 식사를 마친 후, 나는 후리와 함께 '황전룽黃振龍'에 가서 약차 한 잔을 샀다. 황전룽은 약차 프랜차이즈인데 우리 광저우廣州 사람들은 몸이 안 좋으면 병원에 가기보다는 먼저 약차를 마실 생각부터 한다. 빨리 증상을 없애려고 나는 가장 쓴 약차를 주문했다. 그것을 단숨에 마시고 나니 너무 써서 눈물이 찔끔 나왔다. 후리가 내 머리를 쓰다듬으며 말했다.

"좋은 약은 입에 쓴 법이랍니다."

그녀는 정말 훌륭한 선생이 될 재목이었다.

어쨌든 그날 저녁 우리는 밖에서 소소한 낭만을 누린 셈이었다. 그 분위기를 이어, 나는 집에 와서 침대에 눕자마자 그녀의 귓가에 살며시 속삭였다.

"자기, 우리 너무 오래 안 했지?"

후리가 또 놀란 눈으로 나를 보았다.

"왜 그래?"

나는 조금 기분이 안 좋아서 목소리를 높였다.

"자기 마누라한테 이런 소리도 못 해?"

"당신 목소리, 그냥 굵은 것만이 아냐!"

그녀가 고함을 질렀다.

내가 무슨 말을 했는지는 전혀 개의치 않고 또 내 목소리를 갖고 뭐라고 하니 나는 속에서 열불이 안 날 수가 없었다. 그 열불을 억지로 누르며 말했다.

"이봐, 오늘 대체 왜 이러는 거야?"

그녀는 더 당황해서 얼굴이 창백해졌다. 그리고 무슨 엄청난 비밀이라도 깨달은 것처럼 조심조심 말했다.

"아, 당신, 지금, 말을 하는데, 메아리가 들려!"

"메아리가 들린다고? 그게 무슨 터무니없는 소리야! 정말 환청을 들었나 보군."

나는 그녀의 우스꽝스러운 표정을 보면서 난감해했다.

"자세히 들어보라고. 설마 안 들리는 거야?"

그녀는 나와 일 미터 간격을 벌리고 침대 가장자리에 엎드렸는데 금방이라도 바닥에 굴러떨어질 것 같았다. 마치 내가 위험한 바이러스 보균자라도 된 기분이었다.

나는 화가 난 채 아예 눈을 꼭 감고 "자기, 우리 너무 오래 안 했지?"라는 말을 반복했다. 하지만 메아리가 들리는지 안 들리는지는 역시 분간이 안 갔다.

"잠깐만 기다려."

그녀는 휴대전화를 꺼내 녹음 기능을 켠 뒤 또 말해보라고 입을 삐죽 내밀었다. 나는 또 그 말을 해야 했다. 녹음을 끝내고 그녀가 재생 버튼을 눌렀다. 우리는 동시에 숨을 죽였다.

아찔했다. 정말로 내 목소리 외에 미세한 메아리가 들렸다. 내가 '자기'라고 말하면 그 가늘고 작은 목소리도 '자기'라고 말했다. 그 시간차는 0.1초밖에 안 됐고 조용할 때만 들렸다. 나는 등골이 오싹했다. 내 목소리와 성대에 무슨 문제가 있는지 알 수가 없었다. 후리도 무서워하며 탐색하는 눈빛으로 나를 주시하며 말했다.

"당신 무슨 희귀병에 걸린 건 아니겠지?"

"허튼소리 하지 마!"

나는 놀라고 부끄러운 나머지 성을 냈다.

"그냥 열이 올라 목이 쉰 거라고."

나는 힘을 주어 몇 차례 기침을 했다. 그렇게 해서 그 알 수 없는 뭔가를 뱉어내려 했다. 하지만 노인의 기침 소리를 흉내 내는 얼치기 연기자 꼴만 되고 아무 소득도 못 거뒀다.

내 우스꽝스러운 모습을 보고도 후리는 웃지 않고 오히려 더 심각해졌다.

"지금 당신이 말만 하면 나는 그 메아리가 들려. 꼭 당신 몸속에 앵무새처럼 따라하는 사람이 살고 있는 것 같아서 춥지도 않은데 오한이 든다고. 내일 아침 일찍 병원에 가자. 괜히 치료 시기를 놓치지 않게 말이야."

'앵무새처럼 따라하는 사람'에다 '춥지도 않은데 오한이 든다'까지 그녀의 표현은 국어 선생답게 정확하기 그지없었다. 나는 반박할 말이 없어 입을 다물었다. 그녀는 내게 묻지도 않고 몸을 일으켜 불을 끈 뒤 조용해졌다. 벌써 꿈나라에 간 듯했다.

나는 그런 침묵을 견딜 수가 없었다. 어둠 속에서 그녀의 숨소리가 너무 아득하게 느껴졌다. 마치 내게서 멀어지는 열차 소리 같았다. 내가 버려지는 건가? 나는 불쑥 몸을 돌려 보채는 아이처럼 그녀를 꽉 껴안고 입을 맞추기 시작했다. 그녀는 놀라서 소리를 지르고는 살며시 나를 밀어낸 뒤, 등을 돌린 채 말했다.

"이러지 마. 당신 아프잖아."

그 말을 듣자마자 나는 온몸의 열기가 확 식었다.

"아파도 전염병은 아닐 거 아냐!"

나는 사납게 말했다.

"당신이 그걸 어떻게 알아?"

이 말을 하고서 그녀는 조금 너무했다 싶었는지 또 한마디를 덧붙였다.

"그런 뜻은 아니고 빨리 자기나 하자. 내일 일찍 일어나야 하잖아."

나는 위를 향해 누워 어두운 천장을 뚫어져라 바라보았다. 전혀 잠이 오지 않았다. 하지만 더 어쩔 수가 없어 목소리를 길게 늘여 그녀에게 말했다.

"잘 자."

"제발 말 좀 그만해. 무서워 죽겠다니까!"

그녀는 번데기처럼 자기 몸에 이불을 똘똘 말았다.

나는 할 수 없이 입을 꽉 다물고 찍소리도 내지 않았다. 그런 난감한 분위기에서 잠이 올 턱이 없었다. 나는 어린 시절 친구들과 산골짜기에서 목이 찢어져라 소리 지르던 일이 떠올랐다. 하늘 아래 내 목소리가 연달아 메아리치면 마치 세상에 또 다른 내가 있어서 어떤 신비로운 순간에 나한테 호응해주고 그 때문에 나는 더 이상 외롭지 않은 듯했다. 그렇다면 지금 내가 말할 때마다 들리는 메아리도 어떤 호응이라고 할 수 있을까? 하지만 설사 호응이라고 해도 말할 때마다 들리니 사람이 견딜 수가 없었다. 무슨 신비감 같은 것도 느껴지지 않았다. 그것은 일종의 병, 생리적인 변고일 뿐이었다.

이튿날 아침 깨어나서 나는 상황이 더 심각해졌음을 깨달았다. 이제는 남이 알려줄 필요도 없었고 녹음할 필요는 더더욱 없었다. 말할 때마다 그 작은 메아리가 들렸다. 전날보다 소리가 더 커지고 굵어졌다. 짓궂은 장난을 즐기는 성대모사꾼이 내 몸속에 숨어서 쉬지 않고 내 말을 흉내 내고 있는 듯했다.

"빨리 병원에 가자. 그 소리가 더 커졌어."

나는 당황해서 후리에게 말했다.

"이제는 나도 무섭다고."

그런 나를 보고 후리는 지금까지 내가 본 중에 제일 후련하게 깔깔 웃음을 터뜨렸다. 온몸을 구부린 채 어깨를 들썩거리는 품이 금방이라도 고꾸라질 것 같았다. 얼마 지나서야 그녀는 겨우 헐떡거리며 말했다.

"드디어 무서운 줄 알았나 보지? 드디어 내 느낌을 이해했나 봐."

나는 그녀가 왜 내가 두려워하는 꼴을 보고 그렇게 즐거워하는지 알 수가 없었다. 물어보고 싶었지만 말하고 싶지 않아서 그냥 괴로워하며 고개만 끄덕였다.

그녀는 하이힐을 신고 서서 곰곰이 나를 뜯어보았다. 마치 다른 사람을 보고 있는 것 같았다. 그녀는 결론을 내렸다.

"당신은 곰팡이 핀 고물 스피커가 됐어."

우리는 병원에 갔다. 그런데 무슨 과에 가야 할지 몰랐다. 내과에 가야 하나, 이비인후과에 가야 하나?

"먼저 이비인후과에 가는 게 낫겠어."

후리가 말했다.

"거기가 가장 직접적이잖아. 먼저 당신 성대에 문제가 있는지 볼 수 있으니까."

나는 그녀의 말이 일리가 있다고 생각했다. 우리는 넘치는 환자 무리에 끼어 줄을 서서 접수한 뒤, 사십 분을 기다려 겨우 이비인후과 의사를 만났다. 젊은 여자 의사였는데 무척 마른 데다 눈이 까맣고 커서 매일 접하는 병에 놀라고 겁에 질린 듯했다. 그녀는 나를 보더니 그 큰 눈을 청개구리처럼 깜박이며 물었다.

"어디가 안 좋으시죠?"

"말할 때 메아리가 들려요."

나는 딱 요점만 말했다. 내가 입을 열기만 하면 틀림없이 그녀가 문제를 발견할 것이라고 생각했다.

그녀가 눈을 동그랗게 뜨고 빤히 나를 쳐다보았다.

"네? 무슨 말씀이시죠?"

그녀가 듣지 못한 것 같아 나는 어쩔 수 없이 줄줄이 말을 해야 했다.

"제가 말을 할 때 메아리가 섞여 들리는데 혹시 안 들리세요? 아주 작은 소리인데 제가 한마디를 하면 따라서 한마디가 들리고……."

이때 그녀가 풋, 하는 소리를 내더니 입을 가리고 웃었다.

"호호, 세상에 별일이 다 있네요, 이런 증상도 있고. ……죄송해요. 이런 경우는 처음이거든요."

천진한 그녀의 웃음이 의사로서의 위엄을 한순간에 무너뜨렸다. 그녀는 내 눈에 갓 의과대학에 입학한 호기심 많은 여학생으로 보였다.

하지만 나는 내심 그녀가 그러는 것이 좋았다. 처음으로 내 말에 메아리가 들리는 것이 그렇게 큰일이 아니고 사실 그 자체로는 무척 재미나는 일이라는 생각이 들었기 때문이다.

그녀는 내게 입을 벌리고 아, 아, 아, 하고 소리를 내게 했다. 그러고서 의료용 헤드라이트를 쓴 채 광부처럼 내 목의 터널 속을 탐색했다. 나는 그녀의 오목거울에 내 얼굴이 고기만두처럼 크고 흉하게 비치는 것을 보고 얼른 눈을 감았다. 그녀가 들고 있는 작은 나무판이 장님의 지팡이처럼 내 목구멍 깊은 곳을 이리저리 더듬다가 갑자기 힘껏 누르는 바람에 하마터면 아침 먹은 것을 다 토할 뻔했다.

"별문제 없는 것 같은데. 부은 데도 없고 염증도 없고……."

그녀는 혼자 중얼거리다가 별안간 목소리를 높여 내게 물었다.

"요즘 목을 쓸 일이 많았나요?"

"무슨 말씀이시죠?"

나는 그녀가 뭘 알고 싶어하는지 몰랐다.

"어떤 직업들은요, 예를 들어 교사는 목을 많이 쓰잖아요."

그녀의 설명에 나는 눈을 뜨고 눈빛으로 옆에 앉아 있는 후리를 가리켰다.

"선생님이 말씀하시는 사람은 바로 저 사람이에요. 하지만 저 사람은 하루 24시간을 연달아 떠들어도 목이 괜찮아요."

"아유, 선생님한테 묻는 거잖아요, 다른 사람이 아니라. 무슨 일을 하시죠?"

의사는 말하면서 다시 내 목구멍을 누르고 또 그 속을 살폈다.

그녀가 손에서 힘을 빼자마자 나는 머리를 뒤로 움츠려 그 구역질나는 작은 나무판을 피했다. 그러고서 침을 삼키며 말했다.

"저, 저는 출판사를 다닙니다. 책을 만들죠."

"그러면 책을 많이 보셔야겠네요?"

의사의 목소리가 조금 부드러워졌다. 나는 그녀가 틀림없이 독서를 좋아할 것이라는 생각이 들었다.

"네. 굉장히 많이 보죠."

내 대답에는 자부심이 깃들어 있었다.

"하지만 그건 선생님의 목소리하고는 전혀 관계가 없는데요."

의사의 큰 눈에는 연민이 가득했다.

"맞습니다. 제 일은 눈만 쓰지 목은 전혀 안 쓰니까요."

나는 유감스러운 어조로 말했다.

그녀가 속수무책으로 가만히 있는 것을 보니 나는 마음이 안 좋았다. 마치 그녀가 훌륭한 의사가 되는 것을 내가 방해하는 것만 같았다. 그래서 헛기침을 하고 말했다.

"제가 요즘 너무 피곤하고 잘 못 쉬어서 그런가 봅니다. 어젯밤에도 잠을 못 잤거든요."

"아, 그러신가요."

뭔가 영감이 떠올랐는지 그녀의 큰 눈이 반짝반짝 빛났다.

"생각났어요. 선생님은 공명강에 문제가 생긴 게 분명해요."

"공명강이요? 그게 어디에 있죠?"

나는 고개를 숙여 내 가슴을 살폈다.

"공명강은 구체적인 장기가 아니에요."

그녀는 웃으면서 말했다.

"그건 인체의 음향학적 구조에요. 주로 흉강, 구강, 두강 세

부분으로 이뤄져 있죠. 선생님은 지금 구강으로 말할 때 흉강에서 메아리가 울리거든요. 아마 흉부에 물이 고여 있을 거예요. 내과에 가서 사진을 찍어보시는 게 좋겠어요."

말을 마치고서 의사는 큰 짐을 내려놓은 듯한 표정을 지었다. 그 모습은 마치 자상한 한 마리 어미 개구리 같았다.

우리는 내과에 갔다. 나를 맞이한 사람은 젊은 남자 의사였다. 유행하는 검은 테 안경을 쓰고 있었는데 나는 그의 수입이 썩 괜찮을 것이라는 생각이 들었다. 그는 내 설명을 듣고서 입을 딱 벌리고 불가사의하다는 표정을 지었다. 그의 입과 그의 유행하는 안경이 세 구멍으로 이어진 정삼각형을 이뤘다.

내가 이비인후과 의사의 의견을 전하자 그는 잠깐 고민하다가 청진기를 꺼냈다.

"먼저 좀 들어보죠."

그는 내게 힘껏 숨을 쉬며 헉헉 소리를 내보라고 했다. 그래서 시키는 대로 했는데 놀랍게도 그 메아리 역시 헉헉 소리를 냈다.

"말을 해보세요."

의사가 명령했다.

"네."

나는 말했다.

"그런데 무슨 말을 해야 할지 잘 모르겠네요."

의사는 나를 무시하고 말했다.

"네, 계속."

"정말 무슨 말을 해야 할지 잘 모르겠다니까요. 제 아내는 저보고 곰팡이 핀 고물 스피커 같다고 그랬어요."

뭐라고 더 말하려는데 의사가 내 말을 끊었다.

"들어본 것으로는 전혀 이상이 없어요."

의사는 청진기를 내려놓고 안경을 벗고서 눈을 비볐다. 꼭 환각과 싸우고 있는 듯했다.

"하지만 그 메아리는 확실히 또렷하게 들리네요. 정말 희한하군요!"

그의 목소리에서 당황스러움이 느껴졌다.

나는 이를 악문 채 감히 아무 말도 못했다. 그 메아리가 확 뿜어져 나올 것만 같았다.

"사진을 찍어보는 게 낫겠어요."

그는 생각을 정했다.

그의 지시대로 나는 방사선과에 갔다. 거대한 엑스레이 촬영기 앞에 서서 손을 뻗어 큰 감지기를 꽉 껴안은 뒤 그 차가운 표면에 가슴을 바짝 댔다. 나도 모르게 몸에 소름이 끼쳤다.

사진을 찍고 나서 방사선과 의사가 말했다.

"결과는 오후에 나오니까 그때 찾으러 오세요."

벌써 정오가 돼서 우리는 밖에 밥을 먹으러 나가야 했다. 한여름이라 태양이 곧 폭발할 것처럼 뜨거웠다. 우리는 땀을 뻘뻘 흘리며 거리를 헤매다 저렴한 패스트푸드점을 찾아 요기를 한 뒤, 다시 근처의 맥도널드에 들어가 바보처럼 앉아 더위를 식혔다. 주변에 사람이 많아 나는 누구를 놀라게 할까봐 감히 입을 못 열었다. 그래서 우리는 멀뚱멀뚱 서로 쳐다보며 멍하니 있다가, 두 시에 비로소 병원 방사선과에 가서 가슴 사진을 받아 또 내과의 그 검은 테 안경을 쓴 의사를 만나러 갔다.

그는 우아하게 안경을 고쳐 쓰고는 사진을 가리키며 내게 말했다.

"아무 이상도 없어요. 그냥 너무 피곤해서 체강, 체액, 성대의 종합적인 작용으로 그런 이상한 현상이 생겼을 겁니다."

그의 설명을 나는 전혀 못 알아들었지만 그는 무척 자신 있어 보였다. 오전의 당황했던 기색은 온데간데없었다. 지금 그는 경험 많은 원로 전문가 같아 보였다.

"아니면 우선 돌아가서 푹 쉬시면서 한동안 관찰한 뒤, 다시 이야기하기로 하지요."

그는 내 절망적인 표정을 보고 조금 양보하여 말했다.

"더구나 그게, 그게 건강과는 관련이 없잖아요. 안 그런가요?"

이렇게까지 말을 하는데 내게 다른 방법이 있을 턱이 없었다.

우리는 병원을 나와 집에 돌아가려고 지하철역으로 향했다.

나는 의사의 말대로 푹 쉬면서 관찰할 생각이었다. 그런데 지하철역에 다 와서 후리가 갑자기 말했다.

"안 돼. 이렇게 끝낼 수는 없어."

"그러면 무슨 방법이 있는데?"

나는 나와 메아리가 함께 피곤하고 쉰 목소리로 말하는 것을 들었다.

"아유, 진짜 듣기 싫어 죽겠네!"

후리는 힘껏 손을 내저었다. 마치 무엇에서 벗어나려는 듯한 동작이었다. 그녀는 나한테서 세 걸음 정도 떨어져 조금 마음을 가라앉힌 뒤 말했다.

"그런 희귀병은 한의사를 찾아가야 해. 안 그래?"

"한의사라고?"

목구멍에서 쓴 한약 맛이 솟구치는 듯했다. 나는 한의원에 안 가본 지 벌써 여러 해가 되었다. 엄격하게 분야가 나누어진 현대적인 병원이 이미 전통 한의원을 대체했다. 하물며 대형 매체마다 허구한 날 한의학이 가짜 과학인지 아닌지 논쟁을 벌이고 있지 않은가. 비록 아직까지는 결론이 안 나기는 했지만 적어도 사람들에게 불안감을 주고 있는 것이 사실이다. 어쨌든 이 시대에 한의학은 그 정체가 의심스럽다고 해도 과언이 아닌 것이다.

내가 머뭇거리는 것을 보고 후리가 말했다.

"한의학을 잘 아는 친구가 하나 있어. 지금 바로 물어볼게."

오 분 뒤, 후리는 전화를 끊고 내게 말했다.

"남쪽 근교의 링산靈山으로 가자. 친구가 그러는데 거기 토지신 사당 옆에 사는 류劉씨 할아버지가 각종 희귀병 치료에 일가견이 있대."

"사당? 할아버지?"

나는 기가 막혔다.

"그게 무슨 허무맹랑한 소리야?"

"그게 아니야. 경험 많은 나이 든 한의사래."

후리는 자신이 있는 듯했다.

"당신 친구는 뭐 하는 사람인데?"

나는 경계심이 들어 물었다.

"의사야?"

"아니."

후리는 고개를 저었다.

"그 사람 아버지가 오 년 전에 암에 걸려서 여기저기 의사랑 약을 찾아다니다가 반 전문가가 됐어."

"그 사람 아버지는 나았고?"

"아니."

후리는 잠깐 망설이다가 말했다.

"하지만 일 년 더 사셨대. 돌아가실 때 그리 큰 고통도 없으셨고."

"그것으로는 가짜인지 아닌지 증명이 안 되잖아."

"이제 그만 좀 하지."

후리가 성가신 티를 냈다.

"설마 당신도 한의학을 못 믿는 거야? 가서 물어보는 것도 못 해?"

솔직히 내가 한의학을 믿는지 안 믿는지는 나도 잘 몰랐다. 그때 길 건너편의 '할머니고추장' 광고판이 눈에 띄었다. 나는 불현듯 어린 시절 할머니 집에 갈 때마다 할머니 방에 짙은 약초 냄새가 가득했던 것이 떠올랐다. 오랜 세월이 흘러 할머니의 몸에서는 아무리 씻어도 약초 냄새가 가시지 않았다. 냄새를 맡아보면 할머니는 마치 걸어 다니는 한 그루 식물 같았다.

할머니 생각을 하니 마음속에 점차 따뜻한 친밀감이 생겨났다.

"가자, 가자고!"

나는 투덜거리며 후리가 이끄는 대로 링산으로 향했다.

그 한의원은 사당 옆에 있기는 했지만 막상 가보니 내가 상상한 것처럼 그렇게 황당하지는 않았다. 사당은 참배객이 아주 많지는 않아도 줄이 끊길 정도는 아니었으며 특히 할머니가 많았다. 그들은 거의 대부분 표정이 엄숙하고 경건했다. 사당 주변은 읍내 장터와 비슷했는데 한의원은 사당 건너편 길가에 있었다.

아담한 한약방이었는데 문가의 탁자에는 두개골과 척추가 결합된 인체 모형이 세워져 있었다. 바람이 불 때마다 그 해골의 입이 아래위로 달가닥거리며 뭔가 신비한 이야기를 하는 듯했다. 문을 열고 들어가자 흰 수염의 노인 한 명이 단지들 사이에서 분주히 일하는 모습이 보였다. 노인은 동작이 날랬고 일을 하면서도 매 같은 눈초리로 나를 뚫어져라 보았다. 그가 아무 말도 안 했는데도 나는 무슨 천인공노할 죄라도 지은 것처럼 온몸이 움츠러들었다.

"저기……."

후리가 못 참고 막 입을 열려고 하는데 노인이 그녀를 향해 손짓을 하며 말했다.

"먼저 두 사람을 좀 봐야겠어."

"제가 아니라 이 사람을 봐주세요."

후리는 말하면서 뒤로 물러났다.

나는 한의사가 보고, 냄새 맡고, 묻고, 진맥을 한다는 것을 알고 있었다. 그래서 입을 다문 채 그가 살펴보게 내버려뒀다. 노인은 한참 보고 나서 신비로운 미소를 지으며 말했다.

"말 못 할 병이 생긴 게 분명하군."

나는 그 말이 조금 우스웠다.

"말 못 할 병이 생긴 게 아니면 왜 여기 왔겠습니까?"

노인이 순간 놀라서 다시 말했다.

"몇 마디 더 내게 들려주게."

그가 내 목소리의 메아리를 눈치챘다는 것을 알고 나는 긴장해서 뭐라고 해야 할지 몰라 입만 벌린 채 멍하니 서 있었다. 노인은 앉아서 잠깐 기다리라고 눈짓을 한 뒤, 우리는 본체만체하고 계속 자기 할 일만 했다. 더는 내게 눈길도 돌리지 않았다. 나와 후리는 작은 탁자 옆에 앉아 서로 멀뚱멀뚱 바라보았다.

"방금 왜 말 안 했어?"

후리가 말했다.

"한의사 선생님이 화나신 것 같아."

"방금 전에…… 머릿속이 하얘져서 갑자기 뭐라고 해야 할지 모르겠더라고."

나는 노인을 힐끔 보았다. 그는 우리 바로 앞에서 벽에 붙은 커다란 약장을 마주하고 있었다. 거기에는 무수히 많은 서랍이 달려 있었다. 그는 이 서랍, 저 서랍을 계속 열어보았다. 나 같으면 그 서랍들을 다 열어보며 용도를 아는 것만으로도 한평생이 갈 것 같았다.

나와 후리는 노인에게 다가가 설명을 해야 할지 말지 또 몇 마디 이야기를 나눴다. 바로 그때 노인이 우리의 의중을 읽은 듯 고개를 돌리고 다가와서 정색을 하고 내게 말했다.

"자네 병은 아주 괴이한 거야. 나도 듣기만 했지 본 적은 없어. 자네가 첫 번째 사례야."

"들어보셨다고요? 그것만 해도 대단하세요!"

후리가 말 잘 듣는 학생 같은 표정으로 노인에게 물었다.

"이게 대체 무슨 병이죠?"

"응성충應聲蟲이라고 들어봤나?"

노인이 기이한 미소를 지었다. 그의 입술 사이로 약간 누레진 치아가 보였다.

"응성충이요?"

나는 그가 농담하는 게 틀림없다고 생각했다. 우리는 남의 의견에 따라 부화뇌동하는 사람을 흔히 응성충이라고 경멸해 부른다. 후리가 반신반의하며 말했다.

"설마 세상에 그런 벌레가 진짜 있다고요?"

"당연히 있지! 이 벌레는 책 속에 서식하는데 지금은 보통 책벌레라고 부르고 옛날 사람들은 응성충 아니면 서어書魚, 즉 책물고기라고 불렀지. 사람 몸속에서도 기생한다고 하더군."

노인은 성긴 수염을 쓰다듬으며 머리를 흔들었다.

"그놈이 사람의 말을 흉내 낸다고 많은 전적에 나와 있지. 뭐라고 말해도 다 따라한다더군. 이른바 '응성충'이라는 게 바로 그런 뜻일세."

"맙소사. 무슨 괴물이 그렇죠? 『요재지이聊齋志異』에 나오는 귀신 이야기 같네요."

후리는 정말 으스스한지 두 손을 가슴에 모았다.

"보아하니 자네는 책깨나 읽는 사람 같군."

노인이 나를 주시하며 말했다.

"그 벌레를 본 적이 있나?"

"당연히…… 본 적이 있죠."

나는 갑자기 말을 더듬었다. 전날 저녁의 광경이 다시 내 머릿속에 떠올랐다. 앙코르와트의 사진 위를 기괴하게 기어 다니던 책벌레와 그 녀석이 일으킨 환각이 또다시 나를 어지럽게 했다.

"이상한 일이 한 번 있기는 했습니다."

나는 얼굴을 두 손으로 감싸고 잠시 뜸을 들인 뒤, 노인과 후리에게 전날 있었던 일을 자세히 이야기했다. 후리가 내 손을 꼭 붙들고 말했다.

"그렇게 이상한 일을 왜 나한테 말 안 했어?"

"내가 너무 피곤해서 그런 환각이 생긴 줄 알았지."

나는 어깨를 으쓱였다.

"그러면 이 사람이 걸린 게 기생충병인가요?"

후리가 미소를 지으며 물었다.

"허허, 그렇게 말할 수도 있지."

노인이 말했다.

"하지만 문제가 그렇게 간단치는 않네."

"왜요? 벌레를 제거하는 건 간단하잖아요."

"그건 보통 벌레가 아니니까. 이런 사례는 나도 평생 처음이라고 벌써 말했지 않나. 잠깐 기다리게. 어떻게 치료할지 옛날 의서에서 좀 찾아봐야 하니까."

노인은 약장 밑에서 고서 한 권을 꺼내 뒤적이다가 관련 부분을 찾아 천천히 읽었다.

"취본초령독지取本草令讀之하면 개응皆應하다가 지기소위자至其所畏者하면 즉불언卽不言이라. 아, 보아하니 어렵지는 않겠군!"

"무슨 뜻이죠?"

우리가 물었다.

"자네가 큰 소리로 각종 약초 이름을 읽다가 어떤 약초 이름에 이르면 벌레가 무서워서 따라하지 않을 거라는군. 바로 그 약을 복용하면 병이 제거될 거야."

말하는 사이에 노인은 벌써 『본초강목本草綱目』을 꺼내 내게 건넸다. 그러고는 어떤 페이지를 펴서 내게 큰 소리로 읽으라고 했다.

나는 그 방법에 따라 읽기 시작했다.

"앵자속罌子粟, 활석滑石, 토봉과土蜂窠, 고선화菰旋花, 석룡예石龍芮, 구향충九香蟲, 사삼沙蔘, 와우蝸牛, 상륙商陸…… 상륙이 뭐죠?"

"검은 자줏빛 과일이지."

노인이 눈살을 찌푸렸다.

"읽기만 하게. 더 묻지 말고. 대부분 다 모르지 않나."

"제 친구 중에 상륙이라는 녀석이 있죠."

나는 소리 내어 웃었다. 사실 별로 웃기지는 않았지만 그 '치료' 방식이 너무 황당하다는 느낌을 마음속에서 지울 수가 없었다. 노인과 후리가 마치 말 안 듣는 아이를 보듯 엄한 표정으로 나를 보고 있었다. 나는 얼른 웃음을 거두고 거리의 장사치가 염가 판매를 외치듯 다시 성실하게 읽어 내려가기 시작했다.

"익지자益智子, 지담地膽, 강진향降眞香, 호장虎杖, 구보狗寶, 서어書魚……."

이때 나는 몸속에서 조그만 웃음소리가 나는 것을 들었다. 웃고 싶은 생각도 없었는데 어찌된 일이지? 그 메아리 소리인 건가? 메아리가 자기 소리를 낸 것을 알았을 때, 나는 다른 생명에게 내 몸을 침탈당해 통째로 빼앗길 위기에 처한 것이 아닌가 생각이 들었다.

옆에서 털썩 하는 소리가 들렸다. 알고 보니 후리가 놀라서 물러앉은 것이었다. 그녀가 창백한 얼굴로 더듬더듬 말했다.

"벌, 벌, 벌레가 웃었어……."

"정말 벌레가 웃었지?"

나는 노인에게 물었다.

"이놈이 왜 웃은 거죠?"

노인은 뜻밖에도 허허 웃으며 말했다.

"잊었나? 서어는 바로 책물고기, 그 벌레의 다른 이름이 아닌가? 그 벌레는 원래 약재이기도 해. 눈이 침침하거나 소변이 막

혔을 때 좋지."

"서어! 서어!"

나는 일부러 진정하고 또 두 번 그 이름을 크게 불렀지만 이번에는 웃음소리가 안 들렸다. 심지어 메아리도 들리지 않았다. 아무래도 녀석이 놀란 듯했다.

"계속 읽게나."

노인이 말했다.

나는 두려움 속에서 다시 책을 읽기 시작했다. 그 메아리가 다시 들렸고 나는 더 빠르게 연달아 십여 페이지를 읽었다. 그런데 '뇌환雷丸'을 읽었을 때 메아리가 사라졌다. 나는 미심쩍어 몇 번 더 뇌환을 되풀이해 말했는데 과연 메아리가 들리지 않았다. 노인이 기뻐하며 말했다.

"바로 그거로군!"

그는 약장에서 거무튀튀한 것을 한 뭉치 꺼냈다. 곰팡이가 핀 버섯 같았다.

"이게 바로 뇌환일세. 천둥 번개가 치고 난 뒤에만 채집이 가능하지. 약초 농가에서는 뇌진자雷震子라고도 부른다네."

"뇌진자요? 그거 『봉신연의封神演義』에 나오는 신선 이름• 이잖아요."

• 뇌진자는 고대소설 『봉신연의』에서 주나라 문왕의 백 번째 아들로 등장하며 괴력과 도술의 소유자로서 무왕을 도와 전장에서 혁혁한 공을 세운다.

나는 그것을 받아 코에 대고 킁킁거렸다. 알 수 없는 약초 냄새가 났다.

"잊지 말게. 꼭 뜨거운 물에 우려서 마셔야 해."

노인이 말했다.

"안 그러면 약효가 없거든."

후리는 그제야 긴장이 좀 풀린 것 같았다. 그녀는 손으로 입을 막고 있었다. 꼭 나한테서 냄새가 난다는 듯한 모습이었다. 그녀가 말했다.

"여기서 마실게요. 효과가 있는지 없는지 보고 싶어요."

"그러게나."

노인은 곧장 약초를 우리러 갔다. 그의 뒷모습을 보니 늘 할머니에게 약을 달여주셨던 우리 할아버지가 생각났다.

잔에 담긴 그 액체는 꼭 보이차처럼 윤기 나는 짙은 갈색이었다. 한 모금 마셔보니 보이차의 짙은 향기는 없고 그냥 쓰기만 했다. 너무 써서 얼굴 근육에 경련이 다 일어났다.

노인이 말했다.

"다 마시게. 건더기도 다 씹어 먹고."

나는 구역질을 참아가며 질겅질겅 뇌환을 씹었다. 그것은 입속에서 으깨지며 끈적끈적한 과립이 되었고 조금 더 씹으니 완전히 녹아버렸다. 나는 눈을 감고 그것을 전부 꿀꺽 삼켰다. 내 위장이 신속하게 꿈틀거리기 시작했다. 마치 내 몸에서 벗어나

독립적인 생물이 된 것 같았다. 나를 흉내 내는 그 벌레는 지금 몸속 어디에 있을까? 매미가 나뭇가지에 붙어 있는 것처럼 내 성대에 붙어 있는 것은 아닐까? 녀석이 뇌환의 힘을 느꼈을까? 혹은 고대의 신인 뇌진자의 힘을 느꼈을까? 그 벌레의 마력도 고대 전적의 기록에서 비롯되었으니 지금 내 평범한 몸속에서 벌어지고 있는 일이 신과 마귀의 싸움은 아닐까? 이런 생각 때문에 나는 내심 놀라고 흥분이 되었다. 그 전까지 이 병에 걸려 느꼈던 혐오감도 나도 모르는 사이에 옅어졌다. 마치 신도가 성스러운 기적을 목격한 것 같았다. 오늘날의 중국인으로서 나는 어떤 신앙이 있다고는 말하기 어려웠다. 하지만 신비로운 사물에 대한 호기심과 충동은 늘 있었는데 이런 것도 신앙이라고 할 수 있지 않을까? 의식하지 못하는 일종의 신앙일 수도 있었다.

오 분 뒤, 배 속에서 요란한 소리가 나기 시작했다. 노인은 나를 화장실에 데려다주었다. 과연 화장실에 가자마자 설사를 했다.

그렇게 세 번을 반복하고 나는 녹초가 되었다. 배 속이 텅 비어버렸다.

"잠시 쉬게나."

노인이 내게 차 한 잔을 가져다주었다. 내가 미심쩍어하는 것을 보고 그는 말했다.

"걱정 말게. 뇌환이 아니라 내가 만든 보양차니까."

한 모금 마셔보니 입안 가득 향기가 감돌고 배 속의 경련도 금세 사그라졌다.

"조금 괜찮아졌나?"

노인의 축 늘어진 눈꺼풀 속에서 검은 눈동자가 반짝였다.

"괜찮아졌어요."

나는 고개를 끄덕였다.

"우리 이야기나 나누지."

노인은 후리에게도 보양차를 따라준 뒤, 내게 물었다.

"평소에 책 읽기를 좋아하나?"

"좋아합니다. 출판 일을 하거든요."

"정말 훌륭한 일을 하는군."

노인은 걱정스러운 어조로 말했다.

"요즘에는 책 읽는 사람이 너무 줄어들었어. 내 손자만 해도 책은 안 읽고 매일 컴퓨터 앞에 앉아 있거나 휴대전화를 붙들고 있지."

"우리 학생들도 다 아이패드로 책을 봐요."

후리도 끼어들어 말했다.

"종이책은 곧 망할 거예요. 이 사람 회사에서 출판하는 책도 갈수록 안 팔린다니까요."

"난 걱정 안 해. 지금 우리도 전자책을 개발하고 있다고."

"그래서 말하는데 자네는 운 좋은 사람일세."

노인이 나를 보며 말했다.

“운이 좋다고요?”

“아무렴. 가죽이 없으면 털도 안 난다는 말도 있지 않은가. 책이 줄어들어 책벌레도 보기 힘들어졌는데 자네는 신비한 책물고기와 마주치지 않았나.”

나는 소리 내어 웃고서 솔직한 심정을 털어놓았다.

“처음에는 무서웠습니다. 무슨 희귀병에 걸린 줄 알았죠. 나중에 책물고기 때문에 그렇게 된 것을 알고도 혐오감만 들었죠. 뇌환을 복용하고서야 이 일이 무척 신비하다는 생각이 들었습니다. 운이 좋았다고 한다면 신비한 경험을 한 것이 바로 그렇겠죠. 이 세상에는 이미 신비하다고 할 만한 것이 별로 없으니까요.”

“자네, 느꼈나?”

노인이 불쑥 내게 물었다.

“뭘요?”

나는 어리둥절했다.

“메아리가 사라졌네.”

노인이 허허, 웃었다.

“그래요?”

방금 전에 말할 때는 그것을 신경 쓰지 못했다. 내가 또 몇 마디를 하자 후리가 깔깔 웃음을 터뜨렸다.

"사라졌어. 정말로 메아리가 안 들려."

"이렇게 빨리 나을 줄은 정말 몰랐습니다. 게다가 이렇게 간단한 방법으로 말이죠."

나는 무척 감격했다.

"사실 내일 출근하면 사람들과 어떻게 대화해야 하나 걱정하고 있었습니다. 심지어 일주일 병가를 내야 하나 고민도 했고요."

"나도 더 당신을 무서워할 필요가 없어졌어. 괴물과 함께 있는 느낌은 정말 공포스럽거든."

후리가 살짝 내 팔을 잡아당겼다.

노인은 더 말하지 않고 『본초강목』을 어루만지고만 있었다.

집으로 돌아가는 지하철에서 후리는 피곤했는지 내 어깨에 머리를 기대고 잠들었다. 비스듬히 그녀를 힐끔 보고서 나는 그녀가 무척 초췌해진 것을 알았다. 내가 그 괴이한 병에 걸려 있던 시간은 무척 짧았지만 그녀는 적잖이 놀랐던 것이다. 그녀가 한숨 잘 자도록 나는 꼼짝도 하지 않았다. 말하자니 조금 이상한데, 나는 메아리의 괴롭힘에서 빨리 벗어난 것이 그렇게 기쁘지만은 않았다. 내 마음 깊은 곳에서는 그 병을 치유 불가능한 것으로 단정하고 있었던 것이다. 내가 「변신」의 주인공처럼 벌레로 변해 액운을 피할 수 없을 것이라고 생각했다. 이 소설을 읽는 독자들도 틀림없이 그런 기대를 했을 것이다. 애석하게도 내 이야기는 그 기대를 만족시키지 못했다.

십 분 뒤, 후리의 머리 때문에 어깨가 시큰대기 시작했다. 나는 그 눌리는 고통을 꾹 참고 그것을 영원히 비밀에 부쳐야 했다. 그것은 곧 사랑의 일부이고 삶의 일부이기도 했다. 삶은 사랑하는 사람의 머리에서부터 비싼 집값에 이르는 일련의 무게들로 이뤄진 연쇄 사슬로서, 그것들은 긴밀히 맞물려 내 현실을 꽉 틀어쥐고 있었다. 책물고기의 병에 걸린 것은 바로 그 연쇄 사슬에 난 의외의 구멍이었다. 나는 그것에 빠져 하마터면 절망의 황야에 떨어질 뻔했다.

생각할수록 내 자신을 위해 다행이었다는 기분이 들었다. 나는 다시 그 연쇄 사슬 속에 들어왔다. 빨리 현실감을 되찾기 위해 휴대전화를 꺼냈다. SNS에 글을 올릴 생각이었다. 하지만 금세 흥미와 자신감을 잃었다. 누구도 내 말을 믿어줄 리가 없었다. 내일 회사에 나가도 마찬가지일 것이다. 동료들은 내가 농담한다고 생각할 테고 내가 굳이 논쟁을 하려 들면 스스로를 진짜 괴물로 만드는 꼴이 될 게 뻔했다. 나는 아무것도 말하지 말아야 했다. 어머니를 포함해 그 누구에게도. 후리가 깨어나면 그녀에게도 입단속을 시킬 것이다.

그런데 그렇게 생각을 정하고 나니 방금 일어났던 일이 내 마음속에서도 아스라해졌다. 그 일이 정말 일어났었나? 설마 허무맹랑한 꿈은 아니었겠지?

나는 휴대전화의 검색 화면에서 책물고기에 관한 정보를 찾기 시작했다. 그 조그만 벌레는 어쨌든 기생충처럼 그렇게 부정적인 존재는 결코 아니었다. 아주 먼 옛날, 사람들은 책물고기가 '신선神仙'이라는 두 글자를 세 번 먹기만 하면 '맥망脉望'이라는 것으로 변하며, 별이 뜬 밤에 그 맥망으로 별의 사신을 불러 신선이 될 수 있다고 믿었다.

'맥망'에서 '응성충'에 이르는 책물고기의 지난 변화에 대해 나는 그것이 확실히 문화적 은유라는 생각이 들었다. 우리의 조상들은 일찍이 문자가 인간과 신을 소통시키는 매개라고 생각했다. 하지만 훗날 지나치게 긴 역사가 문자의 신비성을 크게 저하시키고 너무 많은 문자의 의미가 우리 삶의 의미를 은폐했다. 우리 개개인이 다 역사의 기생충이 되었다고 말할 수 있다.

이 은유는 당연히 성립 가능하지만 나는 이번 일을 겪으면서 뭔가에 대해 더 자세히 설명하려는 열정이 사라졌다. 지금 내 마음속에서 솟구치는 것은 역사의 흐름을 거슬러 올라가고 싶은 충동이다. 나는 책물고기 몇 마리를 잡아 키운 뒤, 그것들을 맥망으로 만들 수 있는지 없는지 봐야겠다는 생각이 든다. 이를 위해 책물고기처럼 기생적인 존재로 변하는 것을 무릅쓰고 매일 책 속을 마음껏 누비고 다녀야겠다.

미래의 어느 날, 내가 신선이 되더라도 여러분은 놀랄 필요 없다. 앞에서도 말했듯이 전설은 삼인칭으로 쓰이지만 진정한 현실은 단지 일인칭에만 속하기 때문이다.

따라서 내가 여러분에게 말한 것은, 모두 한 치의 어긋남도 없는 현실이다.

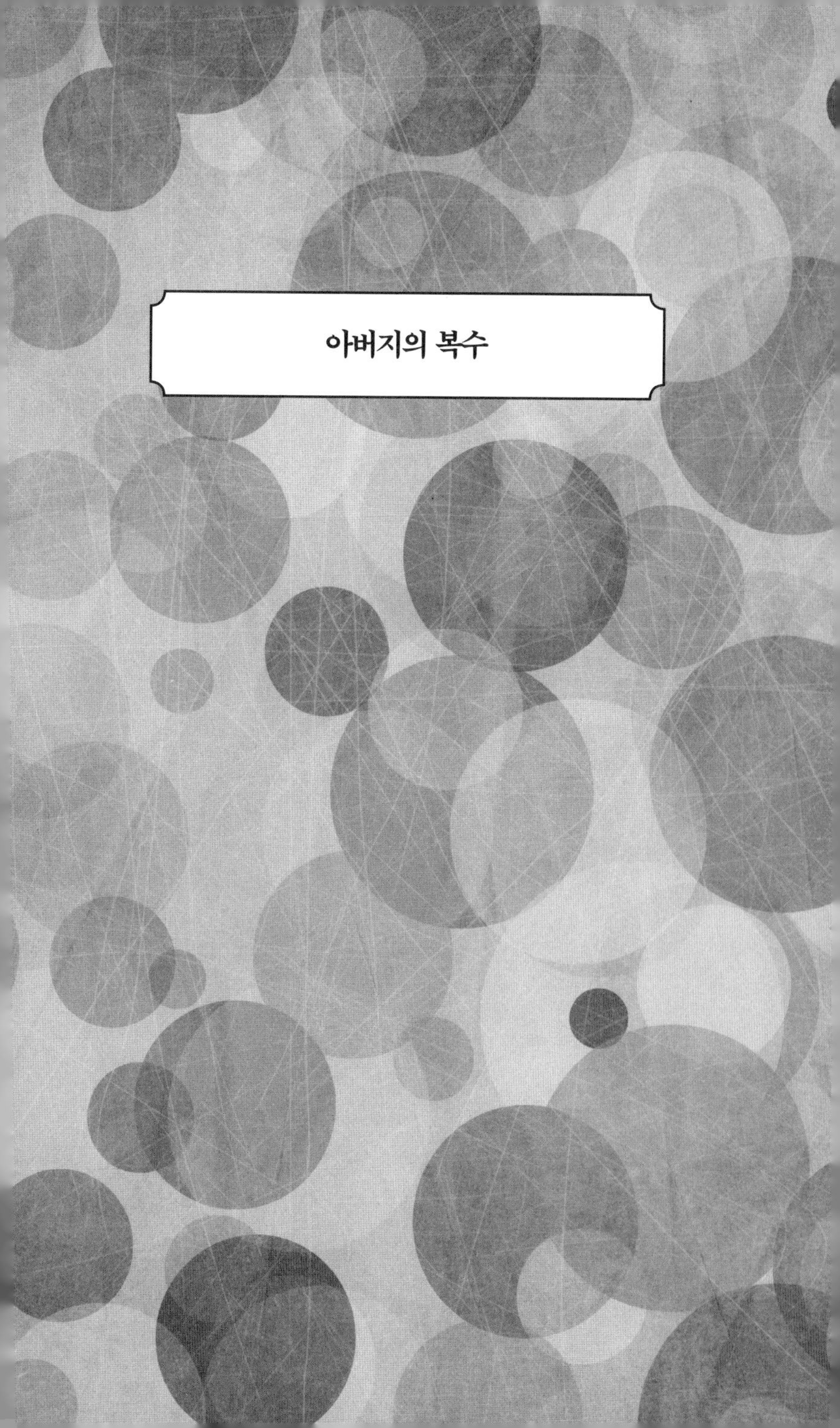

아버지의 복수

누가 내게 고향이 어디냐고 물을 때마다 나는 아버지가 생각나곤 한다. 아버지가 생각나면 그 질문에 뭐라고 대답해야 할지 말문이 막힌다. 물론 금세 마음을 가다듬고 광저우 사람이라고 말하기는 한다. 그러면 상대방은 보통 "광저우 사람이라고요? 그렇게 안 들리는데. 표준어가 아주 정확하신데요"라고 캐묻는다. 내가 어쩔 수 없이 "저희 아버지가 북방 사람이어서 그렇습니다"라고 답하면 상대방은 그제야 얼굴을 펴고 "아, 그러면 당신도 북방 사람인 셈이지요"라고 말한다. 나는 이런 간단한 문답에도 내심 감정의 기복을 겪고 말문이 막히곤 한다. 또 그때마다 마음속 깊이 아버지를 친근하게 느끼는데, 왜냐하면 아버지는 늘 그런 경우에 부딪치기 때문이다. 그런데 말을 꺼내고 보니 무척 부끄러운 기분이 든다. 아버지는 항상 어떻게든 자신이 북방 사람이 아니고 광저우 사람이라는 것을 강조하려고 하는데 나는 그냥 이렇게 되는 대로 상대방의 판단에 맡기기 때문이다. 그야말로 파렴치한 배반 행위인 것 같다.

아버지는 북방에서 광저우로 온 지 삼십 년이 훌쩍 넘어 벌써 사십 년이 돼간다. 자신의 과거 이야기는 일절 안 하기 때문에 엄마 배 속에서 나온 뒤로 쭉 광저우에서 살아온 것 같다. 사실 이 광저우라는 곳에는 외지인이 매우 흔하다. 특히 지난 삼십 년 동안에는 외지인들이 발전의 기회를 찾아 물밀듯이 밀려왔고 그중에는 큰 성공을 거둔 이도 있었다. 이에 화가 난 토박이들은 '베이라오北捞'• 라는 단어를 만들어냈다. 처음에 외지인들은 그것이 '베이팡라오北方佬'(북방 사람)의 준말인 '베이라오北佬'인 줄 알고 별로 신경 쓰지 않았다. 그러다가 나중에야 '라오'가 '佬'가 아니라 '捞'인 것을 알았다. '捞'는 "나쁜 짓으로 돈을 번다捞錢"는 말에 쓰이는 단어이니 듣기 좋을 리가 없었다. 아버지도 예외가 아니어서 이 단어를 극도로 싫어했다. 그가 그랬던 이유는 조금 복잡했는데 나쁜 짓으로라도 돈을 못 벌었다는 자괴감 때문이기도 했고 일종의 신분적인 반항심 때문이기도 했다. 아버지는 자기가 왜 광저우에 왔는지 한 번도 언급한 적이 없기는 했지

• 북방에서 일하러 온 노동자들을 광둥 지역 사람들이 폄하하여 부르는 말.

만 결코 돈 때문에 온 것은 아니라고 분명히 못 박았다. 또한 그런 것과는 상관없이 자기는 삶의 대부분을 이곳에서 살았으므로 진짜배기 광저우인이나 다름없다고 힘주어 강조했다. 호적상으로든 정신적으로든 다 그렇다는 것이었다. 확실히 이론상으로는 그랬다. 하지만 문제는 이곳 말인 광둥어가 섞인 그의 북방 표준어였다. 이것 때문에 그의 주관적인 바람과 객관적인 이미지 사이에는 깊은 골이 나버렸다. 이 골은 그가 광저우 여자와 결혼한 것으로도 메워지지 않았다.

아버지는 어머니와 나조차 자신을 광저우 사람으로 생각한 적이 없다는 걸 의식하지 못했을 것이다. 물론 우리는 그렇게 직설적으로 말한 적이 없었고 심지어 그렇게 의식적으로 생각했다고도 말할 수 없다. 단지 그와 이야기할 때 라디오 주파수를 바꾸듯 자기도 모르게 광둥어를 북방 표준어로 바꿨을 뿐이다. 사실 우리가 광둥어로 무슨 말을 해도 다 알아들을 수 있었지만 그는 이에 대해 아무 지적도 하지 않았다. 다행히 전혀 개의치 않고 나와 어머니를 자애로운 눈빛으로 바라보았다. 그런데 그는 이따금 표준어 속에 광둥어 단어 한두 개를 섞어 말하곤 했다. 마치 우리가 처음부터 말의 채널을 바꾼 적이 없는 것처럼 말이다. 나는 그런 아버지를 보면서 때로 그가 무척 외롭게 느껴졌다. 그런 상태가 그를 행적이 묘연한 방랑자나 망망대해의 일엽편주 같은 존재로 만든 듯했다. 하지만 그는 나의 아버지였고 나는 그를 그렇게 생각하고 싶지 않았다. 가능한 한 그와 많이 이야기를 나누려 했으며 또 국어 시간에 쓰는 가장 정확한 표준어를 쓰려 했다. 그래서 아버지도 떳떳하게 나와 표준어로 이야기할 수 있기를 바랐다. 그러나 안타깝게도 아버지의 말은 점점 더 많은 광둥어 단어가 섞여 들어가 느낌이 다 변해버렸다. 마치 표준어를 잘못 배운 이곳 토박이들 같았다.

나는 아버지의 고향이 어디인지 모른다. 물론 산둥성山東省인 것은 알지만 산둥성의 어느 시, 어느 현縣, 어느 향鄕인지는 잘 모른다. 아버지는 내가 어렸을 때 나를 데리고 그곳에 갔었고 내가 무척 재미있게 놀았다고 말했다. 나는 그의 진지한 표정 때문에 거의 믿을 뻔했지만 전혀 기억이 안 났다. 그의 말에 따르면 그곳에는 드넓은 보리밭이 바다처럼 끝없이 지평선까지 펼쳐져 있다고 했다. 나는 눈을 감았다. 내가 개구멍바지를 입고 끝없는 보리밭에서 뛰어다니는 광경이 보이는 듯했다. 농사꾼들이 수확한 보리를 묶어 무더기로 쌓아두었는데 내가 아버지와 온 세상을 피해 그 뒤에 웅크리고 숨어 있는 것 같았다. 나는 아버지에게 물었다.

"그러면 가을에 저를 데리고 가셨겠네요?"

아버지는 잠깐 생각하고서 말했다.

"아니. 그때는 봄이었단다. 마침 봄눈이 내렸었지. 네 엄마가 너를 데리고 눈밭을 뛰어다녔지. 하지만 흰 눈이 금세 검은 진창이 되었단다."

그래서 내 머릿속 광경은 금세 희미해졌다. 아마도 나는 자신을 어떤 영화 속 주인공으로 생각했던 것 같다. 그때부터 나는 고향을 상상할 때 더 이상 나 자신을 거기에 출연시키지 않았다. 나중에 또 아버지에게 시간을 내 고향에 함께 가보지 않겠느냐고 물었지만 아버지는 완곡하게 거절했다. 고향에는 이미 미련 둘 것이 하나도 없다는 것이었다. 친척도 없고 아버지의 부모님, 그러니까 나의 할아버지와 할머니도 진즉에 돌아가셨다고 했다. 그것은 나도 알고 있었지만 계속 캐물었다.

"형제자매는 있으실 거 아니에요?"

아버지는 잠시 망설인 뒤 몇 번 헛기침을 하고는 누님이 한 분 있었지만 돌도 안 돼 돌아가셨다고, 아버지도 듣기만 했을 뿐 그녀를 본 적이 없다고 말했다.

나는 물끄러미 아버지를 바라보았다. 그는 정말로 외로운 사람이었다.

아버지는 외롭고 평범한, 영락없는 소시민이었다. 하지만 그는 무척 참을성 있는 사람이었고 남들이 상상도 못할 일을 해내기도 했다. 예를 들어 그는 진짜 광둥어도 할 줄 모르고 언변도 보잘것없는데 어디에서 그런 용기가 났는지 오랜 세월 세일즈맨으로 일했다! 사람은 부득이한 상황에서만 자기가 잘 못하는 일을 택하게 마련인데 아버지는 능동적으로 택한 것 같고 더구나 그 일을 즐겼다. 그것은 실로 불가사의한 일이었다. 아버지는 더듬대는 말주변으로 광저우의 골목골목을 누비며 한 가정을 부양했고 나를 유치원부터 일류 고등학교까지 고생고생하며 보냈다.

내 기억에 그때 아버지는 잿빛이 된 반팔 셔츠 차림으로 검은색 소가죽 가방을 들고 매일 꼭두새벽에 집을 나서곤 했다. 그는 '페이타'라는 이름의 샴푸를 팔았는데 나중에 그 브랜드는 물비누와 바디로션도 만들다가 결국 남성용 물비누와 바디로션 브랜드로 자리 잡았다. 그래서 어린 시절 내가 같은 나이의 친구들 사이에서 유일하게 자랑할 수 있었던 것은 남성용 물비누와 바디로션을 사용한 것이었다. 아마도 이런 추억 때문인지 나는 아직까지도 '페이타'의 제품을 쓰고 주변 친구들에게도 추천하곤 한다. 국산 제품을 애용해야 한다면서 말이다. 하지만 아버지는 지금껏 '페이타'를 쓴 적이 없다. 갖가지 '페이타' 제품이 집 안에 산처럼 쌓여 있어도 아예 건드리지도 않았다. 그는 그것들을 마치 통장의 잔고처럼 취급했다. 확실히 그는 매우 절약하는 사람이어서 한 무더기에 고작 몇 위안씩 하는 비누만 사용했다. 그의 몸에서 풍기는 싸구려 향수 냄새는 내가 냄새로 아버지를 분간하는 중요한 지표이기도 했다.

명절과 휴일에도 태풍이 오거나 폭우가 쏟아지지 않으면 아버지는 쉬지 않았다. 명절과 휴일이야말로 세일즈맨이 크게 활약

할 찬스라고 아버지는 늘 말했다. 그가 일을 나갈 때 나는 나도 데리고 가달라고 조르곤 했다. 바깥의 모든 일에 호기심이 가득했기 때문이다. 사실 세일즈맨만큼 한 도시를 낱낱이 알고 있는 사람이 어디 있겠는가? 더군다나 광저우는 누구나 알다시피 어지럽고 무질서했다. 털실 뭉치 같은 길들이 그 도시를 진정한 미궁으로 만들었다. 어린 나는 그리스 신화 몇 편을 읽은 뒤, 아버지를 따라 광저우를 누비면 오디세우스 같은 모험을 하게 될 것이라고 생각했다.

뜻밖에도 아버지는 나를 데려가고 싶어하지 않았다. 내가 집에서 얌전히 공부나 하기를 바랐으며 또 아이를 데리고 다니면 너무 '아마추어'처럼 보여서 일에 방해가 될 것이라고 생각했다. 하지만 어머니는 아이를 데리고 있으면 신뢰감과 책임감이 있다는 인상을 더 줄 것이고 남들에게 동정을 살 수도 있다고 말했다. 이 말을 듣자마자 아버지는 펄쩍 뛰고는 질겁한 눈빛으로 어머니를 보며 말했다.

"나는 남들의 동정 따위는 필요 없어. 이건 세일즈지 구걸이 아니라고!"

어머니는 화가 나서 그와 더 말하지 않고 사납게 째려보며 광둥어로 말했다.

"아이 좀 데리고 나가면 어떻다고 허세를 부려!"

아버지의 어깨가 단박에 무너지고 질겁했던 눈빛도 흐물흐

물 풀어졌다. 그는 어머니가 초조하고 화가 날 때만 자신에게 광둥어로 말한다는 것을 알고 있었다. 그는 할 수 없이 한숨을 내쉰 뒤, 한 손으로는 가방을 들고 다른 한 손으로는 내 작은 손을 쥔 채 밖으로 나갔다. 길에서 이웃을 만나면 그가 누구든 아버지는 공손히 "안녕하세요"라고 말했다. 그것은 분명히 그가 가장 정확한 발음으로 말할 수 있는 광둥어였다. 그는 나를 데리고 182번 버스에 올라 웨슈구越秀區로 향했다. 사람이 너무 많아 한 손으로는 기둥을 잡고 다른 한 손으로는 나를 붙잡고서 웨슈구 전체가 자신의 담당 구역이라고 말했다. 그의 말투는 자신만만했다. 내가 듣기에는 조금 호탕하기까지 해서 꼭 마피아 두목이 "이 지역은 내 거야"라고 말하는 듯했다. 아버지는 초라한 세일즈맨에 불과했지만 그래도 자기 아들 앞에서는 호탕한 면이 있었다. 나는 아버지의 호탕함이 좋았다.

버스가 정류장에 서자, 우리는 차에서 내려 오뎅가게만 한 크기의 가건물 앞으로 갔고 아버지는 내게 문가에서 기다리라고 했다. 그는 거기로 들어가서 안에 있던 몇 사람과 인사를 한 뒤, 밖을 가리키며 대수롭지 않게 "내 아들이야"라고 말했다. 그 사람들은 슬쩍 나를 보고는 다시 눈빛을 거뒀다. 아무 말도 하지 않았다. 아버지가 힐끔 나를 보았는데 조금 부끄러워하는 눈빛이었다. 그는 돌아서서 물건을 가지러 안쪽 창고로 들어갔는데, 나올 때는 검은 소가죽 가방이 검은 상자로 변했고 앞가슴에는 갈색을 띤 빨강 넥타이가 드리워져 있었다. 또 머리카락도 번들번들해진 채 폭풍이라도 만난 듯 죄다 뒤로 넘어가 있었다. 나는 웃음이 나왔지만 얼른 참았다. 아버지의 그런 모습은 다소 우스꽝스럽기는 했지만 확실히 훨씬 말끔하기는 했다. 멀리서 보면 꼭 오피스텔에 출퇴근하는 사람 같았다. 그는 나를 데리고 도시 깊숙이 들어가 정식으로 오디세우스의 모험을 시작했다. 아, 그런데 그는 길가의 웅장한 고층 빌딩을 돌아 파란 보도블록이 깔린 골목으로 들어갔다. 골목 안은 조용했고 야트막이 교차되어 걸린 빨랫줄에 막 세탁한 옷들이 걸려 있었다. 그리고 길가에 삽살개 몇 마리가 나른하게 엎드려 반쯤 입을 벌린 채 할딱이고 있었는데 녀석들의 얼굴과 몸과 꼬리 위로 옷에 맺힌 물방울이 뚝뚝 떨어졌다. 가끔씩 녀석들은 아예 혀를 내밀어 맛이라도 보듯 얼굴 위의 물방울을 핥았다. 그런 골목 풍경은 내가 사는 골목과 별로 다를 바가 없어서 조금 실망스러웠다. 나는 이 도시의 신비한 모습을 몹시 보고 싶었다. 예를 들어 그 높은 빌딩들 안에는 무엇이 있는지 궁금했다. 하지만 아버지는 그런 곳에는 나를 데리고 들어갈 수 없었다. 문가의 경비원이 먼 곳에서부터 호시탐탐 우리를 지켜보고 있었다.

날씨가 너무 더워 아버지와 나는 온몸이 땀투성이였다. 마치 끈적끈적한 수액을 한 겹 뒤집어쓴 것 같았다. 아버지는 나를 멀찍이 있게 하고 자기는 제자리에서 윗옷을 말끔히 편 뒤, 어느 집 문을 두드렸다. 알록달록한 잠옷 차림의 아주머니가 부채질을 하며 머리를 내밀었고 아버지는 조금 긴장한 표정을 지으며 광둥어가 섞인 표준어로 제품 설명을 했다. 열심히 이야기하며 상자를 열어 제품을 보여주었지만 그녀는 고개를 흔들었다. 아버지는 실망하는 표정을 지었다. 땀이 비 오듯 쏟아져 등으로 흘러내리는 바람에 낡은 셔츠가 등판에 착 달라붙어 아버지는 팔을 움직이기가 여의치 않을 정도였다. 시종일관 나는 돌아보지도 않고 말없이 손을 등 뒤로 뻗어 축축한 셔츠를 집어서 들었다 놓았다 했다. 그 동작은 마치 오목거울처럼 그의 난처함을 두드러지게 했다. 결국 그는 그 자리에 못 박힌 듯 서 있었으며 아주머니는 진즉에 문 뒤로 몸을 숨겼다. 이번 작전은 완전히 실패였다. 나는 그를 보고 있었다. 그가 고개를 돌려 나를 보고 무슨 말이라도 할 줄 알았다. 하지만 그는 그러지 않았다. 그의 눈길이 미꾸라지처럼 내게서 미끄러져 두 번째 집 문 위에 떨어졌다. 그는 다가가서 또 문을 두드렸다.

연달아 다섯 집의 문을 두드리고 사람을 난처하게 하는 그 동작을 반복한 뒤에야 그는 내 존재를 의식했다. 그가 고개를 돌려 성실한 눈빛으로 나를 보면서 나지막이 물었다.

"유웨이有爲야, 너무 덥지?"

그 모습은 꼭 나도 잠재적인 고객으로 보는 듯했다. 그는 나를 골목 끝 빙과점으로 데려가 아이스바 하나를 사주었다. 내가 아이스바를 내밀었지만 그는 손사래를 치며 말했다.

"너나 먹으렴. 아빠는 안 더워."

내가 아이스바를 먹고 있을 때 그는 또 문을 두드렸고 마침내 그 집 사람이 '페이타' 샴푸를 한 병 샀다. 아버지는 몇 번이나 감사하다고 했고 그 집 문이 닫힌 뒤에도 문에 대고 몇 마디를 더 했다. 나를 돌아보았을 때 그의 얼굴은 흥분으로 붉게 상기되어 있었다.

우리는 파란 보도블록이 깔린 골목을 지나다가 이따금 퇴락한 사당과 부딪치곤 했다. 아버지는 그때마다 걸음을 늦추고 내게 역사 이야기를 해주었다. 하지만 뜬소문이거나 억지로 끼워 맞춘 느낌이 들어 초등학생인 나조차 믿기가 힘들었다. 그래도 나는 기분이 무척 좋았다. 오디세우스의 모험이 아직 끝나지 않았고 광저우의 미궁이 막 풀리고 있었기 때문이다. '완무萬木'라는 사당을 지나칠 때는 아버지가 그것을 가리키며 내게 말했다.

"아빠는 네가 나중에 저분처럼 나라에 크게 쓰이는 사람이 됐으면 해."

나는 물었다.

"저분이 누군데?"

"캉유웨이康有爲•야."

그 이름을 말하면서 아버지가 엄숙한 표정을 짓는 것을 보고 나는 그 사람이 틀림없이 위대한 사람일 것이라는 생각이 들었다. 내 머리를 쓰다듬으며 아버지는 또 말했다.

“네 이름은 저분의 이름을 따서 지었어. 노력해서 네 이름에 부끄럽지 않게 살아야 해!”

나는 멍하니 고개를 끄덕였다. 지금 이 자질구레한 일들을 떠올리고서야 아버지가 그런 사소한 것들을 통해 그 자신을 위해, 또 나를 위해 뭔가 믿을 만한 것들을 찾았고, 또 보이지 않는 생명의 깊은 곳에서 그것들을 겹치고, 섞고, 쌓았음을 알 것 같다. 그것은 바로 아버지가 스스로 만든 은밀한 닻이었으며 그는 그것으로 자신의 작은 배를 광저우의 거대한 항만에 더 단단히 고정시키려 했다. 하지만 세월이 흐름에 따라 아버지의 닻은 갈수록 깊이 가라앉았고 거의 꼼짝할 수 없게 되어 끝내 스스로를 옭아매는 슬픔을 낳고 말았다.

어머니는 한 사립 초등학교의 국어 교사였는데 사람을 잘 사귀었다. 한번은 그녀의 동료가 집에 놀러와 수다를 떨다가 자기가 산둥 사람이라고 했다. 그때 어머니는 무심코 “우리 남편도 산둥 사람이에요”라고 말했다. 흥분한 그 동료는 마침 찻주전자를 가져오던 아버지에게 다가가 고향이 어디인지 확인하려고 했다. 하지만 아버지는 그 자리에 서서 어쩔 줄 몰라 하며 헛기침

• 1858~1927. 중국 청나라 말기와 중화민국 초기의 대표적인 학자이자 정치가. 무술변법戊戌變法이라 불리는 청말 개혁의 중심적 지도자였다. 고향에 사숙을 열고 량치차오 등을 교육하고 베이징과 상하이에 면학회勉學會를 조직하는 등 후학을 양성하면서 변법자강책變法自強策이라는 개혁의 방향을 제시했다.

을 하면서 말했다.

"하지만 저는, 저는 고향에 안 가본 지 오래된 걸요."

그 동료는 말했다.

"꼭 돌아가보셔야 해요! 지금은 엄청나게 변했어요!"

"네, 네. 꼭 가보겠습니다."

우물우물 답하는 아버지의 눈빛이 이상하게 텅 비어 보였다. 이제 난처해진 쪽은 그 동료였다. 그녀는 소파에 돌아가 앉아 미소를 짓고 있었지만 왠지 어색해 보였다. 속으로 자기가 무슨 못할 말을 했나 돌아보고 있는 듯했다. 그때 어머니가 그녀를 곤경에서 구해주었다.

"사실 나도 이 사람이 어디 사람인지 잘 모르겠어. 꼭 낙하산병처럼 하늘에서 뚝 떨어진 것 같다니까."

이 말에 모두 깔깔 웃었고 아버지도 웃었다. 어색했던 분위기가 눈 녹듯이 풀렸다. 그 후로 '낙하산병'은 아버지의 별명이 되었다. 하지만 어머니와 나는 아버지를 그렇게 부른 적이 없다. 아버지의 외로운 뒷모습을 보고 있으면 늘 그 별명이 떠오를 뿐이다. 그럴 때 나와 어머니의 눈빛이 부딪치면 "낙하산병!"이라는 말이 소리 없이 우리의 마음속에 울려 퍼진다. 따라서 그것은 입으로 말하는 별명이 아니라 눈빛으로 말하는 별명이다.

하지만 나는 아버지를 사랑한다. 심지어 숭배하기까지 한다. 특히나 아버지와 함께 물건을 팔러 나섰던 그날을 떠올리면 그가 겪었던 고생과 곤혹이 그에 대한 나의 감정을 희석시키기는커녕 거꾸로 더 깊어지게 한다. 나는 어떤 사람이 그렇게 미련한 방식으로 그렇게 집요하게 물건을 팔아 한 가정을 부양할 수 있는지 상상이 안 간다. 나라면 아예 엄두도 못 낼 것이다. 예를 들어 나는 말솜씨가 없어서 학창 시절 가장 공포스러웠던 일이 수업 시간에 공개 발표를 하는 것이었다. 특히 선생님에게 지명되어 강단 위에 서면 금방이라도 숨이 막힐 것 같았다. 그럴 때마다 내 머릿속에는 아버지가, 손을 등 뒤로 뻗어 땀으로 축축해진 셔츠를 떼어 매미 날개처럼 들었다 놓았다 하던 그 광경이 떠오르곤 했다. 그때는 나도 땀범벅이 되어 온몸에 옷이 찰싹 달라붙어 있었지만 손을 뒤로 뻗어 셔츠를 떼어낼 용기가 없었다. 그냥 그렇게 멍청히 서 있기만 했다. 아, 나는 그런 내 자신이 싫었다! 그래서 말하는데, 아버지는 틀림없이 성공한 사람이다. 하지만 그의 성공은 결코 세속적인 의미의 성공이 아니다. 그가 한 모든 일은 성공의 정의를 확장했다. 여러 해가 지나, 나는 회사에서 인사 업무를 맡으면서 늘 구직자들의 면접을 보곤 했다. 그들의 표정을 보면서, 아버지가 물건을 팔 수 있었던 것은 힘들고 고통스러우면서도 한편으로 진실하고 솔직했던 그의 표정 때문이 아니었을까 하는 생각이 들었다. 그 표정에는 사람의 마음을 흔드는 힘이 담겨 있었다.

하지만 아버지는 결국 그 일자리를 잃었다.

그때는 여름이었다. 물론 광저우는 일 년 중 절반이 여름이라고 할 수 있다. 그래서 그날은 분명 여름 중에서도 가장 뜨거운 며칠 중 하루였을 것이다. 그날 저물녘에 그는 검은색 상자를 들고 집에 돌아왔다. 그렇게 여러 해를 일했는데도 그가 그 검은색 상자를 들고 집에 돌아온 적은 없었다. 그런데 그날은 왼손에는 검은색 소가죽 가방을, 오른손에는 검은색 상자를 들고 있었다. 그래서 그는 마치 먼 곳에서 온 손님 같아 보였다. 어머니는 요리를 하고 있었다. 막 야채를 다 썰고 솥에 기름을 부어 지글지글 소리가 났다. 나는 아버지에게서 검은색 상자를 받아들다가 단추를 다 풀어헤친 셔츠 사이로 땀에 젖은 피부가 드러난 것을 보았다. 아버지가 내게 그런 모습을 보인 것은 처음이었다. 전에는 아무리 더운 날에도 단추를 꼭꼭 채우고 다니곤 했다. 아버지는 항상 세일즈맨은 외모가 그의 제품을 상징한다고, 그래서 반드시 단정한 사람으로 비쳐야 한다고 말했다. 그런데 그날 그는 골목에서 더위를 피하는 사내들과 전혀 다를 바가 없었다. 나는 무척 이상했지만 그의 음울한 표정을 보고 감히 아무 것도 묻지 못했다. 어머니도 부엌에서 나오다가 아버지의 모습을 보고 어리둥절해했다. 그때 기름이 끓어 코를 찌르는 연기가 피어올랐다. 아버지가 재치기를 하며 소리쳤다.

"빨리 가서 하던 요리나 해!"

어머니는 깜짝 놀라 타조처럼 목을 움츠리고 돌아가서 계속 야채를 볶았다. 무언가 심상치 않은 분위기와 부엌의 기름 연기가 교차하면서 온 집안이 비닐하우스처럼 답답하기 그지없었다.

밥을 먹을 때, 아버지의 침묵이 꼭 벽처럼 그와 우리 사이를 갈라놓았다. 하지만 그는 평소보다 몇 배는 더 세게 음식을 씹었고 뼈조차 바스러뜨릴 듯한 그 소리가 그의 침묵의 벽을 뚫고 우리 마음에 박혔다. 우리가 더 못 참게 되었을 즈음, 그가 갑자기 입을 열고 욕을 뱉었다.

"니미! 그 베이라오들이!"

어머니는 음식을 집었던 젓가락을 허공에서 부르르 떨었다. 청경채 한 줄기가 큰 애벌레처럼 식탁 위에 떨어졌다. 족히 십 초는 지난 뒤에야 어머니가 젓가락을 내려놓고 살며시 말했다.

"당신 이러지 마. 너무 듣기 안 좋아."

나도 살며시 말했다.

"그래요. 진짜 듣기 안 좋아요."

아버지는 얼굴이 빨개져서 큰 소리로 떠들었다.

"베이라오, 베이라오, 베이라오! 난 말해야겠어! 무서울 게 뭐 있어? 나는 베이라오도 아닌데!"

어머니가 말을 광둥어로 바꿔 나지막이 말했다.

"좀 조용히 해. 천천히 말해."

어머니가 광둥어를 하면 넘을 수 없는 장벽이 아버지 앞에 우뚝 서곤 했다. 하지만 이때 그는 정말 어머니에게 뭔가를 말하고 싫어했고 막 첫 번째 음절을 토해내는데 어머니가 또 광둥어로 말했다.

"욕은 하지 마."

어머니의 부드러운 광둥어와 신중한 표정에 그의 말이 목구멍에서 막혔다. 그의 얼굴 근육이 실룩이더니 곧 숨이 넘어가는 물고기처럼 입이 크게 벌어졌다. 나는 얼른 물 한 컵을 따라 그에게 주었다. 컵이 그의 손에서 바르르 떨렸고 동그란 수면 위에 미세한 파문이 불규칙하게 일어났다.

그는 무겁게 숨을 토하며 말했다.

"그 베이라오들 때문에 일자리를 잃었어."

나와 어머니는 아연실색했다. 우리는 그저 그가 밖에서 불쾌한 일을 당한 줄만 알았지 일자리를 잃었을 줄은 아예 생각지도 못했다. 아버지가 세일즈맨인 것은 내게는 너무나 당연한 일이었다. 비록 일하는 방식이 미련한 것을 넘어 우습게 보이기까지 했지만 나는 세일즈맨이 아닌 아버지를 상상할 수 없었다. 그야말로 내일 태양이 떠오르지 않는 것을 상상할 수 없는 것과 마찬가지였다. 나는 아버지를 위로하고 싶었지만 아무 말도 할 수가 없었다. 어머니가 눈물을 흘리며 정확한 표준어로 말했다.

"그렇게 잘해왔는데 어떻게 이런 일이……."

아버지의 목소리가 갑자기 가라앉았다. 그가 거의 울먹이며 말했다.

"그놈들이 더 싼 베이라오들을 고용했어. ……가장 참을 수 없는 건 그놈들이 뒤에서 나도 베이라오라고 부른 거야. 나도 다른 베이라오들처럼 낮은 인센티브를 감수하면 남아도 된다더군. 하지만 그게 말이 돼? 내가 거기서 얼마나 오래 일했는데. 거의 원로급 직원이잖아! 그런데 나를 이따위로 대하다니……."

어머니는 오랫동안 침묵을 지켰다. 접시 가장자리에 묻은 기름이 다 엉겨 붙고 나서야 그녀는 입을 열었다.

"이 사회가 너무 무정하네. 너무 많이 생각하지 말고 집에서 한동안 푹 쉬어. 나가서 다른 일 찾으려고 서두르지도 말고."

아버지는 고개를 들고 목을 앞으로 쭉 빼며 말했다.

"그놈들도 나를 그렇게 부를 줄은 몰랐어. 니미, 나는 그놈들하고 이십 년을 함께 일한 동료라고. 그런데도 나를 베이라오라고 부르다니! 나는 정말 이해가 안 가. 어떻게든 그 개새끼들한테 복수하고 말겠어!"

그 며칠 사이, 아버지는 이상하게 변했다. 누렇게 바랜 조끼와 반바지 차림으로 문 뒤의 작은 걸상에 오래도록 앉아 있었다. 나는 매일 방과 후에 집에 돌아오면 문에 쳐놓은 모기장 너머로 그의 검은 그림자를 보곤 했다. 그 검은 그림자는 정체 모를 악몽처럼 나를 아프게 찌르고 내 마음속 깊이 침전되었다. 나는 집에 돌아가고 싶지 않았다. 최대한 오래 학교에 있으면서 숙제를 다 끝내고서야 집에 돌아갔다. 어머니도 쉽게 그에게 말을 못 붙였다. 식사 준비를 마쳤을 때만 그를 불렀다. 그러면 그는 갑자기 동력을 얻은 로봇처럼 흔들흔들 걸상에서 일어나 느릿느릿 식탁으로 와서 무표정하게 밥그릇을 들고 식사를 하기 시작했다. 이따금 그가 내 공부에 관해 물으면 나는 조심스레 젓가락을 놓고 입안의 음식물을 꿀꺽 삼킨 뒤 열심히 보고했다. 혹시 내가 그의 분노에 불을 댕기는 도화선이 될까봐 두려웠다. 하지만 그는 나를 보는 것 같지 않았다. 그냥 내 말에 따라 고개만 끄덕였다. 그는 사람 모양의 빈껍데기가 되었고 그 안의 생명은 어디론가 다 빠져나갔다. 그의 눈빛에서 보이는 것은 껍데기 속의 끝없는 어둠이 다였다. 나는 감히 그를 두 번 이상 볼 수 없었다. 하지만 감사하게도 그 암울한 기간에 아버지는 한 번도 화를 내지 않았다. 앞에서도 말했지만 아버지는 무척 참을성 있는 사람이었다.

마침내 어느 날 학교에서 돌아왔을 때 나는 문 뒤의 그 검은 그림자가 사라진 것을 발견했다. 문을 열고 들어가니 아버지는 거실의 나무 소파에서 차를 마시고 있었다. 익숙한 그 조끼와 반바지 차림이었지만 그것들은 새로 산 것처럼 깨끗이 세탁된 상태였다. 수염도 말끔히 깎아 말간 피부가 드러나 꼭 새파란 청년처럼 보였다. 그는 뜸들이지 않고 바로 말했다.

"운전을 배워야겠다."

나는 우물거리며 물었다.

"저기…… 운수업을 하시려고요?"

이웃집 왕씨 아주머니의 아들이 바로 운수업을 한다는 것을 나는 알고 있었다. 그는 폼 나게 파란색 혼다 트럭을 몰고 다니면서 차를 멈출 때마다 땅바닥에 카악 가래침을 뱉곤 했다.

"아니."

아버지는 들고 있던 찻잔을 흔들며 말했다.

"나는 택시를 몰 거다."

내가 알쏭달쏭해하는 것을 보고 그는 설명했다.

"너, 세일즈맨보다 더 이 도시를 잘 아는 직업이 있을 것 같으냐?"

내가 뭐라고 대답하기도 전에 그는 일어나서 어슬렁거리며 소리쳤다.

"당연히 없지! 하지만 나는 한 걸음 물러나서 그래도 이 도시를 꽤 잘 아는 직업을 갖기로 했다. 아들아, 잘 생각해봐라. 손님이 어디를 가자고 해도 나는 다 데려다줄 수 있단다. 내가 지금 할 일은 운전을 익히는 것뿐이야. 문제가 너무 단순해졌지?"

확실히 그랬다. 나는 아빠의 말이 일리가 있음을 인정했다. 그것은 좋은 아이디어였다. 나는 흥분해서 말했다.

"아빠, 저는 찬성이에요!"

그는 익숙지 않은 광둥어로 기뻐하며 어머니에게 말했다.

"보라고, 얘도 내 편이야!"

어머니의 눈살이 드디어 활짝 펴졌다. 그녀가 빙그레 웃으며 말했다.

"오늘 저녁에는 다들 보양탕을 먹게 해줄게."

아버지는 똑똑한 사람이었다. 내가 중학교를 졸업하고 고등학교에 들어갔을 때 그는 이미 택시 기사가 돼 있었다. 또한 자기 직업을 사랑하는 그의 천성이 다시 발휘되었다. 그는 아무리 더운 날에도 짙은 남색 유니폼을 입고 하얀 장갑을 꼈다. 그런 아버지의 모습은 내게 홍콩 드라마에 나오는, 회장 차를 운전하는 전용 기사를 연상시켰다. 나는 조금 편하고 자연스럽게 입으라고 했지만 그는 끄덕도 하지 않았다.

"아들아, 너는 내가 말해준 프로 정신을 잊었냐?"

하지만 아버지도 프로 정신을 어긴 적이 있었다.

처음 차를 몰기 시작했을 때 그는 뜻밖에도 방과 후마다 나를 데리러 왔다. 그 일은 나를 쥐구멍에라도 들어가고 싶게 했다. 우선 나는 이미 다 커서 누가 데려다주고 데리고 올 필요가 없었다. 그다음 이유는 약간 허영심과 관련이 있었다. 다른 가장들은 번쩍번쩍한 대형 승용차를 몰고 오는데 나를 맞으러 오는 것은 고작 택시였던 것이다. 그것은 차의 등급 문제이기도 했지만 우리 아버지의 직업까지 숨김없이 드러냈다. 물론 나는 택시 기사가 아주 형편없는 직업이라고는 생각지 않았다. 단지 남들에게 아버지의 정체가 남김없이 다 드러나는 게 싫었을 뿐이다. 나는 그가 조금 신비감을 풍기기를 바랐다. 신비감이 그에게 실제 이상의 위엄을 가져다줄 것 같았다.

처음에 나는 택시를 타고 집에 돌아가는 척했지만 몇 번 그러고 나니 친구들이 매번 똑같은 차인 것을 알고 의문을 품었다. 그래서 아버지가 택시 기사라는 사실이 친구들에게 다 알려져버렸다. 하지만 그것은 별로 대수로운 일이 아니었다. 문제는 내가 이전에 아닌 척 시치미를 뗀 것이었다. 그 때문에 나는 수치심을 느꼈다.

아버지가 또 나를 데리러 왔다. 나는 차에 올라 용기를 내어 그에게 말했다.

"앞으로는 오지 마세요."

"왜?"

아버지는 약간 놀란 듯했다.

"아빠 일에 방해가 되잖아요. 괜히 저를 데리러 올 필요 없어요. 저도 다 컸으니까요."

내 말투는 틀림없이 부자연스러웠을 것이다.

"괜찮아. 돈 좀 덜 벌면 어떻다고. 내가 데리러 오는 게 싫으냐?"

그는 백미러로 나를 보고 있었다.

"저는 좋아요. 하지만 친구들이 보는 게 싫어요."

나는 어쩔 수 없이 사실대로 말했다.

"네 아빠가 택시 모는 사람인 걸 걔들이 아는 게 싫어?"

그의 목소리가 무거워졌다.

"아니에요!"

나는 힘껏 고개를 흔들었다.

"그러면 왜 그러는데?"

그는 기어코 나를 막다른 골목으로 몰았다.

"걔들이 나를 비웃을 것 같단 말이에요. 다 큰 녀석이 병아리처럼 아빠 시중이나 받는다고 말이에요."

나는 화상이라도 입은 것처럼 후다닥 말했다.

"하지만 이 아빠가 모는 건 광링廣陵운수의 차라고."

그가 갑자기 미소를 지었다.

"그게 무슨 차이가 있는데요?"

나는 답답해하며 물었다.

"당연히 차이가 있지!"

그가 으스대며 말했다.

"우리 회사는 광저우에서 가장 오래된 택시 회사이고 저우언라이 총리가 직접 지시해서 세워졌어."

나는 뭐라고 말해야 할지 몰라서 창밖으로 고개를 돌렸다. 하늘이 어둑어둑해지면서 도로에 가득한 차들이 후미등을 켜기 시작했다.

그가 헛기침을 하고는 조심스레 말했다.

"광링운수의 택시 기사는 다 광저우 토박이라고."

"알았어요."

나는 더 말하지 않았다. 아버지가 그런 말을 할 줄은, 그런 것으로 자신의 신분을 강조할 줄은 생각지도 못했기에 갑자기 슬퍼졌다. 하지만 나는 그를 사랑했고 그 감정을 드러낼 수 없어 입을 다물고 있어야 했다. 그는 백미러로 연방 나를 살피다가 내가 계속 아무 반응도 없자 조금 풀이 죽었다. 그 후로 그는 태풍이나 폭우가 오는 날을 빼고는 다시는 나를 데리러 오지 않았다.

택시를 몬 뒤로 아버지에게 생긴 가장 큰 변화는 갈수록 광둥어가 유창해진 것이었다. 그의 말로는 승객들과 이야기를 나눠서 그렇게 되었다고 했다. 나는 너무 이상했다. 세일즈맨 생활을 할 때 그는 무척이나 광둥어가 필요했는데도 제대로 익히지 못했다. 그런데 택시를 몰 때는 광둥어가 그리 중요하지 않은데도 그것을 익힌 것이다. 도대체 어떻게 된 일일까? 설마 나이가 들어 그런 것일까? 한번은 그가 어느 승객과 광둥어로 이야기하는 것을 보고서 그 승객이 내린 뒤, 못 참고 그 문제에 관해 그에게 물었다. 그는 껄껄 웃고는 말했다.

"이 바보야, 세일즈맨은 자기 말만 하잖아!"

이 말이 나를 환히 깨닫게 했다. 나는 그제야 진정한 말은 한 사람이 세상을 향해 내뱉는 소리가 아니라 두 사람 이상이 주고받는, 마치 규칙이 느슨한 보드게임 같은 상호 호응임을 인식했다. 그런 끊임없는 호응 속에서 언어가 생기고, 방언이 생기고, 사투리가 생기는 것이다.

아버지의 광둥어는 점점 나아졌지만 집에서 표준어를 쓰는 습관은 전혀 변하지 않았다. 그가 토박이의 신분을 과시하려 하면서도 집에서만큼은 이미 형성된 언어의 질서를 바꾸려 하지 않는 것에 대해 나는 내심 따스한 기분을 느꼈다. 하지만 바깥에서는 달랐다. 그는 모든 사람과 광둥어로 이야기를 나눴다. 그는 이제 몇몇 글자의 발음이 조금 어색한 것 외에는 다른 발음은 전부 현지화가 되었다. 남들은 그가 광저우 근교 출신이라고 생각하곤 했다. 이에 대해 그는 무척 의기양양해했다. 하지만 나는 광둥어를 하는 그가 낯설었다. 아예 나의 아버지가 아닌 듯했다. 그에게서 풍기는 외로움과 우아함이 삽시간에 흔적도 없이 사라진 것 같았다. 나는 그를 대하면 모순적인 느낌이 들었다. 줄곧 그가 언어의 외로움에서 벗어나기를 바랐는데도 막상 벗어나자 그로 인해 그의 특징이 없어진 듯했다. 그는 더 이상 낙하산병이 아니었다. 그냥 일반 사람이 돼버렸다. 나는 이런 생각이 그에게는 불공평하다는 것을 알고 있었다. 하지만 내가 다 커서인지는 몰라도 외로움은 사람의 본질이어서 벗어날 방법이 없다는 것도 이미 알고 있었다. 바로 그해에 나는 베이징의 한 대학에 합격해 광저우를 떠났고 잠시 아버지, 어머니에게 작별을 고했다.

내 비싼 대학 등록금을 벌기 위해 아버지는 필사적으로 택시를 몰았다. 심지어 젊은 사람들처럼 야간 운전을 하기도 했다. 이 때문에 나는 걱정이 돼서 전화 통화를 할 때마다 그에게 건강을 보살피라고 말했다. 그는 언제나 내게 걱정하지 말라고 했고 내 잔소리가 길어지면 귀찮아하며 광둥어로 말을 끊었다.

"그래, 그래, 알았다!"

그러면 나는 더 말하지 않았다. 그가 속으로 내게 화가 나 있음을 알고 있었기 때문이다. 그는 쭉 내게 중산대학中山大學이나 화난이공대학華南理工大學 같은 광둥성 안의 대학에 가라고 권했다. 그곳들도 좋은 대학인 것은 알고 있었지만 나는 광저우에 남고 싶지 않았다. 조국의 수도에 가서 견식을 넓히고 싶었다. 내 핏속의 그런 충동은 아마도 북방 사람인 아버지의 핏줄에서 비롯되었을 것이다. 단지 그가 의식하지 못했거나 의식하고 싶지 않았을 뿐이다. 그런데 웃기게도 베이징에 가고 나서야 나는 내 표준어가 엉망진창이라는 것을 알았다. 심지어 얼, 얼, 소리가 섞인 그곳 사람들의 발음을 전혀 못 알아들었다. 나는 몰래 흉내를 내기는 했지만 어색하기 짝이 없었다. 그들처럼 기름을 바른 듯 매끄럽게 발음이 되지 않았다. 사람들은 다 나를 광둥성 사람으로 대했다. 처음 만난 친구가 내게 어디 사람이냐고 물으면 나는 조금 주저하다가 광저우 사람이라고 밝히곤 했다. 나중에 내 표준어는 점점 유창해져서 내가 아무리 광저우 사람이라고 말해도 사람들이 믿지 못하게 됐다. 그러면 나는 어쩔 수 없이 아버지가 북방 사람이라고 말해야 했다.

"그러면 네 뿌리는 북방이네."

그들은 이렇게 말했고 나는 고개를 끄덕였다. 북방의 스산한 겨울바람 속에서 내 마음은 점차 북방 사람의 감성으로 가득해졌다.

그때 아버지는 이미 북방 조상들의 뿌리를 전혀 신경 쓰지 않았다. 그 자신의 뿌리가 벌써 남방에 깊이 자리를 잡는 바람에 북방이 오히려 낯선 타향이 돼버렸다. 내가 대학을 다닐 때, 그는 나를 보러 두 번 베이징에 왔다. 그런데 다른 광둥 사람들처럼 그곳의 공기가 너무 건조하고 간식이 다 딱딱하다고 불평했다. 두 번째 왔을 때 베이징은 아직 초가을이었는데도 그는 추위를 타며 조금이라도 빨리 광저우의 따뜻한 공기 속으로 돌아가고 싶어했다. 나는 원래 그에게 베이징에서 산둥까지는 비교적 가까우니 고향에 들렀다 가라고 말할 생각이었다. 하지만 그는 어깨를 움츠리며 내게 무슨 산둥의 고향 얘기 따위는 다시는 꺼내지도 말라고, 자기는 전혀 흥미가 없다고 일깨웠다.

눈 깜짝할 사이에 사 년이 흘러 나는 대학을 졸업하게 되었다. 아버지는 수시로 내게 전화를 걸어 반드시 광저우로 돌아와 일을 하라고 했다. 그는 애초에 나를 북방의 대학으로 보낸 것을 후회하며 또다시 후회할 수는 없다고 말했다. 그때 마침 한 외국 기업이 캠퍼스에 와서 채용 시험을 보았다. 나는 시험해보는 심정으로 이력서를 넣었는데 뜻밖에 일사천리로 필기시험, 면접시험을 다 통과해 채용 제의를 받았다. 어쩔 수 없이 염치 불고하고 아버지에게 연락해 베이징에 남아 더 좋은 미래를 도모하겠다고 말할 수밖에 없었다.

아버지는 목소리를 길게 늘여가며 큰 소리로 말했다.

"광저우로 돌아와도 똑같다. 광저우도 국제화된 대도시야. 올림픽은 못 열려도 어쨌든 아시안게임은 열린다."

나는 할 수 없이 계속 그를 설득했다.

"그 회사는 본사가 베이징에 있고 외국에 나갈 기회도 많아요. 광저우로 돌아가면 그 밑의 지사에서 일해야 해요."

아버지가 무겁게 한숨을 쉬었다.

"외국에도 나가고 싶으냐? 그냥 빨리 돌아와라. 광저우에서 아빠, 엄마랑 살자."

나는 기어들어가는 목소리로 말했다.

"여기서 잘되면 두 분을 모시고 와서 함께 살 수도 있어요."

"싫다. 나는 북방에 안 가."

그는 아이가 떼를 쓰듯 말했다.

"우리 집은 광저우에 있고 광저우가 내 집이다. 나는 한평생 광저우에 살았고 다른 데는 가고 싶지 않아."

나는 이럴 수도 저럴 수도 없었다. 마음이 너무나 곤혹스러웠다. 광저우가 대체 뭐가 좋기에 아버지는 이주민이면서도 저렇게 집착하는 걸까. 어머니는 현지에서 나고 자란 진짜배기 광저우 사람인데도 아버지처럼 그러지는 않았다. 내가 내 길을 걷기를 바랐고 내가 광저우를 떠나 그녀의 시야에서 사라질 것 같은데도 무조건 나를 지지해주었다. 이 때문에 아버지는 어머니와 사이가 틀어져서 어떻게 자식을 그렇게 먼 곳에 보낼 수가 있느냐고, 가족이 어떻게 헤어질 수가 있느냐고 쏘아붙였다. 심지어 그녀가 너무 잔인하다고까지 말해서 어머니는 몇 번이나 화가 나 눈물을 흘렸지만 그래도 계속 내 편을 들어주었다.

"네 아빠는 신경 쓰지 마라. 나이가 들어 머리가 굳었나 보다. 나는 네가 더 높이, 우리보다 훨씬 더 높이 날 수 있기를 바란다."

어머니의 이 말에 감동해 나는 용기를 낼 수 있었다. 그래서 의연히 채용 제의를 받아들여 베이징에 남아 일하게 됐다.

아버지는 소식을 들은 뒤, 꼬박 백 일 동안 나와 이야기를 안 했다. 내가 집에 전화를 걸면 늘 어머니가 받았고 어머니가 부르면 아버지는 벌써 밖으로 나간 뒤였다. 어머니는 내게 말했다.

"네 아빠가 마음이 안 좋아. 지난번에는 이야기를 하다가 울기까지 하더라."

아버지가 그렇게 약해지다니 정말 내 예상을 초월했다. 나는 숨이 막혀 아무 말도 안 나왔다. 마음 가득 양심의 가책이 느껴졌다. 어머니가 또 말했다.

“나는 정말 알 수가 없다. 네 아빠가 이해가 안 가. 원래는 엄마인 내가 더 아들한테 연연하는 게 맞지 않니? 저 사람은 나이 들어서 왜 저렇게 이상해졌나 몰라!”

백 일 뒤, 마침내 아버지가 먼저 내게 전화를 걸어왔다.

“유웨이야, 나는 너를 곁에 묶어두고 효자 노릇하게 하려는 게 아니었다. 네가 광저우에서 자랐으니 여기서 미래를 도모하는 게 더 너한테 맞다고 생각한 거야. 네 뿌리는 여기 있지 않니.”

나는 그때 처음으로 아버지가 뿌리에 대해 언급하는 것을 들었다. 또다시 그에게 북방의 고향 일을 묻고 싶었다. 그곳이 아직도 우리와 관계가 있는지, 그곳이 아직도 우리의 뿌리인지 묻고 싶었다. 하지만 나는 차마 묻지 못했다. 그를 슬프게 하고 싶지 않았다. 그가 아무 연고 없이 남방으로 흘러와 천신만고 끝에 겨우 광저우에 자신의 뿌리를 내린 것이 그의 삶에서 가장 중요한 결실이었음을 문득 깨달았기 때문이다. 그래서 북방의 그 허무하고 아득한 뿌리는 일찌감치 그의 기억 속에서 말라죽었다. 아버지든 나든 그 뿌리와는 영원히 관계를 잃고 말았다. 그가 바라는 것은 내가 그의 뿌리를 이어받아 다시 꽃을 피우고 결실을 거두는 것이었다. 내가 그러지 않으면 원래 허약하기 짝이 없는 그의 뿌리는 더 말라서 시들어버릴 게 뻔했다. 나는 괴로워서 그에게 말했다.

"아빠, 염려 마세요. 광저우에 지사가 있으니까 기회만 생기면 돌아갈게요."

그는 기뻐서 쾌활하게 말했다.

"그러면 좋지. 그렇게 하는 걸로 하자! 아들아, 아빠는 너를 기다리고 있으마."

지금, 나는 드디어 광저우로 돌아왔다. 하지만 오해는 하지 말기를. 나는 아버지에게 약속한 것처럼 자발적으로 지사로 전근을 온 것이 아니었고 사표를 낸 것은 더더욱 아니었다. 단지 휴가를 얻어 돌아온 것이었다. 또한 돌아온 것도 단순히 부모님을 보기 위해서가 아니라 예상치 못한 큰일과 맞닥뜨리기 위해서였다.

우리의 낡은 집이 철거를 당하게 되었다.

우리 집은 좁지만 호젓한 골목 안에 있었다. 비록 옛날에 지은 단층 기와집이기는 해도 집 앞에 작은 뜰이 있고 거기에 자라난 화와 나팔꽃이 가득 심어져 있어 늘 벌과 나비가 떼를 지어 날아다녔다. 그런데 최근 몇 년 사이, 그 뜰에 서서 둘러보면 낭떠러지 같은 고층 빌딩들이 사방에서 쑥쑥 솟아올랐다. 외벽을 유리로 두른 빌딩들은 꼭 개의 이빨 같았고, 아직 완공되지 않은 빌딩들은 꼭 충치 같았다. 그것들은 서로 교차하며 언제든 물어뜯으려 덤빌 태세였다. 실제로 그 죽음의 시간은 예상보다 훨씬 빨리 들이닥쳤다.

트렁크를 끌고 집 앞에 도착했을 때, 나는 나도 모르게 발걸음을 멈췄다. 타지를 떠돈 지 여러 해 만에 처음으로 우리 집을 똑바로 살펴보았는데 노인의 얼굴과 무척 흡사하다는 생각이 들었다. 그것은 내가 본 적도 없는 친할아버지처럼 인자하게 나를 보고 있었다. 나는 그것이 줄곧 나를 너그러이 받아주었다는 생각이 들었다. 개구쟁이였던 내 소년 시절을, 고삐 풀린 망아지였던 내 청년 시절을, 그리고 나라는 인간의 모든 결함까지 다 너그러이 받아주었고 앞으로도 계속 그래줄 것 같았다. 나는 불현듯 이곳이 나의 뿌리임을 깨달았다. 아버지의 말이 정말로 맞았다. 여기가 나의 뿌리였다. 원래 그것이 아버지의 이기적이고 일방적인 바람인 줄만 알았다. 하지만 이제 비로소 그런 느낌이 이렇게 실재한다는 것을, 지금 밟고 있는 보도블록처럼 실재한다는 것을 체감했다. 나는 하마터면 슬픔의 눈물을 흘릴 뻔했다.

그때 나는 문 뒤의 검은 그림자를 보았다. 나의 아버지가 여러 해 전 실업자가 됐을 때처럼 짙은 검은색 물체가 되어 그곳에 웅크리고 앉아 있었다. 나는 문을 열고서 위에서 그의 어깨를 감싸 안고 "아빠" 하고 불렀다. 그는 꼼짝도 하지 않고 말했다.

"네가 돌아와서 좋구나. 걸상을 들고 와서 나랑 좀 앉아 있자."

나는 걸상을 들고 왔다. 하지만 그 오래된 작은 걸상 대신 네

모난 보통 걸상밖에 못 찾았다. 그래서 아버지 곁에 앉았을 때 나는 그보다 키가 훌쩍 커 보였다. 하지만 아버지는 여전히 꼼짝도 하지 않았고 나를 쳐다보지도 않았다. 그저 앞만 보며 말했다.

"여기서 바라보면 뭐가 보이냐?"

나는 모기장 틈을 통해 밖을 내다보았다. 바깥은 화창해서 모든 것이 분명하게 눈에 들어왔다. 뜰의 낡은 울타리가 보였고 그 안쪽의 갖가지 아름다운 꽃도 보였으며 꽃에 물을 줄 때 쓰는 분홍색 물뿌리개도 보였다.

"뭐가 보이냐?"

아버지가 또 물었다.

나는 잠시 멍하니 앉아 있었다. 뭐라고 답해야 할지 몰랐다.

"말해보렴."

아버지가 말했다.

나는 내가 본 것을 이야기하기 시작했다. 화초와 나무와 돌, 심지어 막 지나간 남자의 그림자까지 나열하다가 더 거론할 것이 없어진 다음에야 말을 멈췄다. 그가 말했다.

"그것들이 그리워질까?"

내가 당연하다고 말하기도 전에 그는 흥분해서 떨리는 목소리로 말했다.

"그것들은 다 사라질 거야. 꿈속에서도 못 보게 되겠지."

나는 그의 어깨를 두드렸다. 괴로워서 아무 말도 할 수가 없었다. 아버지가 말했다.

"나는 그것들이 사라지게 하고 싶지 않아. 그것들을 지킬 거야, 마지막 순간까지."

그의 말은 느렸다. 한마디 한마디 다 깊은 생각이 필요한 듯했다. 말을 마치고서 그는 잠시 쉬었다가 내게 물었다.

"아들아, 너는 어쩔 거냐? 나와 함께해주겠니?"

나는 한숨을 쉬며 눈물을 닦고 말했다.

"물론이에요, 아빠. 옆에 있어드릴게요, 마지막 순간까지."

날카로운 이를 번뜩이는 거대한 괴수는 흉악할 뿐만 아니라 교활했다. 원래 우리는 놈이 처음에는 순하다가 나중에야 본색을 드러낼 줄 알았다. 우선 주민위원회의 아주머니들에게 돈 봉투를 찔러주고 집집마다 설득하러 다니게 할 것이라고 생각했다. 하지만 그들은 그런 인내심조차 없었다. 곧장 붉은색으로 '철거'라는 글자를 대문짝만하게 써서 담장마다 붙이고 골목 입구에는 한 달 내에 전부 이주하라는 경고문을 게시했다. 전에 이웃집 라오마老馬는 그들이 도심에 집을 마련해서 지금 우리의 집과 맞교환해줄 것이라고 했었다.

"엘리베이터가 있는 집에 곧바로 입주할 테니까 아주 좋을 거예요."

라오마가 이렇게 말할 때 아버지는 한마디도 섞지 않고 가당치 않다는 듯 입만 삐죽 내밀었다. 그런데 지금 상황은 훨씬 안 좋아져서 맞교환해줄 집 같은 것은 아예 없고 보상금만 준다고 했다. 어머니는 계산을 해보더니 그 보상금으로 시내 외곽에 27평짜리 집을 살 수 있다고 했다. 지금 우리 집이 작은 뜰을 빼면 딱 27평이었다.

어머니가 말했다.

"이사를 가야 하면 빨리 가자고. 좋은 쪽으로 생각해. 거기는 아파트 단지여서 경비원도 있으니까 입주하면 더 안심도 될 거야."

아버지는 목을 앞으로 빼고 차가운 눈초리로 말했다.

"갈 테면 당신이나 가. 나는 안 가."

어머니는 "몹쓸 사람 같으니!"라고 욕을 한 뒤, 내 눈치를 보며 내 생각을 알고 싶어했다.

나는 말했다.

"엄마, 화내지 마세요. 저는 이번에는 아빠 편이에요. 엄마가 저를 낳아주시고 대학에 들어갈 때까지 저는 쭉 여기서 살았어요. 꼬박 십팔 년이나요. 만약 다른 데로 이사 가면 거기가 아파트 단지여도 저는 우리 집 같은 느낌이 안 들 거예요. 그러면 저와 광저우는 관계가 다 끊어질 것 같아요."

내 말을 듣고 어머니는 눈물을 흘리며 흐느끼는 목소리로 말했다.

“두 사람은 정말 내가 이사를 가고 싶어한다고 생각해? 여기에 우리의 아름다운 추억이 얼마나 많은데! 하지만 나는 몸도 안 좋고 여자여서 두 사람하고 같이 싸울 힘이 없다고. 이번에 모처럼 부자가 합심했으니까 잘 처리해봐. 나는 먼저 황푸黃埔의 외가에 가 있을 테니 무슨 일이 있으면 전화하고.”

어머니는 눈물을 훔치며 집을 떠났다. 그녀는 달랑 작은 상자 하나만 가져갔지만 나는 집 안이 갑자기 텅 빈 듯했다. 마치 절반은 벌써 이사를 나간 것 같았다. 나는 고개를 돌렸다. 아버지가 또 문 뒤의 작은 걸상에 앉아 있었다. 그때는 저물녘이어서 그는 집 안에 차오르는 어둠과 하나가 돼 있었다. 우리는 둘 다 꼼짝도 않고 어둠의 보호 속에 묵묵히 몸을 두었다. 불을 켜고 싶은 생각이 눈곱만큼도 없었다.

첫 번째 주가 훌쩍 지나갔다. 그사이 띄엄띄엄 몇 가구만 이사를 나갔다. 남은 사람들은 다 관망 중이었고 그들 중 대다수는 조금 더 이득을 볼 생각으로 이런 저항이 보상금 액수를 높일 수 있는지 없는지 저울질하고 있었다. 그들은 늘 모여서 방법을 의논했는데 대부분은 돈 이야기였다. 하지만 아버지는 그들과 어울리지 않았고 나도 못 그러게 했다.

“그 사람들은 그 사람들 얘기나 하게 놔둬라. 우리는 그 사람들과 목적이 다르잖아.”

동맹군이 없어져서 우리는 완전히 고군분투의 지경에 처했다. 나는 어쩔 수 없이 매일 집에서 아버지를 모시고 있었다. 우리는 함께 장기를 두었다. 오래 안 두어서인지 두기 시작하니 재미가 쏠쏠했다. 나는 꼭 어린 시절로 돌아간 것 같았다. 아무도 와서 우리를 방해하지 않았고 철거는 아득히 먼 악몽처럼 느껴졌다.

둘째 주가 되자 집집마다 문가에 대형 스피커가 설치되었다. 그 스피커에서는 정책, 법규 그리고 그것을 어긴 결과에 대한 선전이 흘러나왔다. 그런 반복적인 소음이 아침 여덟 시 반부터 저녁 여섯 시 반까지 이어져 사람들을 불안하게 하고 혈압이 솟구치게 만들었다. 며칠 뒤, 꽤 여러 가구가 이사를 갔다. 골목 끝의 오래된 잡화점도 그렇게 형세가 기운 것을 보고 또 장사도 잘 안 되자 결국 이사를 나갔다. 뒤이어 몇 블록 밖의 오피스텔 건물에 있던 철거 사무실이 그 잡화점으로 옮겨왔다. 양복을 입은 직원 몇 명이 그 안에서 사무를 보았다. 그들은 집에 와서 우리를 재촉하지도 않고 그냥 거기에 앉아 있었다. 그들 주변에는 텅 빈 물건 진열대만 있어서 마치 우리 눈에는 안 보이는 상품을 팔고 있는 듯했다. 나와 몇몇 이웃이 들어가서 문의하자 안경을 쓴 한 뚱보가 말했다.

"우리는 여러분을 위해 일합니다. 여러분에게 토탈 서비스를 제공하죠. 모든 수속을 여기에서 한 번에 처리해 여러분의 시간을 절약해드립니다."

집에 돌아가 그 이야기를 전하자 아버지는 말했다.

"절약하고 싶으면 자기들 시간이나 절약하라고 해. 그자들이 조급해할수록 내 투쟁 의지는 더 강해질 거야."

그는 국수 그릇을 들고 문 뒤의 작은 걸상에 앉아 있었다. 화장실에 갈 때를 빼고는 수위처럼 내내 거기에 앉아 있었다. 웅크리고 있는 그의 그림자는 한편으로는 내게 걱정과 슬픔을 안겨주었고 다른 한편으로는 내 마음속 초조함을 덜어주었다. 아버지의 그 어둡고 견고한 그림자는 모든 죄악과 추악함을 문밖에서 못 들어오게 막아내고 있는 듯했다. 심지어 나는 루쉰魯迅 선생이 묘사한 선각자의 이미지가 떠올랐다. 어둠의 갑문이 내려오는 것을 어깨로 버티면서 청년들을 광명으로 들여보내는 그 이미지가 말이다. 하지만 나는 들어갈 광명이 없어서 그저 아버지와 함께하며 허약한 어깨 위에 어둠의 갑문을 얹은 채 그것이 내려오는 시간을 조금 지연시키고만 있었다.

셋째 주가 되자 대형 스피커가 방송을 멈췄다. 워낙 소음이 심했던 탓에 골목 안은 조용해졌다기보다는 쥐 죽은 듯이 고요해졌다. 그 고요 속에서 안전모를 쓴 놈들이 나타났다. 그들은 우리 집 창문 앞에 엎드려 몰래 안을 훔쳐보았다. 어떤 녀석은 심지어 벌컥 문을 열기도 했다. 그때 녀석은 자기 앞에 아버지가 사당의 금강역사처럼 눈을 부라리고 앉아 있는 것을 보았다. 소스라치게 놀란 그 녀석은 삽살개처럼 그르렁거리며 온몸을 떨다가 후다닥 꽁무니를 뺐다. 그 후로 며칠 동안 날마다 그런 녀석들이 나타나 계속 창문으로 안을 들여다보거나 문을 열고 들어왔다. 하지만 한 명도 예외 없이 아버지를 보고 질겁을 했다. 하긴 문 바로 뒤에 누가 우두커니 앉아 있을 줄 그들이 어떻게 알았겠는가? 그런 소동은 바로 코미디의 한 장면으로 끝나곤 했다. 하지만 그들의 이런 농간은 다른 집에서는 효과가 있어서 많은 이웃이 심리적으로 무너지고 말았다. 주말에 시장에 다녀오면서 보니 남은 집이 너덧 가구밖에 안 됐다. 함께 모여 대책을 논의하던 사람들도 다 자취를 감췄다. 그들의 집 문만 활짝 열린 채 바람이 불 때마다 마치 뭔가를 말하려는 입처럼 열렸다 닫혔다 했다.

원래 나는 넷째 주가 되면 그들이 더 무시무시한 방법으로 소란을 피울 줄 알았다. 하지만 뜻밖에도 아무 일도 일어나지 않았다. 마치 철거가 벌써 다 끝난 것 같았다. 나와 아버지는 문 앞에서서 철거 사무실이 아직도 잡화점 안에 있고 양복을 입은 사람들도 여전히 정상적으로 출퇴근을 하고 있는 것을 보았다. 그들은 우리와는 아무 관계없는 사람처럼 우리 쪽은 쳐다보지도 않았다. 한 이웃이 다가와서 말했다.

"누가 위에 가서 신고했나 봐요. 저자들이 폭력적으로 철거를 한다고 말이에요. 그래서 얌전해진 것 같아요."

아버지가 말했다.

"아니야. 이건 장기나 마찬가지야. 지금 속임수를 쓰고 있는 것뿐이라고. 자네는 너무 순진해!"

그 이웃은 아버지의 말에 깜짝 놀랐다. 검고 수척한 얼굴이 우울하게 변하더니 그가 살며시 한숨을 쉬며 말했다.

"아이고, 여기도 이제 몇 가구 안 남았어요."

그랬다. 골목의 퇴락하고 황량한 분위기는 보이지 않는 조수처럼 갈수록 차올라 금방이라도 우리를 빠뜨릴 것 같았다. 이튿날 그 이웃은 이사를 갔다. 그는 가기 전에 일부러 우리 집 앞에 왔다. 들어와서 작별 인사를 하고 싶었던 게 분명했다. 하지만 그는 주저하며 두 손바닥을 힘껏 문지르고 있었다. 올해 광저우의 한여름이 춥기라도 한 것처럼. 그는 그렇게 문밖에 서서 문 뒤의 아버지에게 말했다.

"어르신, 떠나시는 게 나아요. 여기서는 더 못 살아요."

여기서는 더 못 살게 되었지만 나의 아버지는 그래도 떠나려 하지 않았다. 심지어 한 점의 두려움이나 당황스러움도 없어 보였다. 나는 더더욱 그가 존경스러웠다. 아버지 같은 사람이 한평생 샴푸나 팔고 택시를 몬 것이 너무나 아깝다는 생각이 들었다. 하지만 난세에 영웅이 출현하듯이 이제 아버지는 드디어 영웅의 본색을 드러낼 기회를 잡았다. 나는 그의 가장 믿을 만한 지지자로서 그를 잘 보필해야만 했다.

정해진 한 달의 말미가 다 지났다. 나와 아버지는 문 뒤에 앉아 그들이 우리와 마지막 담판을 하러 오기를 기다리고 있었다. 아버지는 쇠사슬을 준비하여 필요할 때 자기를 창틀에 묶어 그들이 끌어내지 못하게 해달라고 했다. 그것은 약자의 전형적인 저항 방식이었다.

"그럼 그때 저는 뭘 해야 하죠?"

나는 주변을 둘러보며 쓸 만한 물건을, 나도 그것으로 뭘 해야 할지 모르는 물건을 찾고 있었다. 무척이나 당황스러웠다.

"아들아, 너는 아무것도 할 필요 없다. 자기만 잘 지키면 돼. 절대 다치면 안 된다!"

그는 나를 똑바로 쳐다보며 말했다. 그의 눈에 자애로운 빛이 어려 있었다.

"우리 둘 다 다치면 안 된다고요!"

"그래, 염려 마라. 그놈들이 나 같은 늙은이한테 뭘 어쩌겠니."

그는 쇠사슬을 자기 팔뚝에 감았다. 꼭 스스로 족쇄를 찬 것 같았다.

하지만 마지막 담판 같은 것은 없었다.

이튿날 아침, 아직 꿈속에 있던 나는 돌연 천지를 뒤흔드는 소리에 잠이 깼다. 잠옷 바람으로 밖에 뛰어나가 보니 골목 어귀에서 불도저 한 대가 집을 무너뜨리고 있었다. 옆을 돌아보고 나는 아연실색했다. 그 철거 사무실은 어느새 온데간데없었다. 잡화

점의 창문만 활짝 열린 채 외눈처럼 나를 바라보고 있었다.

"큰일 났어요, 큰일 났다고요!"

나는 공황 상태가 되어 집으로 달려가 아버지에게 소리쳤다.

"그 새끼들이 철거를 시작했어요."

아버지가 말했다.

"왜 그렇게 호들갑이냐. 나는 놈들이 계속 가만히 있을까봐 걱정이었는데."

겨우 닷새 만에 우리 주변의 집들은 다 허물어져 폐허가 되었다. 하지만 역시 아무도 우리와 담판을 지으러 오지 않았다. 나는 심지어 그들이 여기에 아직 사람이 사는지 모르는 게 아닌지, 그래서 우리가 잘 때 집을 뒤집어 나와 아버지를 생매장하는 것은 아닌지 의심스러웠다. 절망과 공포가 밧줄처럼 목을 옥죄어 나는 잠을 이루지 못했다. 밤에 바퀴벌레가 기어 다니는 소리에도 머리털이 쭈뼛쭈뼛 섰다.

이레째 되는 날, 불도저가 우리 집 앞까지 밀고 들어왔다. 나는 밖에 나가 항의했지만 그들은 본체만체하고 우리 집 사방에 남은 무너진 담벼락을 정리했다. 그제야 나는 '말뚝박기 가옥'이라는 명칭이 뭘 뜻하는지 정확히 알았다! 기왓장이 굴러떨어질 때 우리의 낡은 집이 내 심장과 함께 위태롭게 흔들리고 있다는 것을 알았다. 마음이 약해진 나는 아버지를 설득하고 싶었다. 안전이 제일이고 이제 물러설 때가 되었다고 말이다.

내가 다가갔을 때, 아버지는 그래도 여전히 문 뒤의 작은 걸상에 앉아 있었다. 하지만 지금 위험은 문 앞으로만 오지 않았다. 사면팔방에서 몰려왔다! 나는 심호흡을 하며 고언할 준비를 했다. 배반자 특유의 수치심이 밀려들었다. 그런데 아버지는 나를 보자마자 내가 무슨 말을 할지 눈치챘다. 그는 씩 웃고는 벌떡 일어나서 씩씩하게 내게 다가왔다. 그의 안색은 붉게 윤기가 나고 정력이 가득해 보였다. 여러 날 암울했던 그늘은 다 어디로 갔나 싶었다. 설마 저 강도들을 상대할 방법이 생각나기라도 한 것일까?

그가 소매를 걷으며 말했다.

"붉은 천과 붓을 가져와라!"

나는 미심쩍은 눈으로 그를 보고만 있었다.

"글씨를 써서 붙여야겠다!"

나는 그가 "강제 철거에 반대한다" 같은 문구를 쓰려 한다고 생각했다. 하지만 그런 플래카드는 전에도 이웃이 내건 적이 있었고 나중에 흐지부지되고 말았다. 나는 아버지가 왜 그런 일을 다시 하려고 하는지 알 수 없었다. 아마도 다른 방법이 없어 어쩔 수 없이 택한 마지막 발버둥 같았다. 그런데 이상하게도 그의 미간에는 환한 기쁨이 온통 어려 있었고 나도 그것에 전염되었다. 애초에 약자가 추구하는 것은 정신적인 차원의 상징적 승리인 것일까?

나는 붉은 천을 꺼내 탁자 위에 깔았다. 아버지가 말했다.

"탁자 위에서는 못 쓴다. 글자가 많거든. 바닥에 깔아라."

아버지는 고발의 격문을 쓰려는 것일까?

나는 붉은 천을 마룻바닥에 길게 깔았다. 그는 붓에 진한 먹을 듬뿍 적셔 글을 쓰기 시작했다. 나는 아버지가 언제 서예를 익힌 적이 있는지는 몰랐지만 그의 글씨는 명필의 정수를 이어받은 것처럼 힘이 있었다.

놀라운 일이 일어났다. 그가 쓴 것은 "광저우의 산천에 뼈를 묻고, 광둥의 비 오는 밤에 홀로 목숨을 잃으리羊城河山可埋骨, 嶺南夜雨獨喪神"라는 시였다!

나는 충격을 받았다. 설마 아버지는 어둠 속에 웅크리고 있을 때 이런 시구를 구상하고 있었단 말인가? 그는 뜻밖에도 위기의 순간에 예술의 힘을 찾았다. 그 시구는 이 땅에 대한 그의 미련과 비분을 남김없이 다 표현하고 있었다.

아버지는 글씨를 다 쓰고 제자리에 서서 몇 초간 감상하고는 고개를 끄덕인 뒤 전화기를 들었다.

"누구한테 전화를 거세요?"

내 물음에 그는 알 수 없는 미소를 지었다.

"친구."

그러고는 한마디를 덧붙였다.

"내 단골 승객이지."

오후에 방송국의 차 한 대가 와서 몇 명이 촬영을 하기 시작했다. 기자가 카메라 앞에 서서 논평을 하며 이 지역의 강제 철거 현황을 소개했다. 그런데 갑자기 구석에서 검은 옷을 입은 자들이 우르르 달려와 촬영 장비를 낚아채려 했다. 내가 놀라서 소리를 지르며 뛰쳐나가려는데 아버지가 내 옷을 잡아끌었다. 바로 그 절체절명의 순간, 나는 너무나 익숙한 사람을 목격했다. 어머니가 달려왔고 그 뒤로 황푸의 친척들이 무더기로 따라왔다. 그녀가 나와 아버지를 향해 손을 흔들고는 친척들을 데리고 전장에 뛰어들었다. 요란한 소동에 구경꾼까지 몰려와 사람이 갈수록 많아졌다. 이미 일이 너무 커져서 통제가 불가능했다.

나는 아버지를 힐끔 보았다. 이 모든 것이 그가 계획한 일임을 알았다.

아버지가 말했다.

"됐다. 우리는 지붕에 올라가 이 플래카드를 걸자."

우리는 지붕에 기어올라가서 국기를 올리듯 경건하게 플래카드를 펴고 대나무 장대로 잘 고정했다. 아래에 있던 사람들이 시구를 읽고 기름 솥처럼 들끓어 올랐다. 여기저기서 크게 환호성이 들렸다. 아버지는 입가에 미소를 지으며 느릿느릿 플래카드 옆에 쪼그려 앉았다. 그 모습은 마치 빚을 달라고 독촉하는 늙은 농부 같았다. 그가 고개를 들어 나를 보면서 입을 벙긋거렸다. 내게 무슨 말을 하려는 듯했다. 나도 할 수 없이 그 옆에 나란히 쪼그려 앉았다.

그가 내게 말했다.

"아들아, 오늘 내가 드디어 복수를 했다."

"복수요?"

나는 이해가 가지 않아 소란스러운 인파를 바라보며 성난 어조로 말했다.

"무슨 말씀이세요. 이 정도로 복수를 했다고요?"

"너는 몰라."

"제가 모른다고요?"

나는 그에게 한바탕 따질 태세를 취했다. 투쟁에서 이기려면 아직도 길이 멀었다.

하지만 아버지는 이때 눈을 꼭 감았다. 자기만의 세계에 푹 빠져든 듯했다. 그러고 나서 나는 그가 이를 갈며 한마디 한마디 힘주어 말하는 소리를 들었다.

"그토록 오랜 세월이 흘러, 드디어 나를 상처 입힌 그 광저우 놈들보다 내가 더 광저우를 사랑한다는 걸 증명했다! 오늘 나는 드디어 복수를 했다!"

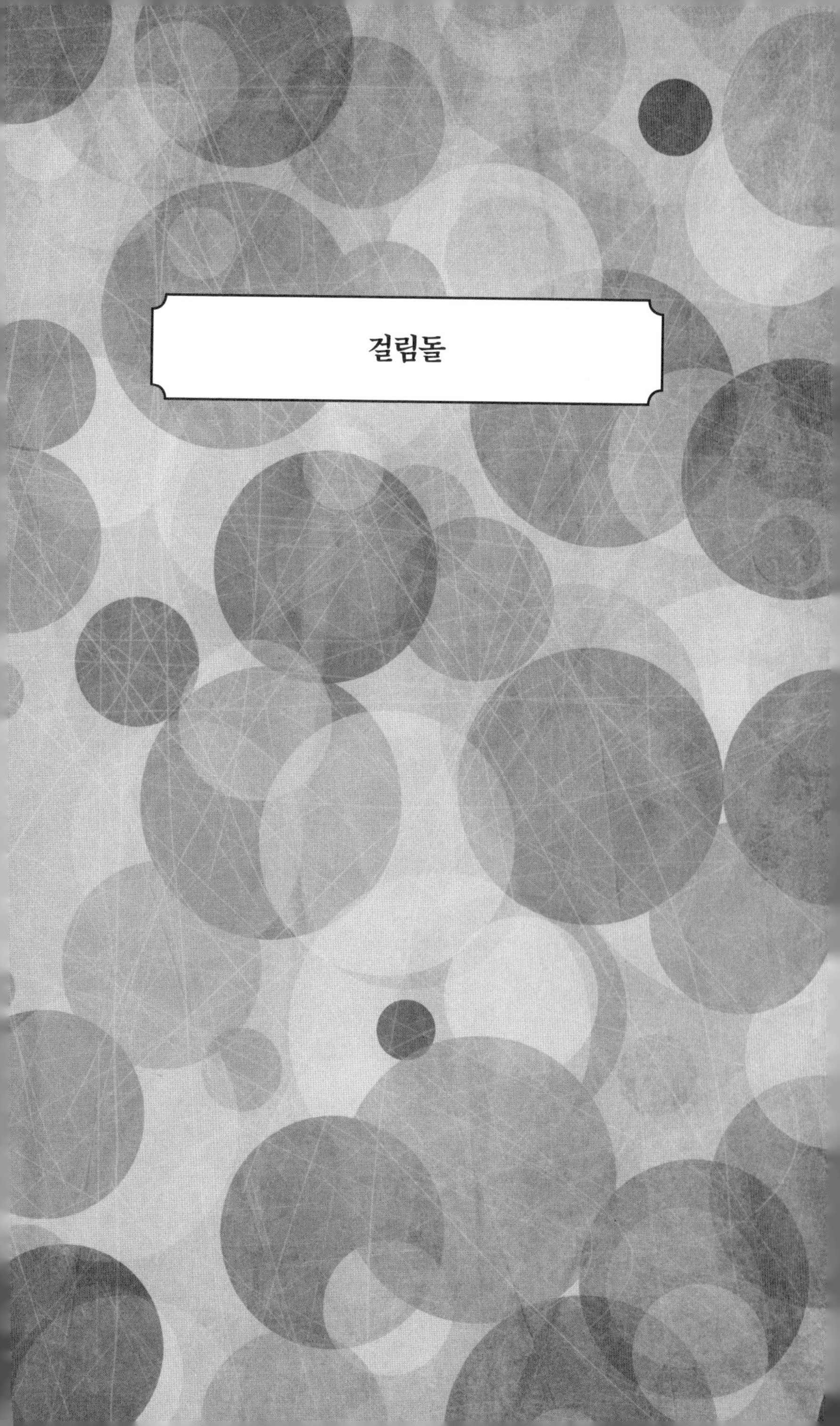

걸림돌

일 때문에 나는 매주 한 번씩 광저우와 선전을 오가야 한다. 광저우에서 편집을 마친 원고 데이터를 선전의 인쇄소에 직접 가져다주는 것이 우리 출판사의 불문율이 되었기 때문이다. 아무리 선전 쪽의 설비가 국내 최고여도 디테일한 부분은 역시 내가 가서 점검해야 한다. 예를 들어 사진의 색깔이 잘못되지는 않았는지, 텍스트에 오타가 남아 있지는 않은지 기계 옆에 붙어 마지막으로 살펴봐야 한다. 팀장은 나보다 몇 살 어린 젊은 친구이기 때문에 내게 조금 미안해했다. 그래서 교통비 외에 매달 오백 위안씩 더 보너스를 지급해주었다. 하지만 나는 정말 그 몇 푼 안 되는 보너스에는 관심이 없었다. 누가 그런 푼돈 때문에 매달 몇 번씩 먼 길을 오가는 수고를 자청하겠는가. 나는 나대로 생각이 있었다. 나는 낭만주의자로서 천편일률적인 일상생활에서 벗어나 길에서 조금이나마 신선한 일과 마주칠 수 있기를, 그래서 내 삶이 덜 피폐해지기를 바랐다.

하지만 일 년이 넘도록 나는 무슨 신선한 일 따위와는 거의 마주치지 못했다. 매번 열차에 들어가 자리에 앉고 나서는 낯선 분위기 때문에 옆 사람과 어색한 침묵을 철저히 유지했다. 물론 언제나 그렇게 철저하지만은 않았다. 비록 실패로 돌아가기는 했지만 내 쪽에서 먼저 머뭇머뭇 말을 건 적도 있기는 했다. 옆자리에 무척 아름다운 아가씨가 앉았기 때문이었다. 분홍색 긴 스커트를 입은 그녀는 흰색 아이폰을 쉴 새 없이 만지작거리고 있었다. 나는 그녀가 휴대전화를 내려놓고 심심해하는 틈을 타 용기를 내어 말을 걸었다.

"저기, 아가씨와 친구가 되고 싶은데 어떠신가요?"

그녀는 힐끔 나를 보고는 냉랭한 어조로 말했다.

"필요 없어요. 남자친구가 있거든요."

나는 창피해서 당장 차창을 깨고 뛰어내리고 싶었다.

그것이 내 처음이자 마지막 시도였다. 나는 내 자신이 졸렬하고 우스꽝스러워서 전형적인 루저 같다는 생각이 들었다. 그날의 한 시간에 걸친 여정은 내게 가혹한 형벌로 바뀌어버렸다. 일 분마다 나는 수치심으로 인해 괴로움에 시달렸다. 그때 나는 맹세했다. 다시는 먼저 말을 걸지 않기로. 그나마 위안이 되는 것은 내가 지금까지 그 맹세를 지키고 있다는 사실이다. 게다가 나는 이미 여자친구를 찾았다. 내 동료의 누이동생인데 단순하고 천진난만한 아가씨다. 시간이 나면 마우스로 컴퓨터 화면에 그림 그리는 것을 좋아한다. 이 점이 나는 무척 마음에 들었다. 동시에 선전을 오가는 여정에 점차 싫증이 나기 시작했다.

오늘도 선전에 가야 했다. 내가 광저우 동부역에 도착했을 때는 벌써 오후 네 시 반이었기 때문에 꽤 늦게 인쇄소에 도착할 것 같았다. 괜히 식사 대접으로 그쪽 사람들에게 폐를 끼치기가 싫어 햄버거 하나를 사서 우물대며 걸었다. 이어서 매표기에서 표를 샀는데 다섯 시 반 기차였다. 상관없었다. 매번 나는 표에 적힌 시간을 무시하고 가장 빨리 오는 기차를 미리 타곤 했으며, 또 매번 운 좋게 자리를 얻곤 했다. 이번에는 다섯 시 기차를 미리 탔다. 기차에 오른 뒤, 나는 연달아 여러 칸의 객차를 통과해 걸었다. 빈자리가 안 보였다. 식당 칸의 자리까지 꽉 차 있었다. 나는 속으로 비명을 질렀다. 맙소사, 선전까지 서서 가야 하는 건가.

나는 계속 객차 복도를 따라 천천히 걸으며 빈자리가 있는지 살폈다. 쉽게 포기하려 하지 않았다. 그런데 믿기 힘들게도 마지막 객차의 맨 마지막 줄에서 빈자리 하나를 발견했다. 알다시피 객차의 한쪽은 세 칸짜리 좌석이고 다른 한쪽은 두 칸짜리 좌석이다. 그 빈자리는 두 칸짜리 좌석의 창가 쪽 자리였다. 그 옆자리, 다시 말해 복도 쪽 자리에는 백발의 할머니가 앉아 있었다. 나는 앞으로 다가가 물었다.

"안녕하세요, 할머니. 혹시 옆에 앉을 사람이 있나요?"

할머니는 고개를 젓고는 살짝 미소를 지으며 머리를 안쪽으로 기울였다. 앉아도 된다는 표시였다. 나는 기뻐서 얼른 고맙다고 한 뒤, 할머니 앞쪽으로 비집고 들어갔다. 자리에 앉고 나서도 진심 어린 표정으로 그녀를 보며 또 고맙다고 했다. 이때 나는 비로소 그녀가 눈이 움푹 꺼지고 약간 흐린 눈동자가 연갈색인 것을 발견했다. 그녀는 외국인이었던 것이다! 좀 전까지 나는 전혀 알아보지 못했다. 아마도 노쇠는 죽음과 마찬가지로 사람의 본질을 도드라져 보이게 하지만 인종 간의 차이는 무화시키는 것 같다. 그래서 인간에 대한 갖가지 구분은 결국 우습고 궁색하기 마련이다.

"젊은이는 선전에 가나?"

나는 문득 표준어 한마디를 들었다. 세월이 켜켜이 내려앉은 우아하고 쉰 목소리였다. 나는 고개를 돌려 할머니를 보았다. 그 말을 할머니가 했는지 확인하려고 했다. 그녀는 나를 똑바로 응시하고 있었다. 눈꺼풀은 조금 늘어졌지만 연갈색의 눈은 여전히 총기가 가득했다.

"네, 선전에 갑니다."

나는 나도 모르게 감탄하여 말했다.

"중국어를 정말 잘하시네요."

"나는 중국인이니까."

할머니는 담담하게 말했다. 연두색 긴 치마를 입고 있던 그녀는 손을 뻗어 무릎 위의 주름을 판판하게 폈다.

"아, 러시아족•이신가 보죠?"

나는 넘겨짚어 물었다. 속으로 조금 흥분이 되었다. 드디어 무료한 여정 중에 흥미로운 사람을 만난 것이다.

"아니. 난 상하이에서 태어났어."

그러고 보니 그녀의 말에는 상하이 사투리가 섞여 있었다.

나는 속으로 머리를 굴렸다. 상하이는 한때 각국의 조계가 있었으니 혹시 식민주의자들의 후손이 아닐까? 하지만 왠지 모르게 그런 추측을 입에 담고 싶지는 않았다. 외국인이 넘쳐났던 상하이의 그 기이하고 다채로웠던 시대가 떠오르자 다소 불쾌한 느낌이 들었던 것 같다. 하지만 그 불쾌감은 있는 듯 없는 듯 안개처럼 희미했다. 나는 원래 낯선 사람과 이야기를 하는 데 서툴러서 잠시 무슨 말을 해야 할지 몰랐다.

하지만 나는 정말 그녀와 이야기를 나누고 싶었기 때문에 은근히 초조한 마음이 들었다.

"그러면 중국에 대한 감정이 남다르시겠네요."

• 슬라브족 계열의 중국 소수민족 중 하나.

나는 겨우 재미없는 한마디를 쥐어짜냈다.

"그뿐이겠어, 지금까지 꼬박 칠십오 년을 중국에서 살았는데."

말할 때 그녀의 얇은 입술에 쪼글쪼글 주름이 갔다. 하지만 그녀의 말은 매우 분명해서 한마디 한마디에 그녀의 결심이 깃든 듯 사람의 마음속을 파고들었다. 그녀는 내가 상상한 친할머니와 정확히 일치했다. 만약 내 할머니가 살아 있다면 그녀와 똑같이 말해줄 수 있기를, 확고한 어조로 내게 삶의 지혜를 주입시켜 줄 수 있기를 바랐었다.

"할머니는 제 친할머니와 연세가 같으세요. 제 친할아버지보다는 한 살 어리시고요."

나는 용기를 내어 입을 열었다.

"아, 그래? 두 분은 선전에 사시나?"

그녀가 관심을 보여 나는 무척 기뻤다. 하지만 불쌍한 할아버지, 할머니가 생각나 다시 기분이 울적해졌다.

"선전에 안 계셔요. 중국에도 안 계시죠."

나는 잠깐 시치미를 떼다가 손으로 위를 가리켰다.

"두 분 다 하늘에 계셔요."

"주님의 가호가 있기를."

그녀는 자신에게 들려주려는 듯 나지막이 말했다. 그녀의 두 손이 서로 꼭 쥐어졌다가 풀어지고 다시 꼭 쥐어졌다. 마치 가장 좋은 위치를 찾고 있는 듯했다.

"감사합니다, 할머니."

그녀의 정성스러운 모습에 감동한 나는 참지 못하고 속마음을 털어놓았다.

"저는 할아버지, 할머니를 본 적이 없어요. 두 분 다 제가 태어나기도 전에 돌아가셨죠. 하지만 그래도 그분들을 생각하곤 해요. 그분들이 없었으면 저도 없었을 테니까요."

"불쌍한 아이 같으니. 보아하니 우리는 동병상련이로군."

그녀는 고개를 돌려 나를 보았다. 부드러운 그 눈빛이 나를 쓰다듬어주는 듯했다.

"그러면 할머니도……."

"그래. 나도 조부모님을 뵌 적이 없어. 두 분도 하늘에 계시지. 오스트리아의 하늘에."

"아, 고향이 오스트리아시군요."

"오스트리아 비엔나야. 우리 할아버지와 할머니는 음악가셨지. 한 분은 첼로를, 한 분은 바이올린을 연주하셨어. 두 분은 운이 좋으셨지. 1937년에 폐렴에 걸려 돌아가셨거든."

"왜 운이 좋으셨다는 거죠?"

나는 이해가 가지 않았다.

"1937년은 1938년의 전해였거든."

그녀는 어깨를 으쓱였다.

"아!"

나는 잠깐 생각하다가 다시 물었다.

"그런데 제2차 세계대전은 1939년에 본격적으로 시작되지 않았나요?"

"맞아. 하지만 나치의 유대인 박해는 1938년부터 노골화됐지. 그들은 우리의 집 창문을 다 부수고 노략질과 살인, 방화를 저지르기 시작했어. ……그들은 이미 인간성을 잃었고 인간의 정상적인 이성과 미적 감성을 잃었지. 거리에 가득한 깨진 유리 조각을 앞에 두고 아름다운 제목까지 지었어. 수정의 밤이라고 말이야."

나는 그제야 할머니가 유대인인 것을 알았다. 마음속에서 더 많은 호감과 호기심이 솟구쳤지만 그녀의 말투에 깃든 자제심과 평온함에 완전히 압도되었다. 그녀는 성토를 하고 있는데도 마치 일상다반사를 이야기하듯 얼굴빛 하나 변하지 않았다.

"죄송해요."

나는 우물우물 말했다. 나도 내가 왜 그런 말을 하는지 몰랐다. 아마도 그녀에게 그런 고통스러운 기억을 떠올리게 해서는 안 됐다고 생각한 것 같다.

"얘야, 설마 폐렴으로 죽는 게 아우슈비츠에서 죽는 것보다 훨씬 행복하다고 생각하지 않는 건 아니겠지?"

그녀는 쪼글쪼글한 입술에 은은히 미소를 머금은 채 나를 응시하고 있었다. 나는 감히 그녀를 마주보지 못했다. 마치 발가벗겨진 채 냉동 창고에 버려진 것처럼 온몸에 소름이 끼치고 팔뚝에 오돌토돌 닭살이 올라왔다.

나는 단 한 마디도 하지 못했다.

"그렇더라도 죽음은 본질적으로 같기는 하지."

그녀는 또 덧붙였다.

"아뇨. 같지 않아요."

머릿속이 온통 폐렴과 아우슈비츠로 꽉 차 있던 나는 무심코 어떤 어렴풋한 느낌을 말했다.

"아우슈비츠는 죽음의 본질까지 달라지게 했어요……."

"아, 맞아, 맞아, 맞아……."

그녀가 연달아 세 번 '맞아'라고 말하는데 그 두 글자가 꼭 두 개의 음표처럼 계속 리듬이 바뀌었다. 그런데 갈수록 밑으로 가라앉으면서 그녀의 가쁜 숨소리까지 섞여, 마치 교향곡 속 바이올린의 무기력한 탄식처럼 들렸다.

"고맙구나."

그녀는 앞의 자그마한 탁자판 위에 놓인 작은 갈색 가죽 가방을 열고 황금색 회중시계를 꺼냈다. 나는 텔레비전에서 말고 현실에서는 그런 골동품급의 물건을 처음 보았다. 너무 오래됐기 때문인지 그것은 몇 군데가 검보라색으로 바뀌었고 표면도 울룩불룩했다. 시간의 기나긴 터널 속에서 숱한 시련을 겪은 것이 분명했다.

"그분들이 보고 싶니?"

그녀가 나를 향해 눈을 깜박였다. 그 눈빛 속에서 치기 어린 교활함이 엿보였다.

"물론이죠. 정말 보고 싶어요. 틀림없이 자상한 분들이었을 거예요."

그녀의 두 손이 흔들흔들했다. 피부가 너무 하얘서 안의 혈관이 꼭 전선 같아 보였다. 언제쯤 생화학 기술이 발달하여 이런 노인을 계속 살게 할 수 있을까? 죽음의 예감 앞에서 나는 문득 이런 생각이 들었다. 하지만 노인은 무슨 기계 취급을 받고 싶어 하지는 않을 것이다. 그녀의 열 손가락만 봐도 옅은 자주색 매니큐어를 칠해서 마치 예쁜 것을 좋아하는 어린 여학생 같았다. 그 작은 발견이 내 마음을 흔들었다. 이미 그녀의 운명과 이야기를 알게 된 탓에 그녀의 아주 사소한 일에도 나는 마음이 흔들렸다.

"이걸 보렴. 우리 할아버지와 할머니란다."

그녀는 회중시계의 뚜껑을 열고 그 안에 박힌 사진을 가리키며 말했다.

그 사진은 내가 상상했던 것과는 달랐다. 나는 흰 수염을 기른 할아버지와 안경을 쓴 할머니일 거라고 생각했는데 실제로는 행복한 네 식구였다. 키 큰 젊은 남자의 얼굴이 사진 맨 위에 있었는데 렌즈를 응시하지 않고 뭔가를 생각하는 듯 사진 왼쪽을 바라보고 있었다. 그리고 그 아래로는 모녀가 그의 품에 안겨 있었다. 여자아이는 원피스를 입고 댕기 머리를 한 채 빙그레 웃으며 사진 오른쪽을 보고 있었다. 즐거웠던 일을 떠올리고 있는 것 같았다. 엄마는 매우 아름다웠다. 그윽하고 밝은 눈과 높은 콧대 그리고 큰 입을 가진 그녀는 미소를 지으며 렌즈를 마주 보고 있었다. 모녀 아래에 아주 어린 남자아이도 있었다. 아주 전형적인 인형처럼 귀여웠는데 자기 아빠처럼 사진 왼쪽을 바라보고 있었다.

"할아버님은 멋있고 할머님은 아름다우시네요. 이 남자아이가 아버님이신가요?"

내 물음에 할머니는 말했다.

"아니, 아니야. 이 소녀가 우리 엄마란다."

그녀는 갑자기 뭔가 생각난 듯 말했다.

"우리는 중국 문화처럼 그렇게 세밀하게 구분하지는 않거든. 말하자면 우리 외할아버지, 외할머니라고 해야겠네."

"아, 알겠어요."

"우리 아빠의 부모님하고는 관계가 없지."

할머니는 어떤 보이지 않는 힘에서 빠져나온 듯 살며시 고개를 저었다.

"저는 외할아버지, 외할머니는 뵌 적이 있어요. 하지만 많이 뵙지는 못했어요. 두 분 다 홍콩에 계시거든요. 지금까지 세 번

오신 적이 있어요. 처음 오셨을 때는 제가 너무 어려서 완전히 까먹었어요. 엄마가 얘기해주시니까 어렴풋이 기억이 나더라고요. 두 번째는 제가 중학교에 다닐 때였는데 아주 깔끔하게 잘 차려입고 계셨어요. 우리 마을 사람들보다 훨씬 있어 보였죠. 하지만 엄마는 두 분이 그렇게 풍족한 편은 아니라고 하셨어요. 사방에 금덩이가 굴러다니는 홍콩에 사시기는 하지만 아주 어렵게 생계를 꾸려간다고 하시더라고요. 두 분은 완자국숫집을 차려 먹고사세요. 할머니도 카레 완자는 드셔보셨죠? 생선살로 만든 작은 완자를 카레 속에 넣어 끓인 거예요. 두 분은 그런 완자를 만든 다음에 국수를 삶아 그 위에 얹는답니다. 작은 가게에서 아침부터 저녁까지 그 일을 하시죠. 그러니 연세도 점점 많아지는데 얼마나 힘드시겠어요? 엄마는 두 분에게 고향으로 돌아와 우리와 함께 살자고 하셨어요. 이제 여기도 환경이 좋아져서 조금만 노력하면 먹고사는 데는 전혀 문제가 없다고도 하셨고요. 또 가장 중요한 것은, 돌아오면 딸과 외손자와 함께 사니 보살핌도 받을 수 있잖아요. 엄마는 지금 두 분의 유일한 자식이에요. 원래는 밑에 삼촌이 있었는데 열몇 살 때 흡혈충병 때문에 간이 상해 돌아가셨죠. 외할아버지, 외할머니는 홍콩에 갔을 때까지도 아이를 더 낳을 수 있으셨을 거예요. 하지만 낳지 않으셨어요. 엄마는 두 분의 나이 든 모습을 보고서 마음의 상처를 많이 내려놓으셨어요. 옛날에 두 분이 무정했던 것을 용서하고 돌아와서 같이 살자는 말을 하기로 결심하셨죠. 그런데 천만뜻밖에 안 돌아오신다는 거예요! 그냥 외롭게 홍콩에서 살다가 늙어 죽기를 바라셨어요. 그 조그만 완자국숫집에서 아침부터 저녁까지 바삐 일하는 게 세상에서 가장 중요한 일이고 딸과 외손자보다도 그게 더 중요한 것처럼 말이에요."

나는 망설임 없이 줄줄이 긴 이야기를 늘어놓았다. 내 마음속 어디에서 그렇게 강렬한 토로의 욕망이 솟구쳤는지 나 자신도 알 수 없었다. 나는 거의 그 말들에 떠밀려 이야기하고 있었다. 그것들은 너무 오래 갇혀 있었기 때문에 어떻게든 이 기회를 틈타 탈출하려는 것 같았다.

"죄송해요. 제가 너무 말이 많았죠?"

나는 그녀를 보면서 계면쩍게 웃었다.

"너는 그분들을 뵈러 홍콩에 간 적이 없니?"

"없어요."

"왜지?"

"초청해주시지 않았으니까요. 심지어 엄마도 초청해주신 적이 없어요. 아마 당신들의 힘든 모습을 보여주고 싶지 않으신가 봐요."

"너는 그분들을 뵈러 가고 싶지 않아?"

"모르겠어요. 그런 생각은 해본 적이 없어서."

"네 말만 들으면 나도 그분들이 다 이해가 가지는 않는구나.

하지만 무척 외로운 분들 같아서 안됐다는 생각이 드네."

나는 아무 말도 하지 않았다. 전에는 그들이 불쌍하다는 생각을 한 적이 없었다. 심지어 조금 혐오하기까지 했다. 어머니는 내 앞에서 그들의 잘못을 말한 적이 없었다. 하지만 나는 어머니가 그리 나이가 많지도 않은데 벌써 머리가 다 세고 등이 굽어 일찌감치 늙어버렸다는 생각이 들었다. 게다가 어머니는 이 세상에 대해 아무 희망도 가져본 적이 없었으며 무슨 과분한 욕심 따위는 더더욱 입에 담아본 적이 없었다. 이 점이 나는 가장 마음이 아팠다. 사람이 이 세상에 태어나 무감각하게 의무만 다하면서 산다면 그것은 얼마나 슬픈 일인가! 어머니가 그렇게 된 것은 그녀가 어렸을 때 홍콩으로 숨어버린 그들에게 큰 책임이 있었다. 그들은 허망한 도시의 꿈에 완전히 속아 넘어갔다.

왠지 모르게 나는 할머니에게 이 말들은 하고 싶지 않았다. 이 말들은 내 마음속 깊은 곳에 파묻힌 채 벌써 거의 썩어 문드러져서 이미 다시는 햇빛을 못 보게 되었다.

아마도 내 속을 꿰뚫어 보았는지 할머니는 더 이상 캐묻지 않았다.

"너는 나보다 운이 좋구나. 나는 사진에서 말고는 외할아버지, 외할머니를 뵌 적이 없거든. 이 세상에 그분들의 흔적은 전혀 남아 있지 않단다. 처음부터 존재하지 않았던 것처럼 말이야."

"두 분의 묘지는 어디에 있죠?"

"그 지역이 전화戰火에 완전히 파괴돼서 흔적도 없이 사라졌어."

할머니는 나를 보고 웃으며 말했다.

"이제는 전쟁의 흔적도 사라졌지. 싸움 같은 것은 있어본 적도 없는 것처럼 세상은 영원히 평화롭고 고요한 것만 같단다."

그녀의 말을 듣고 나는 조금 마음이 쓰라렸다. 그녀보다 나이가 한참 어려서 역사의 그런 망각을 직접 느끼는 것은 불가능했지만 그녀의 심정만큼은 완벽하게 이해할 수 있을 것 같았다.

"이미 돌아가신 친할아버지, 친할머니는 이 세상에 약간의 흔적을 남기셨죠. 전해지지 않는 민요 같은 흔적을요. 하지만 저는 그런 흔적이 없었으면 해요. 그 얼마 안 되는 흔적만으로 수많은 삶의 이야기를 복원하기에 충분하거든요. 할머니가 알고 싶어하지 않을 이야기들을 말이에요."

말을 하고 나니 가슴이 찢어지는 듯 아팠다. 마치 마음속 깊이 파묻힌 가시덤불에서 다시 날카로운 가시가 돋아난 듯했다.

"불쌍한 것 같으니. 네게도 그런 이야기들이 있었구나. 이야기는 남들한테 들려줄 땐 재미를 주기도 하지만 막상 그 이야기가 자기한테 일어나면 그리 재미있지만은 않지."

할머니는 고개를 흔들며 한숨을 쉬었다. 입가의 주름이 한데 모여 꼭 긴장한 것처럼 보였다.

"맞아요. 어려서부터 많은 일을 겪어서 저는 줄곧 작가가 되고 싶은 꿈이 있었어요. 하지만 그럴 수 없다는 것을 알았죠. 왜냐하면 저는 제 자신의 이야기를 뛰어넘을 수 없었기 때문이에요. 남의 이야기는 생각 못하고 늘 자신의 이야기에만 빠져 있었죠. 진실하면서도 잔혹한 이야기에 말이에요. 그래서 나중에 포기하고 편집자라는, 작가에게 봉사하는 직업을 택할 수밖에 없었어요."

이 말을 하고 나니 나는 한결 마음이 홀가분해졌다. 그것은 내가 누구에게도 말해본 적이 없는 꿈, 이미 옛날에 좌절하여 누렇게 색이 바랜 꿈이었다.

"우리는 정말 같은 운명이로구나! 나도 작가의 꿈을 꾼 적이 있단다. 내가 겪은 고난들을 글로 쓰고 싶었지. 하지만 그 고난들은 모서리가 날카로운 바위 같아서 나는 내내 마음에 상처를 입고 아파했단다. 그것들을 글로 쓰려고 하면 할수록 더 마음이 아팠지. 글쓰기는 뭐와 같은 줄 아니? 꼭 숫돌과도 같아서 그 바위의 모서리를 갈아 더 날카롭게 할수록 나는 피가 나고 정말 견딜 수 없이 고통스러웠지. 나중에 나는 몇 번이고 내 자신에게 말했지. 생각하지 않는 게 가장 좋은 방법인 것 같다고 말이야. 하지만 너는 알아둬야 해. 생각하지 않는 것은 결코 망각이 아니란다. 생각하지 않는 것은 그저 박물관의 유물처럼 유리장 안에 두고 건드리지 않는 것일 뿐이야. 나는 작가가 못 되고 선생님이 됐단다. 너는 아마 생각지도 못했을 거야. 나는 처음에는 국어 교사로 중학생들에게 어떻게 글을 써야 하는지 가르쳤단다. 그러다가 유전 때문인지 내가 언어 학습에 뛰어난 재능이 있다는 것을 알고서 혼자 영어를 배워 영문학 대학원을 마치고 대학의 영어 교수가 되었지. 몇 년 뒤에는 같은 유럽어족인 독일어와 프랑스어도 완벽하게 익혔고. 아마도 외할아버지, 외할머니가 독일어를 구사했기 때문인지 독일어를 가장 빨리 배웠지. 겨우 석 달 남짓, 백 일 만에 배웠으니 대단하지? 그다음에는 마침내 히브리어도 배웠단다. 우리 유대인의 언어를 말이야. 중국어와 히브리어는 가장 심오하고 오래된 언어라고들 하지. 그렇다면 분명 가장 많은 고난을 기록해온 언어일 거야."

할머니의 이야기를 들으며 나는 하마터면 눈물을 흘릴 뻔했다.

"그런데 이 말을 해주는 걸 까먹었네."

할머니는 입을 가리고 잠깐 웃은 뒤, 다시 마음을 가라앉히고 말했다.

"나는 학생들이 좋아하는 교사였어. 수업도 괜찮았지만 그 애들을 다그친 적이 없고 나처럼 연약한 인간으로 대했거든. 그래서 나와 그 애들은 거짓으로 꾸민 친구가 아니라 진정한 친구, 진실한 친구였지. 나는 수업 시간에 그 어린 친구들을 보면서 늘 어떤 충동을 느꼈단다. 내가 겪은 이야기를 그 애들에게 들려주고 싶었지. 하지만 나는 용기가 없었어. 그 애들이 뒤에서 '저 할머니는 정말 불쌍해!'라고 말할까봐 두려웠거든. 나는 그런 동정은 필요 없었어. 정말로 필요 없었어. 그것은 내가 도달하려는 목적이 아니었거든. 그래서 번번이 침묵을 지킬 수밖에 없었지. 그 침묵은 나를 뒤덮고 나를 가뒀어. 그래서 나는 결혼을 하고 애를 낳았는데도 외로움에서 벗어나지 못했지. 수십 년이 그렇게 흘러갔어. 정말 아주 오랜 세월이었지. 이제 나는 벌써 오래전에 이해를 바라지도, 이해를 바랄 것도 없게 됐단다. 아마 이것도 하느님의 뜻이겠지?"

그녀의 반문은 너무 무거워서 대답할 수가 없었다. 할머니는 단번에 너무 많은 이야기를 해서 조금 피곤한 듯 침묵을 지키고 있었다. 어쩌면 내 반응을 기대하고 있는지도 몰랐다. 자신의 이야기에 필적할 만한 반응을 말이다. 나는 두렵고 당황스러웠다. 내가 그녀를 실망시킬 게 뻔하다고 생각했기 때문이다.

"그렇게 언어를 많이 아시니 정말 언어학자라고 해도 되겠네요."

나는 그렇게 평범하기 짝이 없는 말을 했다. 예의상 한 말이면서도 실제로는 호기심이 컸다. 왜 그녀가 그렇게 많은 언어를 배웠는지 궁금했다. 단지 재능이 있고 배우는 속도가 빨라서 그런 것 같지는 않았다. 그렇게 단순한 문제일 리가 없었다.

"아니. 나는 무슨 언어학자는 아니야."

할머니는 나지막한 어조로 말했다.

"더 안정적인 세계를 찾고 있을 뿐이야."

이 말을 듣고 나는 할머니와의 대화가 마침내 어떤 높이에, 처음 보는 사람과 짧은 시간에 대화를 나눠 도달할 수 있는 최고의 수준에 이르렀다는 생각이 들었다. 그런데 화나게도 순간적으로 그녀의 말이 무슨 뜻인지 이해가 가지 않아 곤혹스러워하며 물었다.

"언어는 유동적인 것인데 왜 언어에서 안정을 찾으려 하시죠?"

"언어는 유동적인 것이기는 하지. 하지만 그것은 언어의 가장 표면적인 특징일 뿐이야. 네가 정말로 언어를 이해하게 되면 언어에도 바닥이 있고 거기에 역사의 기억이 침전되어 있음을 알게 될 거야. 그것이 바로 언어의 초안정적인 면이고 나는 거기에 내 영혼을 맡겼지."

할머니는 마치 철학자처럼 말했다.

"그러면 할머니는 벌써 영혼을 맡길 데를 찾았으니 정말 행복하시겠네요!"

나는 진심으로 감탄했다.

"아니. 아직 한참 멀었어."

할머니는 힘껏 고개를 흔들었다. 그녀의 넓은 이마 위에서 흰 머리카락 몇 가닥이 놀란 듯 바르르 떨렸다.

그때 열차의 속도가 줄면서 앞쪽 전광판에 붉은색 한자 한 줄이 나타나 둥관東莞역에 도착했음을 알려주었다. 열차가 벌써 사십 분을 달려와 여정의 반을 마친 것이다. 예전에는 그 사십 분이 견디기 어려운 시간이었는데 지금 나는 열차가 느려지기를, 시간이 천천히 가기를 바랐다! 나는 내게도 할머니에게 들려줄 이야기가 너무나 많다고 생각했고 동시에 할머니에게서 더 많은 이야기를 듣고 싶었다.

열차가 멈추고 몇 명이 내렸으며 또 몇 명이 짐을 들고 올라탔다. 그 짧은 몇 분이 지나자, 어수선한 소리가 가라앉고 열차는 다시 평정을 되찾고서 계속 앞으로 나아갔다. 그 시간 동안 우리는 말없이 오가는 승객들을 훑어보며 조용히 기다리고 있었다. 열차의 엔진 소리가 시끄럽게 울리다가 고요히 잦아들었을 때, 할머니가 자리에서 일어나 화장실에 다녀온다면서 내게 그 작은 갈색 가죽 가방을 맡아달라고 했다. 그녀는 이미 나를 신뢰하게 된 것 같았다. 우리는 더 이상 서로에게 열차에서 마주친 낯선 사람이 아니었다.

나는 왼손을 살며시 그 가죽 가방 위에 올리고 눈을 감았다. 머릿속에 아주 오래전 영화 같은 흑백 영상이 떠올랐다. 나는 그 현란한 영상 속에 깊이 잠긴 채 잠시 휴식을 취했다. 눈을 떴을 때 할머니가 복도를 따라 걸어오는 것이 보였다. 그녀의 걸음걸이는 안정적이어서 전혀 나이 든 티가 나지 않았다. 마치 온갖 풍파를 겪고도 아직 무성한 아름드리나무 같았으며 그 나무의 뿌리는 보이지 않는 땅속 깊은 곳까지 뻗어 있는 듯했다. 나는 속으로 감탄하며 그녀가 이토록 정정하니 틀림없이 장수할 것이라고 생각했다. 그렇게 많은 고난을 겪었으니 마땅히 그럴 만했다.

그녀는 자리에 앉아서 내게 친절한 미소를 지었다. 나는 그녀의 웃는 얼굴에 숨겨진 한 가닥 수줍음도 보았다. 얼마나 대단한 할머니인가. 나는 그녀와 헤어지고 싶지 않았다. 그때 문득 아직까지 그녀의 이름도 모른다는 것을 깨달았다. 나는 명함을 꺼내 내 소개부터 했다. 내 이름은 리샤오콴李曉寬이며 그녀와 오래 연락을 주고받고 싶다고 말했다. 내 정중한 태도에 그녀는 환히 웃었다. 명함을 받아 지갑에 고이 집어넣고서 내게 말했다.

"나는 쑤뤄산蘇蘿珊이라고 해. 앞으로 나를 쑤 할머니라고 부르렴."

"알았어요, 쑤 할머니."

나는 시험 삼아 그녀를 불렀다.

"그래, 샤오콴."

쑤 할머니는 대답을 하고서 웃으며 말했다.

"곧 선전에 도착할 거야. 앞으로 삼십 분쯤 남았으려나? 이 짧은 시간에 우리 뭘 더 이야기할까?"

"편하신 대로요. 무슨 이야기든 듣고 싶어요."

"그러면 이렇게 하자. 한 사람이 하나씩 이야기를 하는 거야. 과거와 관련된 이야기를 말이야. 어때?"

"좋은 아이디어예요!"

나는 적극적으로 찬성했다.

"그러면 내가 먼저 이야기하지. 내 이번 여행길의 목적을 들려줘야겠네."

그녀는 말을 하며 가방에서 작은 생수병을 꺼내 뚜껑을 열어 몇 모금 마신 뒤, 몇 번 심호흡을 하고서 이야기를 시작했다.

"너는 내가 온갖 풍파를 다 겪은 사람이라고 생각할 거야. 나도 가끔은 내가 그런 것 같기도 해. 하지만 실제로 나는 그 풍파를 직접 겪지는 않았단다. 그 풍파는 역사에, 기억에 속해 있지. 나는 어쩔 수 없이 그 기억들을 물려받았을 뿐이야. 그 기억들을 하나하나 떠올리면 그 기억들은 천천히 내 것으로 변하고 점점 슬퍼지곤 하지. 너는 내 느낌을 알 것 같니?"

"너무나 잘 알죠!"

나는 단호하게 대답했다.

"내 인생은 사실 순조로웠어. 방금 네게 해준 이야기에 좀더 덧붙일게. 너는 내가 여태껏 아빠 얘기는 안 한 게 마음에 걸렸을 거야. 맞아. 나는 평생 아빠를 뵌 적이 없단다. 할아버지, 할머니를 못 뵌 건 당연하고. 우리 엄마는 1938년에 상하이로 도망쳐 오셨어. 당시 빈에 주재했던 허펑산何鳳山 중국 대사 덕분이었지."

"아, 그분 알아요."

나는 끼어들어 말했다.

"중국의 '신들러Schindler'잖아요."

"맞아, 중국의 신들러였지. 그분은 유대인을 동정해서 자기가 할 수 있는 한 최대로 유대인들에게 비자를 내주었어. 하지만 비자가 필요한 사람이 정말 너무 많아서 아빠의 가장 친한 친구가 중국 대사관에서 겨우 비자 세 장을 얻어 아빠에게 그중 한 장을 주었지. 그것이 우리 가족의 유일한 비자였단다. 당연히 아빠는 만족하지 못하고 매일 중국 대사관에 가서 줄을 섰어. 비자 몇 장을 더 얻어 엄마와 할아버지, 할머니까지 함께 도망칠 수 있기를 바라셨지. 하지만 나치는 정말 악랄했단다. 중국 대사관 건물이 유대인의 재산이라고 트집을 잡아 그 건물을 몰수하는 바람에 아빠는 삽시간에 희망을 잃고 말았어. 그래서 어쩔 수 없이 엄마보고 먼저 가 있으라고, 먼저 상하이에 가서 기다리고 있으라고 하셨어. 당신은 다른 방법을 생각해보겠다고 하면서 말이야. 우리 아빠의 그 친구는 당시 이미 상하이에 도착해 전보로 자신들이 있는 곳을 알려왔는데 그곳이 바로 아빠와 엄마가 만나기로 한 장소였어. 하지만 상하이에 와서 엄마는 그곳이 일본군의 폭격에 폐허가 된 것을 발견했지……. 당시 임신 중이었던 엄마는 한 교회 병원에서 나를 낳으셨어. 그 후로 엄마는 다시는 아빠를 만나지 못했어. 아빠에 관한 소식도 전혀 듣지 못했고."

할머니는 앞의 의자 등받이를 응시하고 있었다. 마치 거기에 보이지 않는 화면이라도 있는 것처럼. 그녀는 점차 목소리가 느려지고 눈빛이 흐려지면서 늪 같은 기억 속으로 빠져들어갔다. 나는 내가 뭘 견뎌야 하는지도 모르는 채 온몸을 바짝 긴장시키고 있었다.

"이건 다 우리 엄마한테 들은 얘기야. 많이 이야기해주시지는 않았지만 기억에 깊이 남았지."

그녀는 손수건을 들어 살며시 눈을 닦고서 부드럽게 말했다.

나는 창밖을 바라보았다. 반듯하게 구획된 논과 까맣게 익어가는 바나나나무 숲 그리고 반짝반짝 빛나는 연못…… 나는 내 마음과 눈빛이 그것들을 넘어 멀리 있는 지평선에 녹아들 수 있기를 바랐다. 심호흡을 하고 있는데 먼 곳의 풍경들이 차례차례 어슴푸레해졌다.

"나중에 그 병원의 의사 선생님이 우리 엄마를, 나를 받아들여주셨어. 그분이 내 중국인 아빠란다."

할머니는 나를 힐끔 보고는 천천히 말을 이었다.

"그분은 마침 독일 유학을 한 적이 있어서 독일어로 엄마와 소통할 수 있었어. 동정심이 사랑으로 변했고 엄마도 그분의 진심에 감동했지. 그 전란의 시대에 국경을 넘은 그 사랑은 정말 기적이었단다. 나중에 엄마는 나와 함께 중국에 남으셨지. 1948년 이스라엘이 세워지고 이스라엘에 간 친척들이 대사관을 통해 어렵사리 엄마에게 연락을 해왔지만 엄마는 계속 중국에 남는 쪽을 택하셨어. 그 후로 중국은 적잖은 혼란을 겪었지만 엄마와 나는 한 번도 후회한 적이 없단다. 오 년 전에 중국인 아빠가 병으로 돌아가시고 나서야 엄마는 이스라엘로 가셨지."

나는 그녀의 이야기에 푹 빠져 있었다. 그런데 왠지 모르게 내 마음속 깊은 곳의 사각지대가 조금씩 밖으로 노출되는 느낌이 들었다. 마치 오랜 고민이 해결될 가능성이 생기기라도 한 것처럼. 하지만 할머니의 이야기와 내 이야기 사이에 대체 무슨 관계가 있단 말인가? 나는 잠시 혼란에 빠졌다.

"나를 보면 알겠지만 사람이 늙으면 말이 많아진단다. 한 사람이 하나씩 이야기를 하기로 했는데 내 평생의 이야기를 다 하고 말았네."

쑤 할머니는 한숨을 쉬고는 깔깔 웃었다.

"계속 이야기하셔도 돼요. 저는 듣고 싶은걸요. 저는 다른 아이들이 부러웠어요. 어릴 때 다들 할머니의 이야기를 듣고 자라는데 저는 못 그랬거든요."

그 순간 나는 마치 할머니의 친손자가 된 것 같았다.

"호호, 그러면 몇 날 며칠을 떠들어도 끝이 안 날걸!"

할머니는 선의가 담뿍 담긴 말투로 "얘야!" 하고 나를 부르고서 말했다.

"내 이번 여행의 목적을 네게 들려주는 게 좋을 것 같구나. 처음부터 얘기해주고 싶었단다."

"어머님을 뵈러 이스라엘에 가시나 보죠?"

나는 넘겨짚어 물었다.

"아니, 그렇지 않아."

"아, 그러면 얘기해주세요."

나는 몸을 기울이고 왼쪽 손으로 머리를 받친 뒤, 입을 다물고서 조용히 그녀를 바라보았다.

그녀는 바로 입을 열지는 않았다. 눈을 지그시 감고 잠시 침묵을 지키다가 말했다.

"먼저 이걸 보여주는 게 낫겠다."

그녀는 다시 앞에 놓인 작은 가방에 손을 넣었다. 나는 그 가방을 물끄러미 바라보았다. 그것은 마치 꺼내도 꺼내도 끝이 없는 '도라에몽'의 만능 주머니 같았다.

그녀의 손목에 힘이 들어간 것을 봐서는 틀림없이 꽤 무거운 물건인 듯했다. 갑자기 그녀의 손 위에 에어백으로 단단히 감싸인 장방형의 물건이 나타났다. 마치 요즘 유행하는 아이패드 같았다. 나는 할머니가 아이패드를 켜고 나에게 사진이나 동영상을 보여주려는 줄 알았다. 그런데 할머니가 에어백을 열고 꺼낸 것은 금빛 찬란한 금속판이었다. 나는 화들짝 놀랐다. 그것이 금괴인 줄 알고 할머니에게 얼른 챙겨 넣으라고 눈짓을 보냈다. 혹시 좀도둑에게 들키기라도 하면 어쩌나 싶었다.

"염려하지 마."

할머니는 큰 소리로 웃었다.

"이건 황동으로 만든 거야."

"황동이요? 저는 금괴인 줄 알았네요."

나는 안도의 숨을 내쉬었다.

"이렇게 큰 금괴가 있었으면 나는 벼락부자가 됐겠네."

할머니는 농담을 건넸다.

나도 크게 웃고 나서 두 손으로 그 황동판을 받아들고 조심스럽게 살폈다. 그 위에는 몇 줄의 글자가 새겨져 있었는데 내 부족한 외국어 실력으로 추측건대 그것은 독일어가 틀림없었다. 그리고 '1938'이라는 숫자가 있는 것을 보고서 나는 흠칫 놀랐다. 혹시 묘지명 같은 부장품인가?

"이게 뭐죠?"

나는 놀란 마음을 숨기지 못하고 물었다.

"걸림돌•이란다."

"걸림돌이라고요?"

나는 내 귀를 의심했다.

"그래! 걸림돌!"

할머니는 단호하게 말했다.

• 독일의 예술가 권터 뎀니히가 기획하여 1992년부터 20년간 유럽 각국에서 진행된 '걸림돌Stolpersteine 프로젝트'를 의미한다. 나치에 의해 희생된 유대인, 동성애자, 저항했던 시민들을 기리는 황동판 5만3000여 개를 그들이 생전에 살았던 집 주변에 보도블록과 함께 박아 넣었다.

"여기에는 우리 외할아버지, 외할머니의 이름과 생전의 기록이 새겨져 있단다. 나는 이걸 우리 집이 있던 곳에 가져다놓으려고 해. 혹시 그곳이 지금은 길이 됐더라도 그 길 위에 박아 넣을 거야. 사실 이건 지면에서 일이 밀리미터밖에 튀어나오지 않을 거야. 그래서 보통 사람들한테는 걸림돌이 되지 않겠지. 이것이 걸림돌이 될 사람은 인류에게 죄를 지은 자들, 그 죄에 무지한 자들 그리고 여전히 죄를 지으려는 자들이야!"

그녀의 격정적인 말에 나는 흥분이 되어 온몸에 소름이 끼쳤다.

"걸림돌…… 이런 물건이라면 틀림없이 그럴 거예요."

상상 속에서 그 광경이 전류처럼 내 머릿속을 스쳤다. 어떤 어슴푸레한 감정과 갈망이 돌연 제자리를 찾아갔다.

"틀림없이 그럴 거예요."

나는 바보같이 또 혼잣말을 했다.

"쑤 할머니, 댁이 있던 곳을 찾으실 수 있는 거죠? 이미 폐허가 되지는 않았을까요? 그리고 그곳을 찾더라도 누가 반대하지는 않을까요? 할머니가 그러는 걸 지나치다고 하지는 않을까요?"

나는 속사포처럼 연이어 질문을 던졌다. 마치 그 일을 내가 대신 하기로 했다가 산적한 갖가지 문제를 발견하기라도 한 것처럼.

"그건 다 문제가 안 돼."

할머니는 내 걱정을 흩뜨리려는 듯 세게 손사래를 쳤다.

"현지 지방정부가 다 해결해주기로 했단다. 우리는 이미 그들과 협정을 맺었어."

할머니는 내 손에서 황동판을 가져갔다. 그 묵직한 느낌이 사라진 내 손은 돌연 텅 빈 듯했다.

"가장 중요한 것은 내 손으로 이 걸림돌을 가져다놓는 거야."

그녀는 따스한 눈빛으로 나를 바라보며 말했다.

"이 물건의 기억은 내 기억보다 더 오래가겠지. 기억은 유일한, 최후의 대답이야."

나는 깊은 감동을 받고 침묵과 생각에 빠졌다. 차창 밖으로 집들이 점점 늘어갔다. 멀지 않은 곳에서 종점이 우리를 기다리고 있었다. 예정된 이별이 미리 슬픔의 냄새를 풍기기 시작했다.

"쑤 할머니, 그런데 왜 이 열차를 타고 계신 거죠?"

나는 갑자기 물었다.

"상하이에서 직항으로 빈에 가실 수 있었잖아요. 여기에 만나실 분이 또 있는 건가요?"

"아, 나는 여행 중이야."

할머니는 조금 겸연쩍어했다.

"상하이에서 기차를 타고 베이징으로 갔다가 베이징에서 남쪽으로 내려오며 큰 도시마다 내려서 열심히 돌아다녔지. 그 사이에 나한테 신경 쓴 사람은 아무도 없었어. 너를 만나기 전까지 말이야. 그러고서 내 이야기를 네게 해준 것이니 이것도 하느님의 뜻인 것 같구나. 이건 내가 대륙에서 타는 마지막 기차 편이란다. 내일 바로 홍콩에 가서 빈으로 가는 비행기를 탈 거야."

"안 돌아오실 건가요?"

나는 할머니의 목소리에 짙은 슬픔이 깃들어 있는 것을 눈치챘다.

"돌아올 거야. 돌아와야지."

그녀는 힘껏 고개를 끄덕이더니 다시 탄식을 했다.

"하지만 정말 못 돌아올까봐 걱정이 되긴 하네. 왜냐하면 걸림돌을 가져다놓고 엄마를 뵈러 이스라엘에도 가야 하거든. 그건 또 새로운 이야기가 되겠지. 어떻게 될지는 미리 알 수가 없어…… 그래, 이제 네가 얘기할 차례구나. 빨리 이야기하렴, 곧 열차가 도착할 테니까."

할머니의 말을 듣고 나는 어쩔 수 없이 마음이 조급해졌다. 얼른 눈을 감고서 할머니의 이야기 속에서 빠져나와 기억 깊은 곳의 단서들을 갈무리했다.

"방금 전에 저희 외할아버지, 외할머니의 이야기를 했었죠. 이번에는 저희 할아버지, 할머니의 이야기를 해볼게요. 사실 저희 할아버지, 할머니의 이야기는 저희 외할아버지, 외할머니의 이야기와 같은 선상에 있어요. 단지 운명이 크게 갈렸을 뿐이에요. 쑤 할머니가 당시의 역사를 아시는지 잘 모르겠네요. 우리는 보통 안후이성 펑양鳳陽의 샤오강촌小崗村에서 포산도호包産到戶•가 시행된 것을 개혁개방의 신호탄이었다고 보는데, 저승에 계신 우리 할아버지, 할머니는 틀림없이 생각이 다르실 거예요. 이 나라의 거대한 변혁을 내려다보면서 당신들이야말로 지금까지 이어져오고 있는 그 변혁을 촉발했다고 말씀하실걸요."

"그래? 그런 이야기는 처음 들어보는데. 너무 놀랍구나!"

쑤 할머니는 진심으로 그렇게 말했다.

나는 속으로 조금 의기양양했다. 이것은 할아버지, 할머니의 그 보잘것없는 죽음을 위해 내가 유일하게 할 수 있는 일이었다. 나는 그들의 그 보잘것없는 죽음이 어떤 큰 의미를 얻어 폭풍에 스러져간 그들의 가냘픈 영혼에 깊은 위로가 될 수 있기를 바랐다. 나는 그런 마음을 품고서 일사천리로 이야기를 하기 시작했다.

"그때는 주장珠江강 삼각지••에 고층 빌딩이 하나도 없었고 우리 고향 마을의 동산 위에만 올라가면 멀리 홍콩이 보였어요. 특히 인적이 드문 밤에 홍콩은 더 잘 보였죠. 우리 쪽은 손가락도 안 보이는 깊은 밤인데도 홍콩 쪽은 온통 알록달록 찬란하게 빛

• 1978년 시행된 자영농 부활 정책. 개별 농가에 책임 농지를 배분하고 목표치를 초과하는 생산에 대해서는 농가에 추가로 배분했다.

•• 광둥성 동남부의 주장강 하류 지역을 의미. 광저우, 선전, 둥관, 포산佛山 등 제조업이 활발한 대륙의 대도시가 있을 뿐만 아니라 홍콩과 마카오까지 인접하여 '세계의 공장'이라 불린다.

났죠. 그 유혹은 거의 치명적이었어요. 딱 맞는 비유를 들자면 그건 정말 부나방이 불빛을 본 격이었죠! 마을의 남자들은 줄줄이 농토를 버리고 아이와 노인들을 놔둔 채 달아나버렸어요. 그래서 1970년대 말이었던 그때, 주변의 여러 마을이 죄다 텅 비고 말았죠. 나중에 관련 자료들을 찾아보고서야 당시 거의 이백만 명이 휘황찬란한 홍콩으로 도망쳤다는 것을 알게 되었죠. 무려 이백만 명이었어요! 그랬으니 개혁을 안 할 수 있었겠어요? 그래서 주장강 삼각지에 경제특구가 생긴 거예요. 그런데 그 이백만 명이 다 운이 좋아서 반대편의 '극락세계'에 도달한 것은 아니었어요. 우리 외할아버지, 외할머니는 당연히 운이 좋은 쪽에 속했죠. 이미 들으신 대로 그분들은 홍콩에 도착해 작은 가게를 차리셨거든요. 하지만 언젠가 두 분이 엄마와 이야기하시는 걸 훔쳐 듣고 저는 정말 깜짝 놀랐어요. 알고 보니 콘돔에 바람을 불어 목에 걸고서 구사일생으로 홍콩까지 흘러가셨더라고요. 그 말을 듣고 저는 그분들을 이해하게 됐죠. 그분들이 목숨과 후반생을 맞바꾸셨다는 걸 말이에요. 그래서 홍콩에서 그렇게 힘들게 살면서도 그곳 생활을 쉽게 포기하지 못하시는 거예요! 하지만 우리 할아버지, 할머니는 운이 나쁜 쪽에 속했어요. 한 고향 어른의 말씀으로는 바닷가의 맹그로브 숲에서 마지막으로 두 분을 뵈었대요. 두 분은 서로 꼭 끌어안고 계셨다고 하더군요. 할머니는 놀라서 그랬는지, 아파서 그랬는지는 몰라도 와들와들

떨고 계셨고 할아버지는 윗옷을 벗어 할머니를 감싸주고 계셨대요. 당신은 상반신을 벗고 나무에 기댄 채 할머니를 안아주고 계셨죠. 두 분은 도망치지 못했지만 돌아갈 마음도 없었다더군요. 그 고향 어른은 '독졸督卒은 그렇게 비참했지!'라는 탄식으로 저를 위로하셨죠. 우리 지역 사람들은 홍콩으로 도망치는 사람들을 '독졸'이라고 불렀어요. 독졸은 장기에서 가운데 경계를 건너, 나아갈 수만 있고 돌아오지는 못하는 졸을 뜻하죠. 그 어른은 원래 두 분을 도울 생각이었는데 갑자기 해안 경비대가 떴다고 누가 소리치는 바람에 할 수 없이 도망을 치셨대요. 맹그로브 숲을 벗어나 정신을 차리기도 전에 변방 수비대에게 붙잡혀 보름 동안 구류를 사셨고요. 그때부터 그분은 홍콩으로 도망치는 걸 포기하셨대요. 그런데 몇 년 전에 그분이 신문에서 이런 보도를 보셨대요. 그 당시 어떤 사람이 열세 번을 도망쳤다가 열세 번 붙잡혔는데 나중에는 국경 수비대가 미안해서 붙잡지를 않는 바람에 요행히 도망치는 데 성공했다고요. 그 어른은 고개를 치켜들고 '나는 수십 번은 도망쳤다고!'라고 말씀하셨죠. 그분의 우쭐대는 표정을 보고 제가 놀렸죠. '지금도 도망치실 수 있잖아요', 그랬더니 고개를 흔드시면서 '말도 안 되는 소리. 지금 도망치라고? 지금은 차를 타고 가면 되는데 왜 도망을 쳐?'라고 하셨죠. 저는 크게 웃을 수밖에 없었어요."

"그다음에는? 네 할아버지, 할머니는 그다음에 어떻게 되셨니?"

할머니는 입술을 가늘게 떨면서 눈빛을 반짝이며 나를 주시하고 있었다. 내 이야기에 완전히 빠진 듯했다.

"그다음에는……"

그녀의 물음에 나는 갑자기 할 말을 잃고 몇 초간 뜸을 들이다가 말했다.

"그다음에는, 음…… 그다음이라고 할 만한 게 없어요. 그게 우리 할아버지, 할머니의 이 세상에서의 마지막 소식이었어요. 그다음에 무슨 일이 있었는지는 그분들만 아시겠죠. 아니면 할머니 말씀대로 하느님만 아시든가. 이어서 제가 말씀드릴 수 있는 건 제가 생각한 결말뿐이에요. 이 결말은 오랫동안 마음속에 품고만 있었어요. 아무한테도 얘기하지 않았죠. 가족한테도요."

"내 생각에는 나야말로 그 결말을 들려주기에 가장 적합한 사람 같은데, 안 그러니?"

할머니가 미소를 지었다. 동시에 그녀의 눈가에 난 주름이 활짝 펴지면서 주름 속의 옥처럼 매끄러운 피부가 드러났다. 마치 소녀의 얼굴이 그 속에 숨겨져 있는 듯했다.

"맞아요. 당연하죠."

나는 손을 뻗어 그녀와 악수를 했다. 그녀의 손은 바짝 마른 종이처럼 가벼웠다.

"그다음에는 경제특구가 세워졌고 우퉁산梧桐山의 계곡에서도,

바닷가의 맹그로브 숲에서도 더 이상 도망치려는 사람들을 찾아볼 수 없게 됐어요. 그들은 삽시간에 증발한 듯했고 원래 엄격했던 해안 경비도 느슨해졌죠. 또 그다음에는 바닷가 백사장의 유골들도 수습되고 지방정부에 의해 위령비가 세워졌어요. 그런데 수습된 유골들 중에 서로 꼭 껴안고 있는 유골이 두 구 있었어요. 그중 한 구에는 삼베옷 조각이 엉켜 있었고요. 담당 직원은 그 두 유골을 떼어냈고 즉시 분쇄해서 한 덩어리로 만들었어요. 그런데 그 유해 속에서 사람들은 수첩 한 권을 발견했어요. 비닐주머니에 단단히 싸여 있긴 했지만 그래도 바닷물에 심하게 부식된 상태였죠. 사람들은 조심스레 수첩을 열어보았는데 다행히 글자 중 반 이상은 복원이 가능했어요. 그래서 그들은 글자를 복원하는 과정에서 띄엄띄엄 가슴 아픈 이야기를 읽게 되었죠."

그때 열차의 속도가 점점 느려지더니 역으로 진입했다. 반질반질한 대리석 플랫폼이 가로누운 위령비처럼 정면으로 다가왔다.

"다 왔네요, 쑤 할머니."

"그래."

할머니는 손수건을 꺼내 눈물을 닦으면서 아이처럼 흐느끼며 말했다.

"고마워, 너를 위해 기도할게. '걸림돌'을 놓을 때 우리 외할아버지, 외할머니께도 네 이야기를 해드릴게. 네 외할아버지와 외할머니 그리고 네 할아버지와 할머니의 이야기를."

"고마워요, 쑤 할머니. 저도 '걸림돌'이 생겼어요. 그걸 제 마음속 깊은 곳에 놓을 거예요."

"걸림돌은 마음속에 놓으면 안 돼. 거기에 자꾸 발이 걸려 넘어질 테니까."

할머니가 말했다.

"놓으려면 이 세상에 놓으렴."

"그럴게요. 꼭 그럴게요. 하지만 이 세상에 놓기 전에 정말 저부터 걸려 넘어지고 싶어요. 이 세상은 조금이라도 매끄럽지 못한 것을 못 참아서 너무 평평해져버렸어요. 저도 너무 평평해져버렸죠. 너무 많은 것에 의해 쉽게 매끄러워지고 말았어요."

"샤오콴, 네 말이 맞다! 그렇게 하렴, 얘야."

"예, 그럴게요, 할머니."

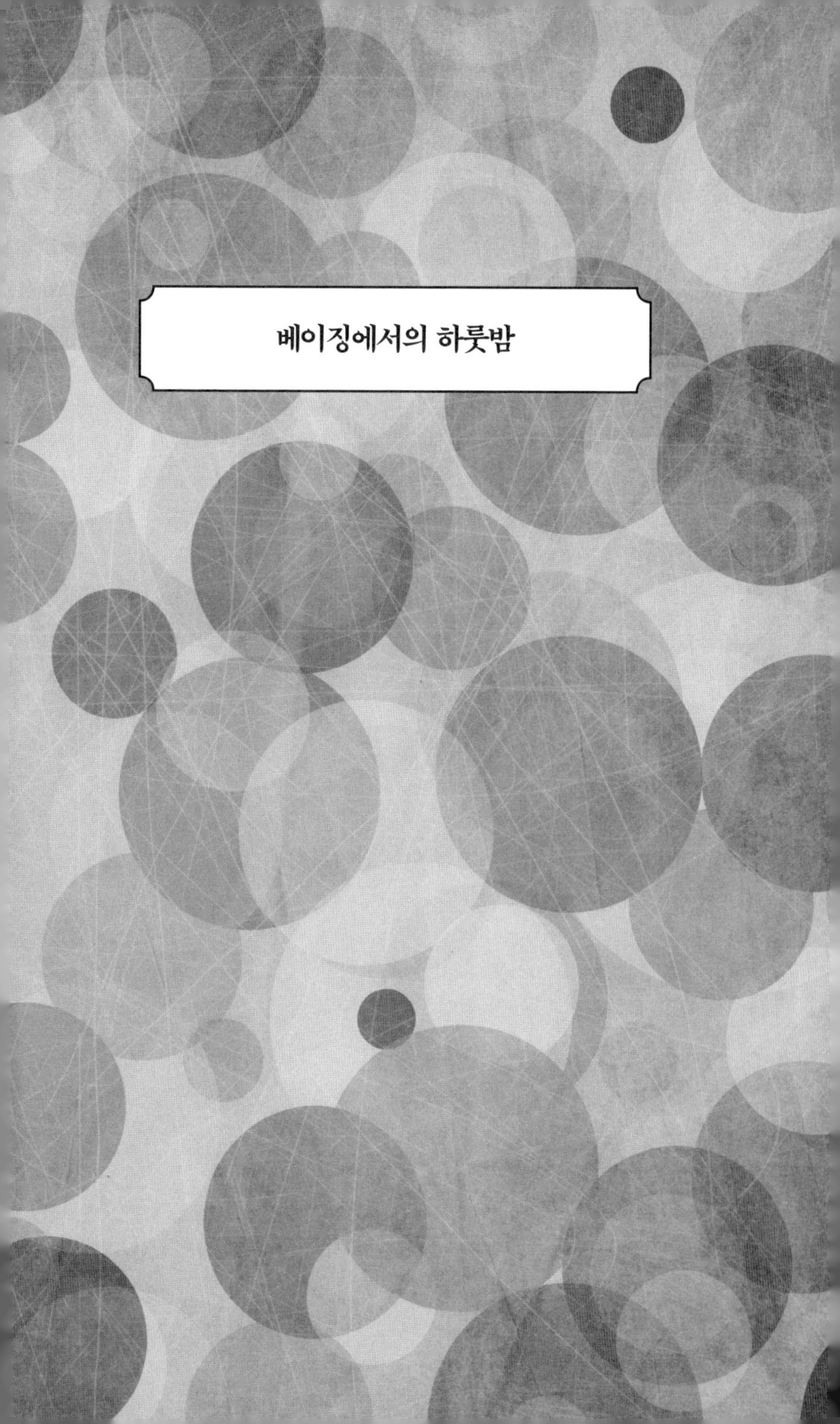

베이징에서의 하룻밤

비행기 안에서 그는 베이징의 지상 온도가 영하 십 도라는 안내 방송을 들었다. 한 가닥 전율이 그의 마음을 긋고 지나갔다. 그는 그것이 어느 정도의 추위를 뜻하는지 알고 있었다. 아무 과장 없이 말하면 머리를 몽둥이로 한 대 세게 맞은 충격과 같았다. 몇 년 동안, 그는 남방의 찌는 날씨 속에서 그 뼈에 사무치는 고통을 잊고 있었다. 사실 남방의 겨울도 그리 지내기에 좋지는 않았다. 심지어 북방의 도시에서보다 더 힘들었다. 집 안에 난방 설비가 없어서 앉아만 있어도 열량이 조금씩 조금씩 계속 소모되고 축축한 냉기가 서서히 뼛속으로 스며들었다. 이불 속으로 들어가도 손발이 차고 쉴 새 없이 바들바들 몸이 떨렸다. 하지만 그것은 따뜻한 물로 개구리를 삶는 것과 같아서 그는 필요한 대응 조치를 잘 취하지 못했다. 바깥에서 집에 돌아오면 처음에는 추운 줄 몰랐다. 그러나 잠시만 앉아 있으면 갑자기 맹렬히 재채기를 하곤 했는데, 그것은 추워서 그런 것만이 아니라 전형적인 감기의 전조였다. 북방의 추위와는 전혀 달랐다. 북방의 추위는 그가 보기에 정면으로 달려드는 강적 같아서 일찌감치 충분히 준비하고 맞붙으면 얼음같이 찬 기운이 얼굴을 스치고 비강으로 들어가 대뇌를 고도의 긴장 속에서 더없이 맑게 만들었다. 그는 추위를 좋아하지 않았지만 그런 각성 상태는 좋아했다.

갑자기 그는 귀가 떨어질 듯한 통증을 느끼면서 거의 아무 소리도 들리지 않았다. 기내에서 몇 가지 안내 방송을 하고 있었지만 모두 웡, 하는 전류음으로 바뀌어 그의 달팽이관에서 멀리 떨어진 곳을 떠다녔다. 비행기가 하강하고 있었다. 곧 베이징이었다. 그는 눈을 질끈 감고 침을 꿀꺽 삼켰지만 귓속 깊은 곳의 증상은 나아지지 않았다. 그런데 이상하게도 돌연 졸음이 쏟아지고 머릿속이 몽롱해지면서 여정이 계속되었으면 하는 생각과 함께 개운하게 짧은 잠을 잘 수 있었다. 그가 초조하고 불안하게 자리에 앉아 존 게 벌써 세 시간이었다. 그런데 곧 해방될 때가 다 되어 그의 몸이 반항을 포기하고 순종을 택했으니 실로 웃기는 일이었다. 그는 지난 몇 년간의 남방에서의 생활도 그런 상태가 아니었을까 생각이 들었다. 남방은 일 년 중 삼분의 이가 한여름의 지배를 받아서 땀을 뻘뻘 흘리며 매일매일을 보냈다. 혹염으로 인해 그는 잠과 친해졌고 심지어 잠을 사랑하게 됐다. 못해도 매일 아홉 시간은 꽉 채워서 잤다. 그는 졸음이 마치 펄펄 끓는 샘물처럼 몸속 깊은 곳에서 용솟음치는 것을 느끼고 무척 불안해졌다. 그것은 그물에 사로잡힌 것과도 느낌이 비슷해서 수시로 정신이 몽롱하고 때로는 어지럽기까지 했다. 그는 혹시 경추에 문제가 생긴 것은 아닐까 걱정이 되어 병원에 가서 엑스레이를 찍었다. 의사는 사진을 쓱 보고는 그에게 과장된 웃음을 지어 보이며 말했다.

"이봐, 자네 경추는 나보다도 건강해!"

이 말에 그는 한동안 기분이 좋았다. 그렇게 유머러스한 의사는 처음이었기 때문이다. 전에 병원에서 본 의사들은 하나같이 진흙 불상처럼 앉아 차트에 외계인의 기호를 그려넣으면서 자기 말이 황금이라도 되는 듯 한마디도 입을 열려 하지 않았다. 그 의사의 유머는 그에게 너무나도 특별했다. 물론 비행기가 하강하는 지금, 그가 그 의사의 유머를 떠올리는 것은 더 많은 걸 의미했다. 그것은 이번 여행의 비밀 전체와 관련이 있었고 바로 그 비밀이 베이징을 그저 크기만 하고 실속은 없는 수도 따위가 아니라 마음속 깊은 곳에서 비롯된 다정한 소환이 되게 했다.

갑자기 좌석이 격렬하게 흔들리면서 고막을 누르던 보이지 않는 손이 느슨해졌다. 비행기가 이미 착륙했지만 그는 거꾸로 위로 올라가는 듯한 느낌이 들었다. 물속의 기포가 터질 때까지 수면 위로 곧장 솟구치는 것처럼.

'베이징아, 내가 왔다.'

그는 속으로 고함을 질렀다. 그 순간, 자기가 조금 과장하는 게 아닐까 생각이 들었다. 베이징은 이미 너무 여러 번 와서 더 신비할 것도, 환상을 가질 것도 없었기 때문이다. 하지만 두 눈을 감았을 때, 루제陸潔의 웃는 얼굴이 떠올랐고 그는 단박에 그 고함의 진정한 의미를 깨달았다. 언젠가 그를 마음 아프게 했던 그 웃는 얼굴이 지금까지 시간의 먼지에 덮여 또렷하게 떠오르지 않았다. 하지만 베이징에 착륙한 이 순간, 너무나 분명하고 완벽하게 그의 머릿속에 나타났다. 십 년 전, 그가 직접 보았던 모습과 거의 똑같았다.

"루제."

그는 살며시 그 사람의 이름을 불렀다. 웬일로 눈가가 촉촉해졌다. 그는 손으로 눈물을 닦고서 주위를 곁눈질했다. 다행히도 사람들은 다 일어나서 짐을 챙기느라 여념이 없었다. 누구도 그를 눈여겨볼 리가 없었다.

비행기 문을 나서니 예상대로 얼굴을 후려치는 듯한 추위가 몰려와 몸 안 가득했던 열기와 졸음을 말끔히 날려버렸다. 그는 차가운 공기를 몇 모금 힘껏 들이마셨다. 다들 베이징의 공기가 오염이 심각하다고 하지만 그가 느끼기에 지금은 맑고 상쾌했으며 폐 전체에 추위가 스미면서 오랜만에 맑게 깬 느낌이 머리의 핵심부에서부터 전신으로 퍼져나갔다. 조금 유감이기는 했지만 그는 자기가 극도의 각성 상태가 되면 바로 슬퍼진다는 것을 깨달았다. 원래 천성이 그런지, 아니면 남방의 혹염에 오래 시달려 성격이 그렇게 바뀌었는지는 알 수 없었다. 어쨌든 그는 추위가 가져온 각성 상태로 인해 조금 당황스러웠다.

그는 인파를 따라 공항 청사를 나와 줄을 서서 택시를 기다렸다. 추위 속에서 십 분을 서 있자, 발가락이 마비되다 못해 아팠다. 그는 발을 동동 굴렀다. 날카로운 아픔이 조금 둔해졌다. 다행히 곧 그의 차례가 되었다. 그가 차 안으로 들어가자 머리가 희끗희끗하고 검은 선글라스를 낀 기사가 목적지를 물었다. 그는 '허핑리和平里'• 라는 지명을 댔다. 정말 아름다운 지명이었다. 수많은 도시에 허핑가가 있지만 허핑리는 베이징에만 있었다. 평화 속••에 있으면 틀림없이 따스할 것이다.

차창 밖으로 보니 잎이 다 떨어진 버드나무가 뼈만 남아 앙상한 부랑자들처럼 한데 빽빽이 서 있었다. 벌써 저물녘이어서 오렌지 빛 석양이 조수처럼 그 버드나무 숲 사이로 넘실대고 있었다. 그 풍경이 너무 인상적이어서 그는 휴대전화로 사진을 찍어 SNS에 올렸다. 사진 설명은 딱 세 글자, '풍경 속'이었다. '허핑

• '허핑'은 평화라는 뜻이다.
•• '리'는 안, 속이라는 뜻도 있다.

리'에서 힌트를 얻은 것이다. 그 풍경 속의 무엇이 사람을 감동시키는 것일까? 그는 잠시 생각이 안 났다. 그저 길 위를 달리며 그 풍경이 마음속 깊이 새겨진다는 느낌만 들었다.

앞에 앉은, 검은 선글라스를 낀 나이 든 기사는 운전에만 열중하고 계속 말이 없었다. 그는 조금 적응이 안 됐다. 전에는 베이징에 와서 택시를 타기만 하면 기사들이 그에게 별의별 이야기를 다 늘어놓았다. 그래서 그는 새롭고 자극적인 정보를 많이 주워들었고 잔잔한 수면 아래 너무나 많은 소동이 벌어진다는 생각을 했다. 그런데 이번에는 말없는 베이징 택시 기사를 만난 것이다. 침묵이, 창밖의 그 풍경처럼 은밀히 그를 압박했다.

곧 시내로 접어들 즈음에 기사가 드디어 입을 열었다.

"저러다 큰일 나지."

그는 고개를 돌렸다. 승용차 한 대가 길가 화단의 가장자리에 세워져 있었다. 그 옆을 스치는 순간, 그는 그 차 뒷좌석에서 한 남녀가 서로 부둥켜안고 있는 것을 보았다. 그 장면은 그야말로 노골적인 암시여서 그는 바로 자신과 루제가 떠올랐다. 지금 부둥켜안고 있는 그 남녀가 다른 사람이 아닌, 그와 루제인 것 같았다. 어떻게 다른 사람일 수 있겠는가? 오직 그와 루제만이 그래야 했다. 운명이 뒤쫓아오기 전에 그렇게 서로 의지하며 다시는 떨어지지 말아야 했다.

휴대전화가 울렸다. 루제의 전화였다. 그는 휴대전화 화면을 뚫어져라 보았다. 심장이 뛰기 시작했다. 그는 수신 버튼을 눌렀고 "여보세요"라고 말하기도 전에 루제의 초조하면서도 부드러운 목소리가 들렸다.

"착륙했지?"

"벌써 택시 안인걸."

그가 말했다.

"곧 시내야."

"뭐라고?"

루제는 조금 놀란 듯했다.

"왜 먼저 나한테 연락 안 했어?"

"괜찮아. 짐을 풀고 연락하려고 했지."

"알았어. 짐을 풀고 먼저 좀 쉬어. 그러고서 호텔 3층에서 식사하고. 식사 잘 해. 나는 기다릴 필요 없어. 조금 늦게 갈 테니까."

루제는 단숨에 말하고서 소리 내어 웃었다.

"배 안 고파. 너랑 같이 먹을래."

그는 무심코 말했다.

"바보 같은 소리 하지 마."

루제가 깔깔 웃었다. 옛날의 그 천진한 웃음소리와 똑같았다.

"나도 너하고 먹고 싶어. 하지만 접대 업무가 있어서 꼼짝도 못 해."

"너희 병원은 치료하고 사람 목숨만 구하면 되지 무슨 접대 업무가 그렇게 많아?"

"어쩔 수 없답니다. 윗분들 잘 모시는 게 다 나를 위한 일이랍니다."

루제가 재치 있게 답했다.

전화를 끊고서 그는 기묘한 기분에 사로잡혔다. 그토록 그 사람을 그리워했는데도 그 사람과 통화하는 내내 이 기분을 억누르고 있어야 했다. 몇 년간 그는 이런 장애에서 벗어나지 못했다. 그래서 매번 그와 통화하는 사람이 루제가 아니라 별로 관계없는 친구이고 진짜 루제는 아무리 애써도 닿을 수 없는 먼 곳에 있는 것이 아닐까 생각이 들곤 했다.

이 때문에 그는 다시 슬픔에 빠졌다. 창밖에 고층 건물들이 점점 늘어났다. 그는 그것들을 빤히 쳐다보고 있었다. 그 건물들의 큼직한 윤곽이 어두운 그림자처럼 그의 마음을 뒤덮었다. 거대한 수도의 수수께끼 같은 압력이 그를 답답하게 했다. 그것은 그와 루제의 기나긴 교제가 쌓아온 무게 같았다.

허핑리의 거리에 도착했다. 파란색 도로 표지가 보였고 화단에 쌓인 눈도 보였다. 길가에서 수박 모자를 쓰고 흰 입김을 뿜어내는 짐꾼들도 보였다. 그는 그들이 뭘 들고 있는지 볼 틈이 없었지만 뭔가 차갑고 묵직한 물건인 것은 알 수 있었다. 그의 마음속 슬픔에 밝은 색채가 한 겹 씌워지고 평범한 거리 풍경들이 친근하게 느껴졌다. 북방은 이래야만 한다고 그는 생각했다. 북방은 무거웠다. 짐꾼들이 들고 있는 묵직한 물건처럼. 그는 회색빛 하늘을 힐끔 올려다보고서 지갑을 꺼냈다. 택시가 어느새 호텔 문 앞에 서서히 멈춰 섰다.

루제가 예약을 해둔 덕분에 그는 곧장 체크인했다. 방 안의 가구는 별다른 게 없었다. 큰 침대 하나, 소파 하나 그리고 활 모양의 유리 책상이 전부였다. 그는 짐을 내려놓고 나서야 졸린 것을 느끼고 침대 위에 벌렁 누웠다. 그때 책상이 벽과 맞닿은 부분에 핑크색 종이 가방이 놓여 있는 것이 보였다. 요전 투숙객이 빠뜨리고 간 것일까? 방 청소가 진즉에 다 끝났으니 그럴 리는 없었다. 루제가 와서 놓고 간 게 분명했다. 무슨 물건일까? 가슴이 두근거려 그는 벌떡 일어나서 그 종이 가방을 손에 쥐었다.

안에는 편지 한 통과 잘 포장된 조그만 선물 상자가 있었다. 그리고 편지 봉투에는 '자화家樺'라는 그의 이름이 적혀 있었다. 그 글씨체가 그는 낯설었다. 그에게는 루제의 글씨체에 대한 기억이 전혀 없었다. 그것은 루제가 지금껏 그에게 이해받지 못한 또 다른 면인 듯했다. 그는 조심스레 편지를 집어 들고 책상 옆 의자에 앉았다. 급히 봉투를 열지는 않았다. 손을 뻗어 종이 가방도 가져와서 그 안의 선물 상자를 꺼내 살며시 눈앞에 놓았다. 손가락으로 만지작거리고 있으니 마치 생명이 있는 애완동물 같았다. 그때 바깥 복도에서 발걸음 소리가 들려와 그는 긴장했다.

루제가 온 걸까? 그는 복도가 다시 잠잠해질 때까지 석상처럼 문가를 바라보고 있었다. 그러고는 깊이 심호흡을 했다. 지금 이 신비한 순간, 그는 누구에게도 방해받고 싶지 않았다. 루제 본인이라 해도 사절이었다.

그는 편지 봉투를 열었다. 분홍색 편지지에 짧게 네 줄이 적혀 있었다. 시인 듯했다.

그리움은 마치 손끝 같아서
너무 예민해 쉽게 만지지 못하네
그저 손에 그것을 꼭 쥐고
잊으려 하면서도 아파하네

눈물이 편지지 위에 떨어졌다. 그는 얼른 고개를 치켜들었다. 그렇게 하면 눈물이 거꾸로 흐르기라도 할 것처럼. 그와 루제는 십 년을 보지 못했다. 십 년은, 그가 청춘이었을 때는 죽음보다 더 긴, 결코 건너갈 수 없는 거리라고 생각했다. 처음 루제를 알았을 때 그는 스무 살도 안 됐었다. 그에게 삶의 첫 번째 십 년의 기억은 백지와도 같아 대부분 그 대신 부모님이 기억했다. 두 번째 십 년의 기억은 수업, 하교, 시험뿐이어서 다 똑같은 하루처럼 단순하기만 했다. 그러니 십 년이 성인에게 어떤 의미가 있는지 당시 그가 어떻게 이해할 수 있었겠는가?

그 의미는 말로 설명할 수 있는 것이 아니었다. 그런데 십 년의 시간도 뼈에 사무친 그 사랑의 관성을 없애지는 못했다.

14년 전, 그는 스물아홉 시간 동안 기차를 타고 외딴 서북 지역에서 광둥으로 가서 난팡南方대학에 입학해 새로운 환경에 첫발을 디뎠다. 그는 자신의 표준어가 무척 정확하다고 생각했지만 뜻밖에도 남방의 학우들은 그의 거친 발음을 거의 못 알아들었다. 이 때문에 그는 혼란과 외로움을 느꼈다. 게다가 찜통 같은 더위 속에서 건조한 것에 익숙한 그의 비강에 염증이 생기는 바람에 그의 발음은 더 거칠어졌다. 입만 열면 그야말로 러시아에서 온 유학생 같았다. 그는 하루가 멀다 하고 교내 보건실 의사에게 가서 약을 탔다. 먹는 것이든 코에 뿌리는 것이든 실험용 흰쥐처럼 무조건 받았다. 그 의사는 젠체하는 중년 여성이었는데 겉보기에는 대단히 위엄 있어 보였지만 실제로는 환자가 하는 말만 듣고 설명서대로 약을 처방해줬다. 그는 이런 의사라면 누구를 데려다놓아도 다 할 수 있겠다고 한두 번 생각이 든 게 아니었다. 하지만 그곳을 나올 때면 그 의사는 그의 머릿속에서 까맣게 지워졌다. 그는 약을 내주는 여학생에게 줄곧 눈길이 갔다. 그녀는 긴 머리를 어깨까지 드리우고 키가 늘씬했으며 피부가 하얗고 웃을 때마다 눈이 초승달 모양으로 휘어졌다. 특히 오똑한 콧날을 보면 아무래도 그곳 남방 사람이 아닌 듯했다. 그녀는 매번 그에게 약만 건네고 한마디도 하지 않아서 대단히 조신해 보였다.

그날 정오의 폭염을 뚫고 서늘한 보건실에 들어섰을 때, 그는 젠체하는 의사는 없고 그 여학생만 앉아서 책을 보고 있는 것을 발견했다. 그는 왠지 긴장이 되어 어쩔 줄 몰랐다. 오지 말아야 할 곳에 온 것 같았다. 다행히 여학생은 그를 보고 엷은 미소를 지었다. 의사가 있을 때의 조신함은 사라지고 먼저 그에게 말을 걸었다.

"코 때문에 왔지?"

그는 단박에 긴장이 풀렸다. 그 말이 자신에 대한 그녀의 관심을 암시했을 뿐만 아니라 그녀의 말투가 전에 알던 사람처럼 귀에 익었기 때문이다.

"너도 서북 지역 사람이구나?"

그가 물었다.

"맞아."

그녀가 웃으며 말했다.

"난 란저우蘭州. 너는?"

"나는 시안西安."

두 사람은 깔깔 웃었다. 마치 간첩끼리 암호를 주고받은 것 같았다. 그다음은 훨씬 더 쉬웠다. 그들은 하고 싶은 말이 끝도 없이 많았지만 대부분은 남방의 날씨에 대한 원망이었다. 서북 지역이 인류가 살기에 딱 적당한 곳인 듯했다. 그렇게 즐거운 대화를 나누는 중에 그는 그녀에 관한 정보를 얻었다. 이름은 루제였고 의과대학 일학년 학생이었다. 그들은 서로 같은 학번 신입생임을 확인하고 더욱 동병상련의 기분을 느꼈다. 그런데 불만의 감정을 다 쏟아내고서 그들의 대화는 갑자기 어색하게 중단되었다. 이때 그는 그녀가 읽던 책의 제목을 보았다. 『콜레라 시대의 사랑』. 그가 물었다.

"로맨스 소설을 좋아하나 보지?"

그녀가 쑥스럽게 웃자 그가 감탄하며 말했다.

"너희 의대 여자애들은 참 재미있구나. 사랑 이야기도 콜레라 시대의 것을 좋아하니."

그녀는 허리를 잡고 웃고서 자기는 마르케스라는 작가를 좋아한다고 알려주었다.

"마르케스?"

그는 멍해졌다.

"『백년의 고독』을 쓴 그 작가?"

"맞아."

그녀는 고개를 끄덕였다.

그는 놀라지 않을 수 없었다. 중문학과인 자신도 마르케스가 그런 로맨스 소설을 쓴 적이 있는지 몰랐던 것이다. 그는 그녀에게 경의를 표하고 싶었지만 어떻게 표현해야 할지 몰라 그냥 무뚝뚝하게 말했다.

"부끄럽네. 그래도 나는 중문과인데……."

"너는 정말 행복한 사람이야."

그녀가 절박하게 자신의 꿈을 털어놓기 시작했다.

"나도 중문학을 공부해서 작가가 되고 싶다고. 하지만 아빠, 엄마는 어떻게든 내가 의학을 공부하기를 바라서."

"두 분이 의사야?"

"아니."

그녀는 쓴웃음을 지었다.

"두 분 다 일반 직원이야. 당신들의 인생 경험에 따라 의사야말로 영원한 철밥통이라고 생각하시지."

"철밥통은 무거울 텐데."

그는 자신의 부모가 떠올라 살짝 비틀어 말했다.

"엄청나게 무겁지. 그리고 사람을 완전히 풀어지게 만들어. 미래에 대한 걱정이야말로 사람을 단련시킨다고."

그녀는 갑자기 슬픈 표정이 되어 나지막이 말했다.

"생각해봤는데 나는 부모님 뜻을 따를 것 같아. 달갑지는 않아도 그게 착실한 일이기는 하니까. 어쨌든 나는 겁쟁이야."

그는 감동받았다. 원래 서로 몰랐던 두 사람이 몇 분 만에 자신들의 젊은 삶에서 가장 은밀한 슬픔에 관해 이야기한 것이다. 그는 타향에서 오랜 친구를 만난 듯한 느낌이 들었다. 그는 사람 사귀는 데 능한 사람이 아니었다. 더구나 이렇게 예쁘고 명랑한 여자 앞에서는 더더욱 서툴렀다.

하지만 더 중요한 사실은 그가 세상과 마주할 수 있게 지탱해주는 유일한 원동력이 그의 마음속 깊은 곳에 가득한 열정적인 꿈이라는 것이었다. 그는 대학이 그의 미래를 위해 무수한 가능성을 마련해줄 것이라고 생각했으며 아무것도 가진 게 없어도 그 가능성을 자랑스럽게 여겼다. 무수한 그 가능성 속에 필연적으로 성공이 포함돼 있을 것이라고 확신했기 때문이다. 그런데 뜻밖에도 그 가능성은 눈앞의 이 예쁜 여학생이 두려워하고 손대지 못하는 것이었다. 이 때문에 그의 자부심은 더욱 부풀어 올랐다.

"앞으로 어떤 일들을 하게 될지는 모르지만 나는 한 가지는 잘해보고 싶어."

그녀가 열심히 자신의 말을 듣고 있는 것을 깨닫고 그는 조금 겸연쩍어하며 말했다.

"물론 그게 무슨 일인지는 아직 잘 생각해보지 못했어."

그 말을 하고 나니 그의 마음속 자부심은 바람이 다 빠져버렸다. 그는 어떤 불확실한 느낌에 사로잡혔다. '불확실성'과 '가능성'은 서로 비슷한 의미인데도 전자는 더 많은 혼란을 암시하고 그래서 실패와 더 가깝다. 만약 인생의 가능성에 실패가 포함된다면 그런 가능성이 무슨 자부심을 가질 만한 가치가 있겠는가? 그는 예전에는 이 문제를 생각해보지 않았기에 덜컥 겁이 났다.

그 순간, 그녀가 완벽하게 이해가 갔다.

"너는 틀림없이 훌륭한 의사가 될 거야."

그는 그녀가 건네준 약을 치켜들고 흔들었다. 마치 그것이 자기가 한 말의 확실한 증거라도 되는 것처럼.

그녀는 그를 보며 미소 지었다. 마치 말할 필요도 없는 일인 것처럼.

루제에게서 또 전화가 왔다. 그는 들고 있던 선물 상자를 내려놓고 휴대전화를 들어야 했다.

"자화."

그녀가 친근하게 이름을 불렀다.

"밥 먹었어?"

그는 그녀 주변의 왁자지껄한 소리를 들었다. 그것은 미친 듯이 자란 잡초 같아서 루제의 목소리를 더 활짝 핀 꽃처럼 느껴지게 했다.

"아직 안 먹었어."

그는 심호흡을 했다.

"배 안 고파?"

"말했잖아. 기다리겠다고."

"기다리지 마. 나는 벌써 먹었어."

"그러면 내가 먹을 때 옆에 있어줘."

그녀가 그의 감정에 전염되어 조그맣게 속삭였다.

"바보, 배불리 먹어. 먹지도 않고 어떻게 힘을 쓰려고."

그는 그녀가 그렇게 노골적으로 암시를 할 줄은 몰랐다. 그의 몸이 거의 즉각적으로 반응했다.

"언제 올 거야?"

그는 물었다. 그녀를 부둥켜안고 싶다는 생각이 절박하게 들었다.

"정말 빨리 갈게. 하지만 지금 바로 떠나도 그렇게 빨리 도착은 못 해. 베이징은 너무 크다고! 먼저 밥 먹어. 밥을 다 먹을 즈음이면 도착할 것 같아."

그는 이번에는 고분고분 따랐고 흔쾌히 그러겠다고까지 했다. 전화를 끊은 다음에는 화장실에 가서 세수를 하고 머리를 빗으면서 과거의 기억에서 자신을 끄집어냈다. 그가 문을 열고 밖으로 나가자 반대편에서 걸어오던 호텔 직원이 그에게 인사를 했다.

"좋은 시간 되십시오, 손님."

그는 살짝 고개를 끄덕였다. 지금 자신이 세상과 멀리 떨어져 있고 방 안에 기억을 두고 나온 것만 같았다.

그는 뭘 먹어야 할지도 모르면서 곧장 호텔 3층의 레스토랑으로 갔다. 그곳은 광둥요리점이었다. 그는 다소 실망하지 않을 수 없었다. 그 먼 길을 마다하지 않고 베이징까지 왔는데 남방 요리에서 벗어날 수 없다니. 하지만 그는 멀리 나가고 싶지 않았다. 루제가 금방이라도 도착할 것 같았다. 그는 혼자서 거리 쪽으로 난 창 옆에 앉았다. 바깥에 눈이 온 것이 보였다. 아주 적은 양의 눈이었다. 나뭇가지가 살짝 희끗희끗해지지 않았다면 의식하지 못했을 것이다.

"손님, 뭘 드시겠습니까?"

종업원의 광둥어가 섞인 말을 듣고 그가 물었다.

"광둥 사람인가 보죠?"

종업원이 웃으면서 말했다.

"맞습니다."

몇천 킬로미터를 날아왔는데도 다시 제자리로 돌아온 것 같아 그는 속으로 탄식했다. 하지만 그것도 나쁘지는 않았다. 홈그라운드의 느낌이 자신감을 불러오기도 했고 그와 루제가 함께한 기억이 더 생각나기도 했다. 그 청춘의 기억들은 남방의 후텁지근한 공기 속에 흩어지고 수분과 결합해 아스라한 추억이 되었다. 그것들이 그의 코 점막을 건드려, 비염이 걷잡을 수 없이 폭발했다. 그는 재채기를 하면서 거듭 과거를 먼 곳으로 밀어냈다.

그는 새우만두 한 판과 간차오뉴허乾炒牛河• 한 접시 그리고 피단서우러우죽皮蛋瘦肉粥•• 한 공기를 주문했다. 그것들이 식탁 위

• 콩나물, 당면, 소고기 등을 함께 볶은 광둥 요리.
•• 발효 계란과 소금에 절인 살코기를 잘게 썰어 넣은 죽.

에 올라오고서야 그는 자기가 몹시 배가 고프다는 것을 깨달았다. 식사를 하며 루제가 말한 그 농담을 떠올리니 식욕이 더 왕성해졌다.

사실 그와 루제의 진정한 인연도 식사를 통해 시작되었다.

그들은 서로 안 지 얼마 안 되어 함께 밥을 먹었다. 하지만 그 자리는 우연히 마련되었을 뿐, 결코 미리 약속된 것이 아니었다. 루제를 처음 만난 날, 그는 약을 들고 보건실을 나오고 나서야 루제의 연락처를 묻지 않은 것이 문득 생각났다. 그는 쓴웃음을 지었고 이 만남도 이렇게 끝이 나는가 싶었다. 왜냐하면 다음 주부터 보건실 실습을 안 나오게 되었다고 루제가 말했기 때문이다. 사실 자신에게는 그녀와 약속을 잡을 용기도 없었을 것이라고 그는 생각했다. 그렇게 자신의 비겁함에 대한 변명거리도 마련되었다. 그런데 한 달 뒤의 어느 날 정오, 그는 학생 식당의 분식 코너에 줄을 서 있다가 낯익은 얼굴을 보았다.

"루제!"

그는 틀리지 않고 정확히 그녀의 이름을 불렀다.

그녀는 고개를 돌려 그를 보았다. 확실히 조금 놀란 듯했다. 그녀는 어린 양처럼 잰걸음으로 그에게 다가와 소리쳤다.

"우리 고향 사람이네!"

그는 조금 어색해하며 물었다.

"너도 못 참고 면을 먹으러 온 거야?"

그녀는 고개를 끄덕이고는 군인이 자기 소속 부대를 찾은 것처럼 그와 나란히 줄을 섰다. 그는 속으로 좋으면서도 한 가닥 불안감을 느꼈다.

"너 혼자야?"

"응. 친구들은 다 면을 안 좋아하거든."

그녀는 입을 삐죽 내밀었다. 그는 웃으며 말했다.

"괜찮아. 우리는 우리가 먹고 싶은 걸 먹자."

그는 돈을 치렀고 잠시 후 각자 소고기면을 한 그릇씩 들고 테이블에 마주 앉았다. 이렇게 가까이서 그녀를 보는 것은 처음이어서 그는 비로소 그녀를 또렷하게 볼 수 있었다. 짙은 두 눈썹과 붉고 부드러운 입술뿐만 아니라 오목조목한 이목구비와 좌우로 두리번거리는 표정들까지 모두 자수처럼 그의 마음속에 수놓였다. 그녀의 아름다움에 그는 가슴이 쿵쿵 뛰었다. 마음속으로 이번에는 무슨 일이 있어도 그녀와 연락이 끊겨서는 안 된다고 다짐했다. 그녀를 바짝 뒤쫓아 그녀 삶의 일부가 되거나, 그녀가 자기 삶의 일부가 되게 하겠다고 생각했다.

"나도 『콜레라 시대의 사랑』을 읽었어."

그는 때맞춰 말할 거리를 찾았다. 그 책을 잊을 수가 없어서 그녀를 만난 다음 날, 바로 도서관에 가서 그 책을 빌려 읽었다. 그는 그 책에 깊이 빠져들었다. 책에 나오는 놀라운 사랑 이야기 때문에 그런 것만은 아니었다. 그 책이 그와 루제를 정신적으로 이어주고 그녀를 잃은 그의 아쉬움을 달래준 것이 더 중요했다. 그렇다. 그는 자신이 그녀를 얻지도 못하고 영원히 잃어버렸다고 생각했었다.

"재미있었어?"

그녀는 뜨거워하며 국수를 먹고 있었다.

"너무 재미있더라. 한 번의 사랑이 한 사람의 일생에 걸쳐 계속되고 그 사이에 남자는 여러 감정을 겪지만 그래도 여자를 잊지 못하잖아."

그는 수업 시간에 선생님의 질문에 답하듯이 한마디 한마디 헤아리며 성실하게 답했다.

"내 생각에 그 소설의 가장 대단한 점은 각양각색의 사랑을 보여준다는 거야."

그녀가 웃으며 말했다.

"나는 사랑에 그렇게 많은 가능성이 있다는 걸 생각해본 적이 없었어. 그 전까지는 사랑이 삼류 드라마에서처럼 그저 서로 죽고 못 사는 게 다인 줄 알았지."

"내가 죽음에 관해 느끼는 유일한 고통은 사랑을 위해 죽을 수 없다는 것이지."

책에 나온 말이 떠올라 그가 말했다. 두 사람은 서로를 보며 깔깔 웃었다.

오랜 시간이 지난 뒤에야 그는 자신과 그녀가 처음부터 그렇게 확연히 달랐었다는 것을 깨달았다. 단지 그때는 신경 쓰지 않았을 뿐이었다. 더구나 그런 차이가 오히려 그의 마음을 계속 사로잡았다.

그는 남자인데도 그녀보다 더 감성적이어서 감정에 따라 사물을 주목했다. 반대로 그녀는 항상 이성적이고 객관적이며 현실적이었다. 그것은 그들의 성격 때문이었을 수도 있고 그들이 배우던 전공 때문이었을 수도 있다. 지금 그들은 다 자신들의 사회적 신분을 확립했다. 루제는 베이징의 한 의과대학에서 석사를 마친 뒤, 어느 민간 병원의 행정 부서에 취직했고 지금은 벌써 사무실 주임이 되었다. 그것 역시 그녀의 이성적인 선택이었다. 그녀는 의학 자체에는 그리 큰 흥미가 없었다. 그저 경제적으로 안정적인 지위를 얻고자 했을 뿐이었다. 반대로 그는 무작정 한 길을 걷다가 신기하게도 옛날 루제가 꿨던 꿈을 이뤘다. 작가가 되었고 어느 대학의 중문과에서 교편을 잡았다. 그는 감히 그녀에게 다시 문학의 꿈을 거론하지 못했으며 책을 낼 때마다 조용히 그녀에게 한 권씩 부쳐주기만 했다. 그녀는 "고마워"라고 메시지를 보냈을 뿐, 다른 불필요한 말은 하지 않았다. 그의 작품에 관해 어떠한 의견도 말하지 않았고 그도 물어본 적이 없었다.

14년 전, 그들은 소고기면을 다 먹었을 때, 사랑이라는 주제에 관해 이미 너무 많은 이야기를 나누었다. 그는 자기가 예전에 딱 한 번 여자친구를 사귀어봤으며 그것은 힘든 고교 시절의 유일한 위로였다고 고백했다. 하지만 그때 두 사람은 산책하고 손을 잡아보았을 뿐이며 수능시험 전에 각자의 미래를 위해 헤어졌다고 말했다. 그가 용기를 내어 먼저 자신의 그런 프라이버시를 말한 것은 우선 자신과 그녀의 거리를 좁히기 위해서였고 그 다음은 그녀의 감정을 떠보기 위해서였다.

"나는 연애를 해본 적이 없어."

그녀는 무슨 잘못이라도 한 것처럼 수줍게 고개를 숙였다.

"그럴 리가 있나."

그는 기쁨을 숨기며 말했다.

"너는 예쁘잖아!"

"엄마 아빠가 너무 엄하셨거든. 남자애들하고 사귀지 못하게 하셨어. 그냥 친구도 안 됐었다고!"

그녀는 혀를 내밀었다.

"그래서 로맨스 소설을 좋아하는구나?"

그는 농담을 했다.

"맞아. 어쩔 수 없잖아."

그녀는 입을 가리고 웃었다.

"너처럼 경험이 많지 않으니까."

"아니야, 아니라고."

그는 물건을 훔치다 잡힌 좀도둑처럼 얼굴이 빨개졌다.

"점심에 안 쉴 거면 우리 나가서 좀 걷자."

그녀가 제의했다. 어떤 면에서 봐도 경험 없는 그녀가 오히려 더 경험이 많은 것처럼 상황을 주도했다.

그들은 캠퍼스 한가운데에 있는 넓은 풀밭을 천천히 거닐었다. 거대한 용수나무가 정오의 뙤약볕을 가려주었다. 주변에 있던 사람들이 차차 줄어들고 자동분수에서 들리는 소리와 공기 중에 가득한 풀 냄새만 남았다. 뭐라고 설명하기 힘든 그 냄새는 처음에 맡으면 거북하지만 시간이 지나면 중독이 되곤 했다. 고향인 건조한 서북 지역에서는 풀 냄새를 맡을 일이 거의 없었기 때문에 그는 원래 풀에는 아무 냄새도 없는 줄 알았다. 풀 냄새를 맡으며 그녀와 자신의 느낌을 나누면서 그는 예전에는 경험해보지 못한 행복을 느꼈다.

그녀는 그에게 천천히 작가의 꿈을 털어놓았다. 어떻게 감동적인 시를 쓸 것인지, 또 어떻게 훌륭한 소설을 쓸 것인지 이야기했다. 그는 조용히 귀를 기울이고 있었다. 애초에 그가 중문과를 선택한 것은 작가가 되기 위해서가 아니라 자유롭기 위해서였다. 그가 생각하기에 다른 학문은 전부 제약이 너무 많은 듯했다. 오직 중문과만 자유로워 보였다. 문학은 무엇일까? 바로 삶의 본질에 관한 학문이다. 그때까지 그는 꽤 여러 편의 소설을 썼지만 여전히 그렇게 생각하고 있었다.

당시에 그는 아직 체계적인 문학 관념은 없었지만 갖고 있는 문학 지식만으로도 충분히 그녀의 하소연에 답할 수 있었으며 나아가 그녀를 자극하고 격려해줄 수도 있었다. 그녀는 기분이 무척 좋았다. 그와 계속 앞으로 걸어가면서도 전혀 멈출 생각이 없어 보였다. 그는 갈수록 그녀가 이해가 갔다. 그녀는 외로웠다. 그녀가 어떻게 의학을 공부하는 동급생들과 문학을 이야기할 수 있겠는가? 그들은 어떤 눈으로 그녀를 대할까? 그들은 그녀를 이방인이라고 생각할까, 아니면 어릿광대 같다고 생각할까? 서북쪽의 내륙 지역에서 온 이 얌전한 차림의 여자아이가 설마 작가가 되기를 꿈꾸다니. 다른 여학생들이 모두 짧은 미니스커트와 청바지를 입고 다닐 때, 그녀는 무릎 아래까지 내려오는 검은색 치마를 입고 샌들 속에는 살색의 짧은 양말까지 신고 있었다.

하지만 그는 그녀가 얼마나 아름다운지 알고 있었다. 심지어 잘 차려입기만 하면 멋진 친구들보다 조금이 아니라 훨씬 더, 비교도 안 될 만큼 예뻐지리라는 것을 그녀가 깨닫게 될까봐 두려웠다. 그렇게 되면 그녀는 고향의 보수적인 문화의 속박에서 벗어나 아름다움으로 주위를 깜짝 놀라게 할 것이다. 그렇게 돼도 그녀는 정오의 무더위 속에서 그와 함께 산책을 해줄까? 그는 전혀 가늠이 되지 않았다.

"내가 쓴 글을 읽어줄래?"

그녀가 가로수 길의 끝에 서서 그를 바라보고 있었다.

"물론이지. 나로서는 영광인걸."

그는 영화 속 남자 주인공처럼 우아하게 그녀의 손을 잡고 부드러운 손등에 살짝 입을 맞추고 싶은 충동을 느꼈다.

그녀는 그가 자신의 정신세계를 이해해주기를 갈망했다. 하지만 그는 그것에 그치지 않고 그녀의 구체적인 면에 더 흥미를 느꼈다. 그녀의 얼굴, 그녀의 목소리, 그녀의 몸매, 그녀의 옷, 그녀의 신발, 심지어 그녀의 가방에까지. 그는 그 사물들이 도로 표지판처럼 자신을 이끌어 그녀의 세계로 들어가게 해주는 듯했다. 그는 사실 그녀가 처음부터 자신의 세계를 두 손으로 받들어 보여주었다는 것을 의식하지 못했다. 그녀가 보기에 그녀에게서 가장 소중한 부분은 글쓰기와 관련된 정신세계였고 그것은 그녀가 유일하게 자랑스러워하는 것이었다.

"열심히 읽을게."

그는 표지가 검은색 크라프트지로 된 그녀의 수첩을 받아 손에 꼭 쥔 채 진지하게 말했다. 몹시 흥분이 되었다. 그녀를 열고 들어갈 열쇠를 얻은 것만 같았다.

그녀는 긴장도 되고 부끄럽기도 해서 겨우 한마디만 했다.

"너 혼자 봐."

"물론이지!"

그는 자신이 그 유일무이한 권리를 얻은 것이 너무나 기뻤다.

그는 더 먹을 수가 없었다. 요리의 양은 많지 않았지만 수많은 기억이 창밖에 흩날리는 눈처럼 마음속에서 용솟음쳐 그의 식욕을 떨어뜨렸다. 그는 혼자서 이런 밤에 식사를 하는 것은 어쨌든 어색한 일이라는 생각이 들었다. 그래서 그런 어색함을 그만 끝내기로 했다. 그는 레스토랑을 나왔지만 방에 돌아가고 싶지 않아 엘리베이터에 몸을 싣고 일 층으로 갔다. 그리고 회전문 앞에서 잠시 망설이다가 결국 밖으로 나갔다. 외투도 안 입은 몸에 곧장 한파가 밀려들었다. 밤의 기온은 낮보다 5~6도 더 낮은 데다 찬바람에 섞인 눈송이가 몸에 닿는 즉시 살얼음으로 변했다. 행인들은 다 목을 움츠리고 있었지만 그는 오히려 편안한 기분이 들었다. 기억이 추위에 얼어붙을 수만 있다면 얼마나 좋을까. 현재와의 관계도 끊어지고 그 완전성과, 심지어 예술성까지 보존된다면 그것은 삶 그 자체에 대한 초월일 것이다. 그는 한껏 숨을 몰아쉬었다. 하얀 입김이 끝없는 밤하늘 속으로 날아갔다. 거리에는 차들이 오가며 수도의 혼잡함을 드러냈지만 그래도 겨울밤은 고요하게 느껴졌다.

문득 가까운 시장에서 귀에 익은 노랫소리가 들려왔다. 그는 멜로디를 따라 콧노래를 불렀다.

"원 나이트 인 베이징, 나는 많이도 정이 들었노라, 네가 사랑하든 안 하든, 모두 역사의 먼지일 뿐……."

예전에 이 노래에 대한 그의 인상은 그리 좋지 않았다. 경극京劇의 야릇한 분위기와 뭔지 모를 음산한 귀기가 느껴졌다. 그런데 지금 베이징에 있으면서 그는 이 노래에 정통으로 명중되었다. 혼자, 베이징, 밤, 사랑, 역사의 먼지는 바로 이 시간의 그의 처지였다. 그것은 애매한 시간이면서 아직 결정되지 않은 귀중한 시간이었다.

몸이 인내의 한계에 이르렀는지, 아니면 감정이 순간적으로 식어버렸는지는 잘 몰라도 그는 온몸을 움츠리고 서둘러 달려서 호텔로 돌아갔다. 따뜻한 기운이 그를 껴안았지만 그는 마치 냉동 인간이 된 것처럼 온몸이 지각을 잃을 정도로 춥게 느껴졌다. 바로 방에 돌아가서 뜨거운 차를 우려 반쯤 마신 뒤, 텔레비전을 켜고 소파에 비스듬히 누웠다. 그때 눈길이 다시 그 작은 선물 상자에 닿았다. 그는 꾸물거리며 상자를 열지 않았다. 전에는 얼떨결에 그랬지만 지금은 그러고 싶었고 그 생각은 바뀌지 않았다. 그는 선물 상자를 열지 않을 것이다. 영원히 열지 않을 것이다. 그는 그것을 영원히 비밀 속에 간직할 생각이었다. 여러 해 전, 그는 무한한 가능성에 매료되어 어떤 확실성에 뛰어드는 것을 미루었고 나중에는 아예 문자 속에서 가능성을 찾는 사람이 되었다. 그런데 지금 그의 삶은 갈수록 제한적으로 변해가고 있어서 선물 상자를 열지 않는 것은 마치 가능성을 위해 씨앗 하나를 남겨놓는 것과 같았다. 그것은 선물 그 자체보다 더 무성한 큰 나무로 자라날 것이다. 그는 몸을 일으켜 선물 상자를 손에 쥐고 어루만진 뒤, 여행 가방 속에 집어넣었다.

그 어루만진 느낌이 그에게 언젠가 루제의 수첩을 어루만지던 느낌을 떠올리게 했다. 그 두 느낌은 모두 삶에 대한 애착과도 같았다.

루제에게서 수첩을 받고 서둘러 읽지 않았다. 마음속의 묵직한 감정을 쉽사리 풀어내고 싶지 않았다. 같은 방 친구들이 다 잠들고 나서야 그는 자기 침대로 올라가 스탠드를 켜고 천천히 읽기 시작했다. 소녀의 그윽한 향기가 페이지 깊은 곳에서 풍겨 나왔다. 그는 살며시 수첩으로 얼굴을 덮고 그 향기를 마음껏 탐닉했다. 그리고 한참 뒤에야 진지하게 그녀의 글을 읽기 시작했다. 그녀의 글씨는 반듯반듯해서 전혀 빈틈이 없었고 작은 실수도 다 수정액을 칠해놓았다. 그는 그녀가 처음 그 글들을 쓰기 시작할 때부터 마음속으로 제삼자의 눈빛을 의식했음을 깨달았다. 그녀는 대체로 남에게 보여주기 위해 글을 썼지, 자신을 위해 글을 쓰지 않았다. 상상 속의 독자에게 속박되어 있었던 것이다. 하지만 그녀는 그 글들의 독자가 결국 그 한 사람이 되리라는 것을 예상치 못했다. 그는 그녀의 시구 몇 행과 수필의 일부가 꽤 훌륭하다는 것을 인정했다. 하지만 내심 작가의 꿈은 실현되지 못할 것이라고 판단을 내렸다. 훌륭한 작가는 무엇보다 자신의 말하고 싶은 욕구를 만족시키려 할 뿐, 독자에 대해서는 그리 신경 쓰지 않는다. 하물며 상상 속의 존재하지도 않는 독자에 대해서는 더더욱 그렇다.

하지만 그는 그녀에게 그 점을 말해줄 리가 없었다. 이미 그녀를 사랑하게 되었기 때문이다. 그는 그녀가 좋은 기회를 만나 언젠가는 그 속박들에서 벗어나 자신의 꿈을 이룰 수 있기를 바랐다.

그는 수첩에서 시 몇 편과 짧은 수필 한 편을 골라 라오무老木에게 가져갔다. 라오무는 중문과 문학 동아리의 회장으로 『집』이라는 학생 잡지의 편집장을 맡고 있어 문학청년들 사이에서 꽤 신망이 높았다. 라오무는 시 한 편을 쓱 보고는 말했다.

"웬만하네. 두고 가."

그는 라오무의 반응을 보고서 그냥 어물쩍 넘어가려 한다는 것을 알고 어쩔 수 없이 씩 웃으며 말했다.

"좀 도와줘요. 그 여자애한테 된다고 했거든요."

라오무는 그의 의도를 알아챘다.

"이 녀석, 여자 꼬시는 것도 배웠네!"

그는 라오무와 어깨동무를 하며 말했다.

"염려 말아요, 내가 한턱 쏠 테니!"

운이 좋아 마침 『집』의 출간 전에 맞출 수 있어서 겨우 일주일 만에 루제의 글이 발표되었다. 비록 글을 실은 수십 명 중 한 명에 불과하기는 했지만 그는 그녀가 틀림없이 기뻐할 것이라고 믿었다. 그래서 한 달 생활비의 십분의 일을 들여 교내 레스토랑에 자리를 예약하고 루제와 약속을 잡았다.

그는 불안해하며 그 잡지를 들춰보다가 뜻밖에도 서서히 매료되었다. 평범한 외모의 많은 학생이 막상 펜을 드니 화려한 문체로 찬탄을 자아냈다. 물론 지금 그 잡지를 보면 어쩔 수 없이 무척 유치하게 느껴질 테고 표지도 죄다 서양 작가들의 사진이어서 약간 서구 숭배의 느낌도 들 것이다. 하지만 그 디자인과 글들은 라오무의 전위성을 구현한 것들이었다. 가장 간단한 예를 들면, 만약 그때 그가 편집장을 맡았다면 무슨 이유에서든 '집'이 잡지 이름이 될 수 있으리라고는 상상조차 못 했을 것이다. 하지만 그는 그 이름을 너무나 좋아하게 되었다! 오 년 뒤, 그의 첫 번째 소설이 출판되어 잡지사에서 서평이 필요하게 되었을 때 그가 첫 번째로 떠올린 사람은 바로 라오무였다. 라오무는 역시 그의 기대를 저버리지 않고 훌륭한 평론을 써주었다. 더 나중에 라오무와 루제의 스캔들이 퍼졌을 때 그는 믿기 어려웠다. 라오무가 그에게 전화를 걸어와 두 사람 사이에는 별일이 없었다고, 그와의 관계 때문에 알게 됐을 뿐이라고 했지만 그는 역시 믿어야 할지 말지 몰라서 침묵을 택했다. 지금 라오무는 멀리 하버드대학 동아시아학과의 방문학자로 가 있어서 연락이 끊어졌다. 만약 라오무와 루제가 정말 잘되었다면 그는 영원히 루제와 재회할 일이 없었을 테고 베이징에서의 이 밤도 없었을 것이다.

루제는 하얀 치마를 입고 총총히 달려왔다. 겨우 일주일 만에 봤는데도 그는 루제가 더 눈부시게 아름다워졌다고 느꼈다. 루제는 테이블 위에 놓인 검은색 수첩을 보고 볼이 빨개졌다.

"다 봤어?"

그녀가 말하면서 자리에 앉았다. 그 모습이 꽤 노련한 듯한 인상을 주었다. 그는 일부러 의미심장한 미소를 지으며 그녀에게 잡지를 건넸다.

"다 봤어. 먼저 이걸 좀 봐."

루제는 조금 미심쩍어하며 잡지를 받아 손 가는 대로 페이지를 펼쳤다. 자신의 이름과 글을 보고 그녀는 눈이 번쩍 뜨여 그를 바라보았다. 그는 얼른 말했다.

"미안해. 네 동의도 안 구하고 발표를 해버렸어. 네 글이 너무 좋았거든!"

루제는 다시 고개를 숙여 잡지를 보고는 부드러운 말투로 말했다.

"정말 생각도 못 했어…… 고마워."

그녀가 활짝 웃었다. 그 웃는 얼굴이 너무나 찬란했다. 그녀는 부끄러워 얼른 손으로 입을 가렸는데 그 모습도 귀엽기 그지없었다.

그가 예상했던 것과 비슷하게 그녀는 조금도 그를 탓하지 않고 오히려 즐거워했다. 그러나 뜻밖에도 그 일이 그녀에게 끼친 영향은 그의 상상을 한참 넘어섰다. 대학을 졸업할 때 그녀는 술에 취한 자리에서 비로소 지난 몇 년간 수많은 글을 여러 잡지에 투고했지만 줄곧 바다에 돌이 가라앉은 듯 감감무소식이었다고 그에게 털어놓았다. 어떤 의미에서 그녀는 그 일 때문에 여러 차례 좌절을 당한 꼴이 되었다. 그 얘기를 듣고 그는 큰 충격을 받았으며 그제야 그녀에 대한 자신의 이해가 얼마나 피상적이었는지 깨달았다.

어쨌든 처음에 그 일은 그들의 관계를 급속히 가깝게 해주었다. 레스토랑의 낭만적인 분위기 속에서 그들은 곧 그 일에 관한 이야기에서 벗어나(하지만 역시 그 일로 인한 기쁨이 암암리에 도움이 되었다) 각자의 사소한 꿈들을 털어놓았다. 예를 들어 그녀는 바다에 가서 잠수를 해보고 싶다고 했으며 그는 정말 눈 덮인 산에 올라가보고 싶다고 했다. 지나간 지 얼마 안 된 고교 시절의 과중했던 공부와 희망 없던 시간은 전혀 거론하고 싶지 않았다. 오직 꿀처럼 달콤한 꿈만을 되풀이해 이야기했다.

많은 사람이 함께 있는 장소인데도 그는 처음으로 그녀의 손을 잡았다. 그녀에게 솔직하고 열정적인 면이 있기는 했지만 어쨌든 그는 한 번 연애를 해본 경험이 있었으므로 어느 정도는 연애의 리듬을 포착할 수 있었고 특히나 연인 간의 신체 언어에 매우 민감했다. 그런데 테이블 위에 놓인 루제의 손가락은 움직임이 무척 활발했다. 그녀의 맑은 목소리에 맞춰 마치 무용단원들처럼 하늘하늘 동작을 바꿨고, 또 어떤 신비한 악기가 그녀 앞에 숨겨져 있는 것처럼 남몰래 연주를 하는 듯했다. 그는 루제의 눈을 주시하며 그 속의 반짝이는 기쁨의 눈빛을 훔쳐보았고, 또 시시각각 그 손가락에 정신을 빼앗겨 그 두 손의 소리 없는 부름이 귀에 들리는 것 같았다. 그래서 어떠한 징조도 없었던 순간에 그는 그녀의 눈동자를 바라보며 두 손을 뻗어 그녀의 손을 감싸 쥐었다. 그 느낌은 꼭 술래잡기를 즐기는 개구쟁이 아기 고양이를 붙잡은 듯했다. 그는 너무 힘을 줄 수도, 또 힘을 안 줄 수도 없었다. 힘을 풀면 손아귀가 텅 비어버릴까 두려웠다.

루제의 손가락이 움츠러든 채 그가 감싸 쥐고 있게 내버려두었다. 하지만 그녀는 말을 멈추고 고개를 숙였다. 그녀의 얼굴이 빨갛게 상기되었다. 그녀의 표정을 보고서 그는 그녀의 말이 맞다는 것을 확신했다. 그녀는 이런 쪽에는 전혀 경험이 없었고 따라서 이런 돌발적인 연애의 상황에 부딪치는 것도 당연히 처음이었다. 이런 생각이 갑자기 그에게 무한한 용기를 주었다.

"내 여자친구가 돼줄래?"

그는 민망한 고백 한마디 없이 직설적으로 물었다. 자신의 목소리가 떨리다 못해 거의 흐느끼는 것 같다는 느낌이 들었다. 그의 과거 경험은 이제 완전히 보잘것없는 것이 돼버렸다. 고교 시절의 그 애매한 연애 감정은 지금 느끼는 감정의 깊이에 전혀 미치지 못했다. 그는 자기가 전혀 의지할 데 없는, 남극 같은 대륙에 들어선 듯했다. 별안간 두렵고 불안한 기분이 들었다.

"이러지 마."

그녀가 손을 움츠려 테이블 밑에 감췄다.

"공공장소에서 이러면 안 돼."

그녀가 덧붙여 말했다.

그는 얼이 빠져 잠시 아무 말도 못하고 어색하게 두 손을 거둬 역시 테이블 밑에 감췄다. 마치 범죄를 저지른 증거를 은닉하려는 듯했다.

그 직설적인 말은 더 이상 아무 대답도 얻지 못했다. 그가 베이징에 온 오늘까지도.

"우리 나가서 좀 걷자."

루제가 말했다. 지난번에 했던 제의와 하나도 다를 것이 없었다.

그들은 또다시 가로수 길을 걸었다. 하지만 두 손이 서로 닿은 느낌이 보이지 않는 큰손처럼 그들의 명치를 꽉 누르고 있어 그들은 지난번처럼 가슴을 열고 거리낌 없이 이야기를 나눌 수가 없었다. 서로 묵묵히 걸으면서 그는 거북함을 느꼈고 그 거북함은 이어서 아픔으로 변했다. 그는 자기가 그렇게 강렬하게 반응할 줄은 예상하지 못했다. 너무 많은 상상으로 감정이 지나치게 고조되었기 때문일 수도 있었고, 자기가 이미 앞뒤 돌아보지 않고 그녀에게 흠뻑 빠졌기 때문일 수도 있었다. 어쨌든 그는 자기가 그녀에게서 벗어날 수 없게 되었음을, 이미 주도권을 고스란히 그녀에게 바쳤음을 깨달았다. 하지만 무서운 것은 그녀가 그것을 전혀 모르고 있다는 사실이었다. 동시에 그는 직관적으로 자신과 그녀의 관계가 순조로울 리가 없다는 것을, 또 앞으로 알 수 없고 보이지도 않지만 심장을 파고드는 고통을 자신이 겪으리라는 것을 예감했다. 어쨌든 이 여자는 수수께끼와도 같았다.

"얼마 안 있으면 해부학을 배워야 해. 내가 견딜 수 있을지 잘 모르겠어."

그녀가 걸으면서 우울한 목소리로 그에게 말했다.

"너는 문제없을 거야. 루쉰도 해부학을 배운 적이 있다는 걸 너도 알잖아."•

"나는 루쉰의 작품을 정말 좋아해. 그 사람의 글을 보면 의사만이 그런 글을 쓸 수 있다는 걸 알게 되지. 글이 메스처럼 날카롭거든."

그녀는 마치 먼 곳에서 발견한 것처럼 새로운 화제를 자신들 사이에 끌어들였다. 루쉰에 대한 자신의 사랑을 이야기하면서 그녀의 울적했던 심정이 삽시간에 다시 밝아졌다. 그녀는 정말 문학을 사랑하는 사람이었다. 그는 자기가 그녀보다 못한 것이 부끄러웠다. 여학생이 루쉰을 좋아한다고 말하는 것을 듣는 것도 이번이 처음이었다. 그것은 그에게 너무나 크고 묵직한 충격이었다.

• 루쉰은 1902년 일본에 유학해 한때 센다이의학전문학교에서 의학을 공부했다.

하지만 그는 그녀가 자신을 신뢰한다는 것을 느꼈다. 봄날 같은 분위기가 그들 사이에 퍼졌다. 그녀가 그를 향해 고개를 돌렸다. 자기가 하는 말에 심취해 뺨이 붉게 물들어 있었다. 그녀가 자신을 빤히 바라보았지만 그는 그 눈빛을 피했다. 평온한 마음으로 그 맑은 눈빛을 마주할 수가 없었다. 하지만 그 눈빛은 계속 그의 눈앞에 머물러 있었다. 꼭 개구진 아이가 그를 놀리고 있는 것 같았다.

그의 마음속에 다시 따스한 물결이 일었다. 그는 무작정 다시 그녀의 손을 쥐었다. 그녀의 손은 그의 손아귀 안에서 이번에는 겨우 십 초 정도 머무르고 빠져나갔다. 세게 뿌리치지는 않았지만 그래도 빠져나갔다. 그는 굳이 붙잡지 않았다. 겨우 십 초였지만 이미 충분히 만족스러웠다. 심장이 너무 세차게 뛰어서 그는 자기가 곧 익사할 사람처럼 가쁜 숨소리를 내지 않을까 두려웠다.

세월이 많이 흘러 그는 이제 자신이 그때 루제에게 육체적 욕망을 느꼈는지는 기억이 나지 않았다. 하지만 그녀의 외적인 모든 것에 온통 정신이 팔려 있기는 했어도(그녀가 전달하는 시각적인 디테일을 그는 죄다 카메라처럼 기록했다) 아직 그것들과 자신의 욕망을 연결시키지는 못했다. 그의 욕망은 줄곧 수면 상태를 유지했다. 루제에게 어떤 마력이 있어서 그의 그 사악한 면을 억제

하는 것만 같았다.

그때 손을 잡은 것은 루제에 관한 그의 기억에서 가장 따뜻한 장면이 되었다. 그는 자신에게 시간만 충분히 주어진다면 틀림없이 루제를 향한 구애에 성공할 수 있다고 생각했다. 그런데 '구애'라는 의식이 일단 형성되자 그녀를 더 이해하려는 그의 인내심은 온데간데없이 사라졌다. 그는 다른 수컷들처럼 돌변해 이성을 잃고 초조해졌다. 심지어 구애에 성공한 뒤의 일은 생각도 하지 않았다. 정말 한 번도 생각해본 적이 없었다.

그 후로 그들은 거의 매주 만났고 만나면 늘 문학 이야기를 했다. 그는 라오무의 추천을 받아 최신 잡지와 책을 그녀에게 가져다주곤 했다. 그녀는 좋아하기는 했지만 아주 좋은 것 같지는 않았다. 그는 문학을 향한 그녀의 노력이 이미 좌절되었음을 알지 못했다. 어떤 의미에서 그는 그녀를 과소평가했다. 교내 잡지에 글을 실어준 것만으로 그녀의 꿈을 만족시켜줄 수 있다고 생각한 것이다. 하지만 사실 그것은 가장 낮은 시작점일 뿐이었다. 그녀는 더 수준 높은 잡지에 글을 발표해 자신의 능력을 증명하려 했다. 그러나 실패하는 것이 두려워 일부러 그에게 숨기고 있었다. 만약 그녀가 자신의 작품을 계속 그에게 보여주고 의견을 구했다면 아마 모든 것이 달라졌을 것이다. 더 중요한 것은 그 일로 그들의 정신이 더 가까워졌을 것이다. 하지만 운명은 그들의 성격에 의해 일찌감치 결정되어 있었음을 그는 훗날 깨달았다.

그녀는 문학적인 좌절을 숨기고 그에게 낯선 주제들에 관해 이야기하기 시작했다. 경제적 문제가 그중 하나였다. 광저우는 물가가 너무 높아서 그녀의 부모는 그녀를 뒷바라지하기가 힘에 부쳤다. 그래서 그녀는 아르바이트를 하고 싶어했다. 이해하기 힘들었다. 왜냐하면 학교 식당에서 밥을 먹고 필요한 물품을 사는 것 말고는 거의 돈 쓸 일이 없다고 생각했기 때문이다. 그는 천성적으로 돈에 민감하지 않았고 그의 부모도 그 앞에서 돈 이야기는 깊이 숨긴 채 자신 있는 모습만 보였다. 그래서 그는 그녀의 초조함을 이해하지 못했으며 그저 빨리 독립하려고 공부와 일을 병행하려 한다고만 생각했다.

"급하지 않으니까 좀 기다려."

그는 그녀를 달랬다.

"선배 형과 누나들을 보니까 다 삼사 학년 때 아르바이트를 시작하더라. 지금은 우선 전공과목을 잘 배워두는 게 나아."

그는 이런 '정치적으로 옳은' 말로 그녀를 설득하는 데 성공했다. 하지만 확실히 그녀의 초조함을 가라앉히지는 못했다. 그녀는 걸핏하면 경제적 문제의 중요성을 이야기하곤 했다. 하지만 그는 그것이 단지 대화의 주제를 바꿨을 뿐이라고 생각했다. 간혹 그녀를 놀리다가 나중에 의사가 되면 보너스를 잔뜩 받을 수 있을 것이라고 말했다.

그녀가 웃으며 말했다.

"그건 그때 일이지, 지금 그런 말이 무슨 소용이야!"

그는 그녀와 함께 웃다가 또 말했다.

"의대생 친구가 있어서 정말 좋아. 나중에 개인 주치의가 돼 줄 거 아냐."

"아니야."

그녀가 고개를 저었다.

"난 의학을 포기하고 문학을 택할지도 몰라."

"음, 그러면 21세기의 루쉰이 돼봐. 여자 루쉰이 되는 거야."

그는 계속 그녀를 놀렸다.

"나는 나야. 나는 루제라고!"

그녀가 아래턱을 살짝 들었다. 그 모습이 꼭 잘난 체하는 아기 오리 같았다.

그녀는 언제나 그렇게 자신만만했고 그는 그런 그녀가 좋았다. 하지만 그녀가 믿는 것들은 좋아하지 않았다. 단지 그녀의 자신만만한 모습과 상태를 좋아했을 뿐이었다. 그는 그러지 못했지만 마음속으로 그렇게 되고 싶었다. 그래서 자주 자신을 깎아내려 그녀를 기쁘게 했다. 하지만 이런 상태에서도 그들의 관계는 전혀 진전이 없었다. 그가 조금만 욕심을 낼라치면 그녀는 교묘하게 피해가곤 했다. 손을 잡는 것조차 일 분 이상 허용하지 않았다. 그녀는 대단히 능숙하게 대처했다. 예를 들어 물을 마신다는 핑계로 슬쩍 손을 빼서 그의 불타는 격정이 더 지속되지 못하게 만들었다. 그는 늘 어떻게 그녀의 방어선을 돌파할지 고심하곤 했다. 물론 그 '돌파'는 결코 폭력적인 침범이 아니라 합리적으로 선을 넘는 것이어야 했다.

한 달 뒤, 그는 마침내 기회를 잡았다. 처음으로 그녀와 밤을 보내게 된 것이다.

하지만 주의해야 할 것은 이 '밤을 보내는 것'이 그 '밤을 보내는 것'은 아니었다. 다른 뜻은 없고 말 그대로 함께 밤 시간을 보내는 것이었다.

부모의 감시에서 멀리 벗어나 대학의 자유로운 분위기에서 마음껏 구속 없는 밤을 즐기는 것은 많은 젊은이가 꿈에 그리는 일이다. 그들도 예외는 아니었다. 그는 밤에 공부를 마치고 기숙사로 돌아가는 길에 풀밭 깊숙한 곳에 나란히 누워 있는 연인들을 볼 때마다 본능적으로 루제를 떠올리곤 했다. 하지만 루제에게 뭐라고 말을 꺼내야 할지 몰랐다. 똑바로 바라보며 "너랑 풀밭에 함께 눕고 싶어"라고 하면 그녀는 배를 붙잡고 웃을 것 같았다.

어느 날 수업 시간에 그는 라오무와 나란히 앉아 있다가 라오무가 몹시 피곤한지 두 눈에 온통 핏발이 선 것을 보고 궁금해서 물었다.

"라오무, 잠을 못 잤나 보죠?"

라오무는 고개를 절레절레 젓고서 한숨을 쉬며 말했다.

"어젯밤에 한 여자애랑 이야기하다가 밤을 꼬박 샜어."

그 말을 듣고 그가 씩 짓궂은 미소를 짓자 라오무는 말했다.

"못 믿겠어? 진짜야. 북문 쪽 돌계단에 앉아서 밤새 얘기했다고."

그는 깜짝 놀랐다.

"설마 그럴 리가요. 대체 무슨 얘기를 했는데요?"

라오무가 머리를 긁적이며 말했다.

"보들레르 얘기부터 시작해서 그다음에는…… 하나도 생각 안 나."

라오무의 말이 진짜인지 가짜인지는 몰랐지만 적어도 그에게 한 가지 힌트를 주었다. 어느 날 이야기를 나눌 때 루제가 아직 게임방에 가본 적이 없다고 했다. 이때 그는 즉각 그녀에게 게임방에서 밤새 같이 인터넷을 하자고, 그래서 그 혼잡하기 짝이 없는 세계를 경험시켜주겠다고 약속했다. 그는 농담조로 얘기하여 물러설 여지를 남겨두었지만 뜻밖에도 루제는 주저 않고 그러겠다면서 흥분까지 했다. 그녀의 반응은 정말 그의 예상을 크게 뛰어넘었다. 갈망했던 일이 너무 빨리 현실이 되는 바람에 그는 갑자기 심적인 부담감이 커져 어찌할 바를 몰랐다. 그래서 멍청히 웃기만 하고 아무 말도 못했다.

오늘날의 24시간 게임방은 결코 갈 만한 데가 못 된다. 그러나 21세기 초 중국에서 컴퓨터는 아직 새로운 사물이었고 그는 게임방에서 인생의 사상적이고 감정적이며 성적인 깨달음을 여러 가지로 경험했다. 이 중국이라는 나라에서 무척이나 억압받고 거론하기 부끄러운 것들을 훤히 알 수 있는 길을 그곳에서는 찾을 수 있었다. 그는 자기가 사랑하는 사람을 그 은밀하고 광적이며 심지어 사악하기까지 한 길에 데려다주게 되었다. 그래서 루제의 맑은 눈빛을 보며 그는 살짝 전율을 느꼈다.

이튿날 저물녘, 그들은 학교 식당에서 함께 저녁을 먹고 교문을 나서서 버스를 타고 몇 정거장 거리의 시내 외곽 지역으로 갔다. 그 지역은 현지 출신의 친구가 그에게 알려준 곳이었고 그는 이미 여러 번 다녀와서 그곳을 자기 손바닥처럼 훤히 꿰뚫고 있었다. 루제는 수줍음 많은 여고생처럼 그의 뒤를 졸졸 따라왔다. 그가 아무리 걸음을 늦춰도 그와 나란히 걸으려 하지 않았다. 게임방 안은 여느 때처럼 사람들이 들끓고 난리법석이었다. 온갖 희한한 차림의 젊은이들이 컴퓨터 앞에 앉아 이어폰을 낀 채 혼잣말을 했고 어떤 녀석은 발작이라도 하듯 비명을 질러댔다. 그야말로 한 폭의 지옥도 같은 풍경이었다.

그들은 카운터에서 간단히 회원 등록을 한 뒤, 안쪽으로 들어가 몇 바퀴를 돌았지만 두 좌석이 나란히 비어 있는 데는 없었다. 컴퓨터 두 대가 서로 등지고 있는 빈 좌석만 눈에 띄었다.

"아무래도 떨어져서 앉아야겠어."

그는 그 좌석을 가리키며 말했다.

"괜찮아. 사실 마주 보고 있으면 더 안전해. 내가 수시로 너를 볼 수 있으니까."

루제는 혀를 날름 내밀며 부끄럽게 웃었다. 그에게 전부 맡기겠다는 표정이었다. 그들은 마주 보고 앉아서 서로 싱긋 웃은 뒤, 고개 숙여 모니터를 보았다. 그는 슬쩍 눈을 들어 반대편을 훔쳐보았다. 그녀의 작고 하얀 이마밖에 안 보였다. 그 작은 이마는 전례 없이 산뜻해 보였다. 그는 거기에서 모니터의 색이 변화하는 것을 볼 수 있었고 또 거기에서 그녀의 마음과 생각까지 읽을 수 있다는 생각이 들었다.

"너, QQ(중국의 토종 인스턴트 메신저 서비스)랑 MSN 가입했어?"

그는 머리를 들어 그녀의 내리깔린 눈꺼풀을 보며 물었다.

"아직. 들어보기만 했어."

그녀는 머리는 움직이지도 않고 반짝이는 눈동자만 위로 향하게 해 그를 보았다. 그 모습이 무척 예뻐 보였다.

"내가 도와줄게."

그는 일어나서 줄줄이 늘어선 좌석들을 빙 돌아 그녀 곁으로 갔다. 그리고 그녀의 삶을 바꿔놓을 그 두 가지 서비스에 가입하게 도와주었다. 그가 컴퓨터를 조작할 때, 그녀는 온 정신을 집중해 모니터를 응시하고 있었다. 마치 그가 마술의 대가이고 그녀 한 사람을 위해 특별 공연을 하고 있는 것처럼.

그녀는 금세 조작 방법을 익혔으며 그의 도움을 받아 그를 'QQ친구'로 추가했다. 그는 그녀의 친구 목록에 자기 한 명밖에 없는 것을 보고 말할 수 없는 기쁨을 느꼈다.

그가 자기 자리로 돌아온 뒤, 두 사람은 QQ로 메시지를 주고받기 시작했다. 그들은 타자가 너무 느려서 상대방의 메시지를 받으려면 한참을 기다려야 했다. 그녀는 다음 학기에는 꼭 컴퓨터를 마련해 타자 연습을 하겠다고 말했다. 그는 컴퓨터가 너무 비싸다는 생각이 들어 그냥 게임방에 와서 연습을 하면 되지 않느냐고 했다. 그녀는 그가 근시안적이라고 핀잔을 주었다.

"두고 보라고. 앞으로 컴퓨터의 세상이 올 테니까!!!"

그녀는 느낌표를 세 개나 연달아 쳐 넣었다. 웃음소리를 듣고 그는 고개를 들었다. 그녀의 머리꼭지가 간들간들하는 것이 보였다. 그는 미소를 지으며 항복한 뒤, 그녀에게 사이트 주소 몇 개를 보냈다. 그중에는 가십 사이트도 있고, 유머 사이트도 있고, 문학 사이트도 몇 곳 있었다. 잠시 후 그녀가 메시지를 몇 줄 보냈다.

"너무 고마워! 전에 이름만 들어본 작가들인데 드디어 작품을 보게 되었네."

그가 웃는 얼굴 모양의 이모티콘을 하나 보내자 그녀가 답했다.

"집중해서 봐야 하니까 잠깐 이따 다시 얘기해."

잠깐이 몇 시간이 되었다. 전에 그는 컴퓨터의 엄청난 정보의 바다를 마주하면 어김없이 시간의 흐름을 깜박 잊곤 했다. 하지만 그날은 루제가 그의 앞에 앉아 있었다. 그들 사이에는 거대한 크기의 모니터가 두 대나 놓여 있었지만 그는 루제의 숨결이 그것들을 뚫고 자기에게까지 전달된다고 느꼈다. 그것은 어떤 숨결이기에 이토록 신비한 걸까? 뭐라고 형언할 수 없는 가운데 주변이 너무 시끄러워 주의가 흐트러졌다. 그는 곧 저우싱츠周星馳의 영화 한 편을 찾아서 보기 시작했다. 영화 속 유머와 과장이 그를 웃겼다. 그는 점점 영화의 스토리에 빠져들었다.

영화를 다 보고 또 소설까지 잠시 보고서 그는 시간이 벌써 열한 시 반이 된 것을 알았다. 그는 루제에게 메시지를 보냈다.

"어때? 졸려?"

그녀가 답을 했다.

"졸리지는 않은데 목이 너무 말라."

"그러면 내가 음료수를 사올게."

"싫어! 나도 같이 갈래."

"계속 안 놀고?"

"여기 혼자 있고 싶지 않아. 무서워."

"알았어. 그러면 같이 나가서 좀 걷다가 오자."

그는 고개를 들었다. 루제가 벌써 일어나 그를 향해 웃고 있었다. 그는 탐욕스럽게 그 웃는 얼굴을 바라보았다. 마치 아주 오랫동안 떨어져 있었던 것 같았고 장소도 게임방이 아니라 재회의 역 플랫폼인 듯했다. 거리로 나가자 남방의 따뜻하고 축축한 밤공기가 그들을 감쌌다. 그는 막 기슭에 올라온 잠수부처럼 한껏 숨을 들이마셨다. 그녀가 그 모습을 보고 깔깔 웃었다.

"네가 게임방에 처음 온 사람 같아."

그도 크게 웃었다.

"나오니까 안이 얼마나 답답한지 알겠네."

그들은 골목의 음료수 가게에 앉아 그 아름다운 밤을 마음껏 즐겼다. 그녀는 그에게 망고슬러시를 권했다. 모래알처럼 미세한 얼음 입자가 그의 입속에 들어오자마자 녹으면서 망고 향기와 함께 천천히 가슴속에 스며들며 초조함을 싹 날려버렸다. 그는 아무 욕심도 욕구도 없는 상태가 되었다.

그는 루제와 주변의 모든 것을 바라보며 지금 이대로 시간이 멈추기를 바랐다.

그는 갑자기 목이 말랐다. 몸 안에서 사하라 같은 광대한 사막이 입을 딱 벌리고 있는 듯했다. 그는 소파에서 몸부림치며 일어나 물 한 잔을 따라 단숨에 들이켰다. 물은 따뜻했다. 하지만 그는 지금 마신 물이 오래전의 그 슬러시처럼 자신의 가슴을 적셔주기를 바랐다. 하지만 그 시간은 지나가버렸다. 너무나 오랜 세월이 지나가버렸다. 그는 창가로 가서 커튼을 열었다. 바깥은 거리가 아니라 주택가였다. 어느 보일러실의 굴뚝에서 검은 연기가 뿜어져 나왔다. 그 굴뚝 아래의 불길에서 지금 그를 감싸고 있는 온기가 나오고 있는지도 몰랐다. 그런 검은 연기에 공장과 자동차의 매연이 더해져 이 미세먼지에 뒤덮인 도시가 만들어졌다. 루제는 남방의 화창한 햇볕 아래에서 이곳으로 이사 와 십 년을 살았다. 그녀는 모든 것을 가리는 미세먼지 속에서도 아직 남방의 그 따뜻한 풍경들을 기억하고 있을까? 지난 세월에 대한 극도의 그리움으로 그와 마찬가지로 한밤중에 흐느낀 적이 있을까?

모래바람 같은 세월 속에서 그녀에 대한 그의 그리움은 어떤 약속이나 기대와도 같았다. 지금 이 시각, 그는 그 약속과 기대가 실현되기 일 초 전에 처해 있는 듯했다. 그 때문에 어떤 끝없이 허무한 상태에 온몸이 빠져든 채 보이지 않는 열쇠에 스스로 열리는 한 짝의 문이 돼버린 것 같았고, 지금 이곳에 과거와 미래가 한데 모여 우주를 어지럽힐 만한 폭풍으로 변한 듯했다.

그를 견딜 수 없이 부끄럽게 한 것은, 그날 밤의 그의 기억이 속옷만 입은 루제의 모습을 피해갈 수 없었다는 것이었다. 더욱이 지금처럼 지난날을 돌아보는 순간에 그런 장면이 떠오르니 너무나 당황스러웠다. 오랜 세월을 거치며 발효된, 루제를 향한 그의 사랑이 뜻밖에도 변질될 위험에 처했다. 물론 그는 이미 옛날의 그 청년이 아니어서 성과 사랑이 결코 서로 대립적이지 않으며 대부분은 나누기 어려울 만큼 긴밀히 연결돼 있다는 것을 알고 있었다. 하지만 그는 루제와의 관계에서 다이아몬드처럼 응축된 순수한 감정을 남겨두려 했었다. 그것은 이미 그의 신앙으로 굳어지려 했다. 가장 고독한 순간마다 그는 기억의 재로 자신을 덮히곤 했다. 지나간 그 낱낱의 장면들은 반복되는 기억에 닦여 매끄럽고 선명해졌다.

차가운 슬러시를 다 마신 뒤, 그들은 둘 다 그 답답한 게임방으로 돌아가고 싶지 않았다. 그는 심지어 자기가 어떻게 그곳에서 지저분한 공기를 마시며 저녁 시간을 꼬박 보냈는지 불가사의했다. 설마 지금껏 쾌적함을 경험해보지 못해 오히려 지옥에서 기쁨을 느끼는 것일까? 그는 시계를 보았다. 벌써 새벽 한 시가 다 돼가고 있었다. 이제 두 사람은 뭘 해야만 할까? 그는 아무 생각도 안 났다. 그저 그 밤이 시커먼 무쇠덩어리처럼 갈수록 컴컴해진다는 느낌만 들었다. 두 사람은 그런 무쇠덩어리에 에워싸여 있어야 하는 것일까?

"아니면 우리 밤바다나 보러 갈까?"

그는 아이디어가 떠올라 바로 제안했다.

"좋아. 나도 밤바다를 본 적이 없거든."

그녀는 주저 않고 바로 그러자고 했다.

청춘은 그렇게 용감무쌍하다. 그들은 골목을 나와 길을 따라 앞으로 걸어갔다. 그는 삼십 분쯤 걸으면 바다가 보일 것이라고 짐작했다. 아무리 느리게 걸어도 한 시간이면 될 것 같았다. 그는 지금 자신들이 리자청李嘉誠(중화권을 대표하는 기업인이자 중국인 중 최고의 거부)의 어마어마한 재산만큼이나 시간이 넉넉하다고 느꼈다.

길에는 질주하는 자동차 말고는 을씨년스러운 가로등에 비친 그들의 그림자밖에 없었다. 루제가 먼저 그의 손을 잡았다. 그는 그녀가 무서워하는 것을 알고 손을 꼭 쥐어 안심시켰다. 그들의 손이 드디어 오랫동안 하나로 이어졌다. 그녀는 점차 긴장이 풀려 그와 계속 바다 이야기를 나누었다. 그들은 무척 흥분해 있었다. 둘 다 내륙의 도회지에서 바다에 관해 온갖 상상을 하며 자라다가 이곳의 대학에 오고 나서야 처음으로 바다를 보았다. 그는 그녀와 마찬가지로 거의 매주 친구들과 함께 해변에 가서 산책했다. 비록 이곳의 바다는 삼면이 육지로 둘러싸인 내해이기는 했지만 한쪽 면은 끝없는 대해와 이어져 있어 그를 자극하기에 충분했다. 그리고 지금은 밤바다에 대한 동경 때문에 그들은, 특히 루제는 마음속의 공포를 누르고 인류를 시시각각 무한함과 영원함으로 인도해온 그 액체를 향해 거침없이 나아갔다.

정면에서 불어오는 바람이 갑자기 거세지고 짜고 비린 냄새까지 풍기자, 그는 바다가 바로 앞에 있음을 알았다. 하지만 눈앞은 온통 컴컴한 어둠뿐이었다. 등불 하나조차 눈에 안 띄었다. 그의 앞에 비포장도로가 뻗어 있었지만 그 길의 끝도 어둠뿐이었다. 그는 한 가닥 두려움을 느끼면서도 루제의 손에서 대담한 힘을 얻었다. 그래서 그녀의 손을 잡고 오솔길로 접어들었다. 오솔길 끝의 어둠 속으로 들어간 뒤, 두 사람은 자신들이 전혀 다른 세계에 온 듯했다. 원래는 단단했던 어둠이 짙은 먹물처럼 변했고 여기저기에서 시커먼 그림자가 어른거렸다. 그 그림자가 고깃배인지 암초인지 그들이 분간하려 애쓸 때, 갑자기 개가 미친 듯이 짖는 소리가 들렸다.

"우리 돌아가자. 너무 무서워."

루제가 그에게 속삭였다.

만약 루제가 힘껏 그를 뒤로 잡아끌었거나 서로 잡고 있던 손을 놓았다면 그는 즉시 그녀와 함께 뒤돌아서 돌아갔을 것이다. 하지만 루제의 손은 여전히 그의 손아귀 안에 있었고, 또 여전히 부드럽고 따뜻했다. 그래서 그는 지금 돌아가서는 안 된다고 생각했다. 반드시 약속한 대로 그녀에게 난생처음 밤바다를 보게 해줘야 했다.

"괜찮아. 무서워하지 마. 어민들이 키우는 개여서 사람은 안 물어. 천천히 지나가자."

그의 말투는 온화해서 음료수 가게에 있을 때와 전혀 다르지 않았다. 그것에 영향을 받아 그녀는 그를 따르겠다는 듯이 더 이상 말하지 않았다. 그는 자신이 썩 마음에 들어서 개에게 물려도 괜찮다는 생각까지 들었다.

그들은 계속 앞으로 걸어갔다. 다행히 그 개는 쫓아오지 않았다. 그들은 작은 집 몇 채와 나룻배 한 척을 지나갔다. 생선 비린내가 코를 찔러 그들은 손으로 코를 막았다. 마침내 바다에 도착했다. 그곳의 바닷가는 부드러운 백사장은 없고 거대한 암초뿐이었다. 그들은 평평한 암초를 찾아 나란히 앉았다. 구름이 달을 가려 미미한 빛만 새어나왔다. 그래서 바다는 일렁이는 어둠으로 자신의 존재를 알릴 수밖에 없었다.

"이게 바로 밤바다야. 이제 봤지?"

그가 농담하듯이 말했다.

"내가 상상했던 것과 너무 달라."

그녀가 조그맣게 말했다.

"네가 상상했던 건 어땠는데?"

"당연히 아름다웠지. 시가 생각날 정도로. '강가 단풍과 어선의 등불이 마주하고 시름에 겨워 졸고 있네江楓漁火對愁眠'• 같은 시 말이야. 나는 바다가 더 넓은 강이 아닐까 생각했어. 하지만 지금은 그런 생각을 못하지. 바다는 바다야. 강보다 훨씬 신비로워."

"바다를 읊은 시구로 또 아름다운 게 있지."

그는 즉석에서 말했다.

• 당나라 시인 장계張繼의 「풍교야박楓橋夜泊」 일부.

"예를 들면 '해내에 자기를 알아주는 친구가 있으면 하늘 끝도 이웃처럼 가까우리海內存知己, 天涯若比隣'•야."

그의 재치에 그녀는 깔깔 웃었다. 그녀의 웃음소리는 그 밤에 무척 날카롭게 들려서 마치 그녀가 추워하는 것 같은 느낌이 들었다.

"이런 상황에서도 그런 시구가 생각나다니 대단해."

그녀가 잠깐 말을 끊었다가 다시 입을 열었다.

"하지만 나는 이런 상황이 되면 안 좋은 기억들이 막 떠올라."

"얘기해줄 수 있어?"

"난 어렸을 때 행복하지 않았어. 아빠가 감옥에 다녀오신 적이 있거든. 하지만 무슨 일로 그랬는지는 말씀해주지 않으셨어. 당신이 좋은 사람이라는 것만 믿어달라고 하셨지. 사적인 이익 때문이 아니라 내가 이해할 수 없는 다른 이유로 그런 일을 당했다고 하셨어. 나는 아빠를 믿기는 했지만 그런 믿음이 뭔가를 바꿀 수는 없었어. 어릴 때 아빠의 사랑을 못 받아서 겁 많은 아이가 되었고. 나는 많은 것을 두려워했어. 네가 두려워하는 것보다 훨씬 더 많은 것을……."

그녀는 갑자기 하던 말을 뚝 그쳤고 파도 소리만 발치에서 메아리쳤다.

• 당나라 시인 왕발王勃의 「송두소부지임촉주送杜少府之任蜀州」 일부. 해내는 온 세상을 의미한다. 고대 중국인들은 세상이 바다에 둘러싸여 있다고 생각했다.

그는 그녀의 얼굴이 잘 안 보였지만 그녀가 울고 있다는 것을 직감적으로 알아챘다. 곧장 꼭 안아주었고 그녀는 그의 품속에서 가만히 있었다. 그는 차가운 조각상을 안고 있는 것 같았다. 그의 열정은 어두운 몸속에 갇혀 있었고 알 수 없는 먼 곳에서 불어온 바닷바람이 그를 두렵게 했다. 그는 처음으로 이 세계의 무심함과 냉정함을 뼛속 깊이 느꼈다. 동시에 그 느낌이 루제에 대한 그의 감정을 고조시켰고 그는 그녀의 이해할 수 없는 속마음이 바로 진실한 세계로 통하는 경로라는 생각이 들었다. 그는 그녀의 등을 어루만지며 말했다.

"다 잘될 거야. 다 지나갈 거야."

그는 자신의 말이 적절하지 않다는 것을, 마치 루제의 아버지가 아직도 감옥에 있는 듯하다는 것을 의식하지 못했다.

"우리 돌아가자."

루제가 그의 말에 답하지 않고 머리로 살짝 그의 어깨를 떠받치며 말했다.

"여기 있으니까 점점 더 무서워져. 밤바다가 먹물보다 더 검을 줄은 몰랐어. 사람한테 아무 희망도 안 주는 것 같아."

"사실은 말이야, 혹시 너 아니?"

그는 귀밑머리로 그녀의 이마를 부비며 살며시 말했다.

"한낮의 바다도 나는 무서워."

"그래? 왜?"

그녀가 고개를 들어 빤히 그를 보았다. 그녀의 눈빛에 놀라움이 가득했다.

"고향에서 나는 끝도 없는 평원과 사막을 보고 자랐어. 그것들은 모두 현실적이었지. 그런데 바다는 끝없이 넓을 뿐만 아니라 언제 어떻게 변할지 모르잖아. 깊은 곳은 쇳덩어리처럼 시커멓고…… 가장 무서운 것은 내가 바다 깊숙이 가라앉아 의지할 데 없는 허무에 갇힌 채 끝도 없이 떨어지는 환상이 계속 떠오르는 거야."

"그만해, 너무 무서워!"

그녀가 비명을 지르듯 날카롭게 말했다.

그는 굳이 그녀를 달래지 않았다. 그가 한 말은 모두 그의 마음속 깊이 숨겨져 있던 비밀이었다. 그래서 그는 더 말하지 않고 그녀의 손을 잡고서 뒤돌아 걷기 시작했다. 돌아가는 길은 더 무서웠다. 올 때의 호기심이 이미 사라지고 이제 수수께끼 같은 바다의 공포만이 마음속을 꽉 채우고 있었기 때문이다. 그들은 갈수록 걸음이 빨라졌다. 마치 파도 소리가 뒤에서 쫓아와 그들을 붙잡고 그 끝없는 공허 속으로 처넣으려는 것 같았다.

"딩동! 딩동!"

초인종이 울렸다. 그는 얼른 앉아 있던 몸을 쭉 폈고 머릿속의 생각도 싹 사라졌다. 돌연 방 안의 물건들이 원래의 부피와 무게와 위치를 드러냈다. 그 낯선 침대와 의자를 보고 그는 자기가 막 그 방에 온 것 같다는 생각이 들었다. 초인종이 또 두 번 울리고 나서야 그는 방문 쪽으로 다가갔다. 그녀가 틀림없다고 짐작했지만 확신은 할 수 없어 긴장한 목소리로 "누구세요?"라고 물었다. 그리고 상대가 대답도 하기 전에 문구멍으로 밖을 내다보았다. 루제의 얼굴이 바로 그의 눈앞에 있었다. 그의 마음속에 파문이 일고 머릿속이 온통 하얘졌다.

그가 문을 열자마자 그녀가 그를 덮쳤다. 그는 마치 건장한 럭비 선수처럼 그 거대한 충격을 버텼다. 두 사람은 서로 부둥켜안았다. 너무 꽉 안아서 그는 거의 숨이 막힐 뻔했다. 그녀의 몸에서 향수 냄새가 났다. 그런데 그 은은한 향기는 그의 기억 속에서는 찾을 수 없는 것이었다.

뜻밖에도 그녀는 한마디도 하지 않았다. 그는 그녀가 철통같은 방비를 구축하고 예의 바르게 그와 다탁 앞에 마주앉아 차를 마시며 천천히 서로의 안부를 주고받은 뒤, 마지막에야 둘만의 그 옛날의 공간을 열어줄 줄 알았다. 그런데 지금 이런 만남의 방식은 그가 갈망하면서도 감히 욕심내지 못하던 것이었다. 이런 격렬함은 실로 십 년이라는 그 기나긴 세월에 딱 부합되는 것이었다.

몇 분 뒤, 그들은 조금 떨어져서 서로를 훑어보며 조금 어색해했다.

"늦어서 미안해. 많이 기다렸지?"

"아니."

그는 방금 전 누워 있던 소파를 힐끔 보았다.

"너와 함께 있는 것 같았는걸."

그녀가 의혹의 눈빛으로 바라보자 그는 자신의 가슴을 가리켰다. 그녀는 무슨 뜻인지 알아채고 환히 웃으며 천천히 말했다.

"응. 나도 그랬어."

그들은 소리 내어 웃었고 조금 어색했던 분위기도 사라졌다. 그는 자신들이 십 년이 아니라 겨우 열흘 정도 못 만난 것 같았다. 세월의 심연이 뭐라 말할 수 없는 뭔가로 순식간에 메워졌다. 그 느낌은 정말 신기해서 그의 슬픔의 관성까지 한순간에 치유되었다.

"별로 안 변했네."

역시 그녀가 먼저 그에 대해 평가를 했다.

"안 변하긴. 얼굴도 그렇고 배도 그렇고 살이 많이 쪘어."

그가 자조적으로 말했다.

"괜찮은걸 뭐. 나는 십 년이나 못 봐서 너를 못 알아볼 줄 알았어. 그런데 지금 보니 네가 왕푸징(베이징 중심부의 쇼핑 거리)의 인파 속에 있어도 한눈에 알아보겠어."

그녀가 깔깔 웃으며 말했다.

"하하, 이십 년을 못 보면 아마 못 알아볼 거야."

그는 말하면서 노골적으로 그녀를 자세히 살폈다. 그녀는 옆은 갈색 양모 외투를 입고 검정 부츠를 신고 있었으며 그 둘 사이에는 꽉 끼는 보온 바지에 둘러싸인 날씬한 두 다리가 있었다. 그녀는 더 우아하고 여유로워졌고 온몸에서 성숙하고 자신만만한 분위기가 풍겼다. 그는 십 초 정도 그렇게 그녀를 응시하다가 말했다.

"너야말로 전혀 안 변했어. 아직 예쁘고. 아니, 더 예뻐졌어. 눈가에 주름 하나 없잖아."

"겉만 봐서 그래."

그녀가 스스럼없이 그의 손을 잡아 자기 뺨에 대고 말했다.

"만져봐. 탄력이 예전만 못하지? 이게 바로 노화의 전조야."

그의 손이 깨지기 쉬운 예술품을 다루는 것처럼 조심스레 그녀의 뺨을 어루만졌다. 그는 그제야 기억의 눈빛으로 그녀를 보았다. 십 년 전의 그녀와 지금의 그녀는 어쨌든 달랐다. 그녀는 아직 젊어서 육체의 변화는 무시할 수 있을지 몰라도 지난 십 년의 갖가지 삶의 내용이 그녀의 눈웃음에까지 녹아들어 있었다. 그는 그녀의 얼굴에서 전혀 달라진 분위기를 느낄 수 있었다. 그 분위기는 그가 이해할 수 없는 것이었지만 역시 그를 또 매료시켰다. 그는 자신의 손이 그녀의 보드라운 피부에 녹아드는 듯했다. 또한 그녀의 콧방울이 살짝 움직이는 것을 보았고, 가쁜 숨소리를 들었다. 그는 다른 손을 뻗어 두 손으로 살며시 그녀의 얼굴을 감쌌다. 그녀는 눈을 꼭 감고 몸을 작게 떨었다.

그는 더 망설이지 않고 그녀에게 키스를 했다.

그들이 첫 키스를 한 것은 그날 밤 해변에서 도망친 뒤였다. 그들은 점점 더 빨리 걷다가 나중에는 달음질을 쳤다. 올 때와는 다르게 갈 때는 모든 것이 죽음처럼 괴괴했다. 드문드문 들리던 개 짖는 소리조차 말끔히 사라졌다. 그들이 차도 옆에 닿았을 때, 차도에는 자동차 한 대 보이지 않았다. 마치 온 세상이 정지된 것 같았다. 그들은 놀란 가슴을 진정하며 가로등 아래에 서 있었다. 관중 하나 없는 작은 무대 위에 서 있는 느낌이었다. 주변의 모든 것이 다 안전하다는 것을 확인한 뒤, 그들은 구사일생으로 재난을 면한 생존자들처럼 서로를 마주보았다. 그러다가 갑자기 웃음이 터져 나왔고 무슨 이유인지는 몰라도 그 웃음은 갈수록 격렬하게, 그칠 기미도 없이 계속되었다. 그는 누가 그 광경을 보면 틀림없이 자신들을 미친 사람으로 볼 것이라고 믿었다. 웃음이 그쳤을 때, 두 사람은 서로 약속이라도 한 듯 부둥켜안고 키스를 했다. 그의 첫 번째 키스는 유난히 서툴렀다. 입술을 부딪치면서도 어떻게 해야 할지 요령이 부족했다. 그녀도 마찬가지여서 처음에 그의 입술을 깨물고 말았다. 그는 통증과 흥분으로 몸서리를 칠 뻔했다.

하지만 그들의 키스는 곧 자연스러워졌다. 그들의 입술은 저절로 복습을 했고 또 세월이 흘러도 말로 표현하기 어려운 그 기분을 탐색하고 있었다. 그것은 어떤 의식이기도 했다. 모든 절망, 미움, 무기력함 그리고 부끄러움과 욕망까지 전부 합법적으로 은닉할 수 있는 의식이었다. 동시에 기묘한 방식으로 상대방을 향한 자신의 마음을 절절히 표현했다. 인생에서 이런 순간은 극히 드물다. 이런 순간은 시간과 운명의 밖에 존재하기 때문이다.

"숨이 안 쉬어져."

루제가 살며시 그를 밀쳐내고 한껏 숨을 들이마시고는 어색하게 웃었다.

"나도 그래. 너를 보기만 하면 숨이 안 쉬어져."

그도 웃었다. 이제는 그녀를 보면서 자신의 느낌을 솔직하게 말할 수 있게 되었다.

그는 그녀의 어깨를 안고서 나란히 침대 가장자리에 앉았다. 원래 그는 자신들이 벌써 침대 위를 뒹굴고 있을 줄 알았다. 많은 예술영화에서처럼 침대로 오면서 여기저기에 옷을 벗어던진 뒤에 말이다. 하지만 지금 그런 장면이 머릿속을 스치자 그는 속으로 우습기만 했다. 지난 세월의 농도로 인해 그와 루제의 감정은 일찌감치 발효되어 독하고 향기 짙은 술이 돼버렸다. 그렇다. 그는 줄곧 사람의 감정이 술과 가장 닮았다고 생각해왔다. 모든 감정은 짙은 향기로 유혹해오며 강하게 위를 자극하는 독한 기운이 가장 매혹적인 지점이기 때문이었다.

"그동안 어떻게 지냈어?"

그녀가 그의 귀에 대고 물었다.

그들은 십 년간 못 만나기는 했지만 차마 연락을 끊지는 못했다. 특히 삶에 어떤 변화가 생기면 상대방에게 문자로 몇 마디라도 소식을 전했다. 그래서 그들은 서로의 삶에 대해 전혀 모른다고는 할 수 없었고 그동안 서로가 겪은 어려움도 어느 정도는 알고 있었다. 예를 들어 이번에 그들이 베이징에서 만날 수 있었던 것은 "나 이혼했어"라는 루제의 문자 때문이었다. 그는 그 문자를 받고 느낀 충격을 잊을 수 없었다. 지금까지 그는 결혼을 한 적이 없었고 심지어 아직도 결혼을 할 생각이 없었다. 그런데 그녀는 이미 이혼까지 했으니 그 충격은 그녀에게서 직접 결혼을 했다는 말을 들었을 때보다 더 컸다. 가장 납득하기 힘들었던 것은 충격이 가신 뒤, 그의 마음속에 다시 그녀에게 구애하고 싶은 생각이 든 것이었다. 그렇게 자연스럽게 생긴 생각은 희미한 수증기가 어느 순간 물방울로 맺히듯 그 자신이 아직 루제를 사랑한다는 것을 깨닫게 했다. 이것은 도대체 어떤 사랑일까? 그는 알지도, 이해하지도 못했다. 아는 것이라고는 루제가 베이징에 와서 자기와 함께 있어달라고 하자마자 그가 만사를 제쳐놓고 달려왔다는 사실뿐이었다. 사실 지금 그는 한 중학교 여교사와 벌써 반년 넘게 동거 중이었다. 그녀는 순진하고 명랑하며 큰 소리로 웃기를 좋아하는 여자였다. 그래서 그는 "그동안 어떻게 지냈어?"라는 그녀의 외교적인 발언을 듣고는 자기도 모르게 웃고 나서 담담하게 말했다.

"어떻게 지내긴. 너도 다 알면서."

"아니."

루제는 그를 바라보며 집요한 말투로 말했다.

"아니야, 난 몰라."

그는 고개를 돌려 그녀를 보았다. 그녀의 눈이 젖어 있었다. 어느새 검은 아이섀도가 화장할 줄 모르는 여고생처럼 번져 있었다. 마음속의 어떤 부드러운 부분이 건드려지면서 그는 문득 루제의 마음이 이해가 갔다. 그래, 내가 어떻게 지냈더라? 외적인 것은 다 허무한 그림자일 뿐이고 오직 내적인 체험만이 삶의 진정한 느낌이다. 하지만 그 복잡한 사정을 어떻게 말해야 하나? 좋았다거나 나빴다는 단순한 말로 어떻게 그 풍부한 의미를 다 설명할 수 있을까?

"어떻게 지냈느냐가 문제로군."

그는 미소를 지었다. 그 오랜 세월, 햄릿처럼 지내온 삶을 되새기고 있는 듯했다.

"사실은 나도 모르겠어. 내가 잘 지냈는지, 잘 못 지냈는지. 많은 좌절과 기쁨을 겪기는 했지만 다 지난 일이야. 지금 네 곁에 앉아 있으니까 시간이 멈춘 것 같아. 마음도 편안해지고."

그는 천천히 속마음을 털어놓았다. 정말로 마음이 편안했다.

그런 편안한 느낌은 정말로 오랜만이었다.

“하지만 나는 아니야. 너를 보자마자 지난날의 온갖 감정이 다 떠올라.”

그녀는 한숨을 쉬었다.

“네가 촉매라도 되는 것처럼 마음속에서 갑자기 엄청난 화학반응이 일어나고 있다고.”

그는 소리 내어 웃고는 그녀의 목덜미에 얼굴을 묻고 코로 그녀의 체취를 한껏 들이마셨다. 그녀는 간지러워 깔깔 웃었다. 그는 말했다.

“너야말로 나한테 화학반응을 일으켰어.”

그의 남자로서의 본능이 솟구치는 불꽃처럼 타오르기 시작했다. 그가 옷을 벗기려 하자 긴장한 그녀의 몸이 팽팽한 바이올린 현처럼 경직되었다. 처음 이렇게 했을 때도 그녀가 이런 상태가 되었던 기억이 떠올랐다. 그래서 마치 나쁜 짓이라도 저지르는 것처럼 그녀보다 더 긴장했었다.

그날 밤, 그들은 가로등 밑에서 키스를 하고 다시 걸음을 재촉했다. 그러다가 너무 지쳐 길가의 화단에 나란히 앉아 시큰대는 두 다리를 쉬게 했다. 밤은 끝이 없는 듯했다. 그 전까지 그는 밤이 그렇게 긴 줄 몰랐다. 사랑하는 사람과 함께 이런저런 얘기를 나누다보면 그냥 휠쩍 지나갈 줄 알았다. 하지만 이제 와서는 자고 갈 곳을 찾아야 하나 고민해야 했다. 그때 ‘여관’이라는 말이 떠올라 그는 부끄러운 마음이 들었다. 하지만 바로 그 부끄러움이 그의 욕망을 흔들어 깨웠고 그는 마음속에서 들려오는 어떤 목소리에 사로잡혔다. 그 목소리는 반드시 그래야만 한다고 그를 부추겼다. 그는 입을 열려다가 멈추고 당황한 기색으로 우물거렸다. 그녀가 재빨리 그가 이상하다는 것을 눈치채고서 왜 그러냐고 계속 캐물었다. 그는 어물대다가 겨우 너무 졸려서 그런다고 말했다.

"졸리다고?"

그녀가 친절하게 말했다.

"그러면 우리 어디 가서 자고 가자."

그는 이 말이 그녀의 입에서 그렇게 자연스럽게, 그리고 반가우면서도 딱 알맞게 나올 줄은 꿈에도 생각지 못했다. 그래서 고개를 끄덕이는 것 말고는 아무 말도 하지 못했다. 결국 묵을 여관까지 그녀가 그를 데리고 찾아주었다. 그녀의 부모가 처음 그녀를 대학에 데려다줄 때 묵은 곳이었는데 지금은 그들이 도시를 가로질러 가도록 인도해주는 좌표가 되었다. 졸린 눈의 여자 종업원이 그들을 보았을 때, 그는 가슴이 쿵쿵 뛰었다. 그들이 무슨 관계인지 그녀가 불쑥 묻지 않을까 두려웠다. 하지만 그녀는 아무것도 묻지 않았고 귀찮아하며 그들에게 숙박계만 작성하게 했다. 삼 층의 작은 방 앞에 갔을 때, 그들은 안에 침대 하나만 덩그러니 놓여 있는 것을 발견했다. 그는 얼굴이 벌게져서 겨우 입을 열었다.

"오늘 밤은 내가 바닥에서 자면 되겠네."

그녀는 방에 들어가서 침대 위에 앉아 아무 말도 하지 않았다.

"우리 처음 여관에 갔던 거 기억나?"

그녀가 갑자기 물었다. 그녀의 몸은 그의 공략으로 벌써 발가벗겨져 있었다. 그런 상태가 되자 그녀는 오히려 긴장이 풀려 두 사람만의 기억이 떠오른 것이다.

"기억나. 어떻게 기억이 안 나겠어?"

그는 감히 그녀의 몸을 똑바로 볼 수가 없어 몸을 굽혀 그녀를 껴안았다. 마치 자신의 죄상을 은폐하려는 것 같았다.

"그때 너, 어쩌면 그렇게 겁쟁이였는지 몰라."

그녀가 그의 품속에서 웃음을 터뜨렸다. 그는 그녀가 무엇을 말하는지 알고 있었다. 당시 그는 겁에 질려 그녀 옆에 앉은 채 어쩔 줄을 몰랐다. 그녀는 그에게 먼저 자라고 했지만 그는 말도 안 듣고 바보처럼 그렇게 앉아만 있었다. 그러다가 역시 그녀가 먼저 일어나 욕실에 가서 샤워를 했다. 그는 혼자 침대 위에 앉아 절망을 느꼈다. 용기를 내기가 어려웠고 또 그날 밤을 놓치고서 평생을 후회하게 될까 두려웠다. 하지만 어쨌든 루제가 샤워를 마치고 나오면 다가가서 그녀를 껴안기로 마음먹었다. 그는 마음속으로 결의를 다지고 또 다졌다. 그런데 그녀가 나왔는데도 그는 제자리에서 꼼짝도 하지 못했다.

"맞아. 나도 그때 내가 왜 그렇게 겁이 많았는지 이해가 안 가. 마치 뭐 같았는지 알아? 먹을 걸 훔치려는 생쥐 같았다니까."

그는 정말로 생쥐처럼 그녀의 가슴에 얼굴을 대고 있었다.

"하지만 나도 그렇게 빨리 너랑 한 방에 있게 될 줄은 몰랐어."

루제가 그의 옷 속에 손을 넣어 그의 등을 어루만졌다.

"그때 너는 어쩌면 그렇게 대담했지?"

그가 장난스레 웃으며 말했다.

"그 전에 한 번도 연애한 적 없다는 거, 나 속인 거지?"

"뭐야?"

그녀가 그를 때리며 말했다.

"뻔뻔스럽게 그런 말이 나와? 나도 너한테 속았다고."

그는 자기가 그녀를 속였다고는 생각하지 않았다. 그녀가 샤워를 마치고 나오자, 그는 잠깐 망설이다가 자기도 샤워를 하겠다고 했다. 그리고 자기도 샤워를 마치고 나와서는 그녀가 침대에 누워 있는 것을 발견했다. 그녀는 벌써 잠들어버린 듯했다. 그는 살금살금 다가가 그녀를 내려다보았다. 꼼짝도 않은 채 고르게 숨을 쉬고 있었다. 그는 순간적으로 긴장이 탁 풀리는 것을 느꼈다. 잠시 후, 침대 등을 끄고 느릿느릿 침대 위에 올라가 그녀와 나란히 누웠다. 어둠 속에서 그녀의 숨결이 그녀의 존재를 상기시켰다. 그 거대하지만 허망한 존재로 인해 그는 그녀를 건드리지 못했고 또 그녀에게 뒤덮였다. 하지만 그는 손을 뻗어 조금씩 조금씩 그 존재의 핵심적인 부분을 탐색해갔다. 그 단단하면서도 또 부드럽기 그지없는 몸에 닿을 때까지. 그는 심장이 튀어나올 것만 같았다. 그녀는 정말로 잠이 들었는지 아무 반응도 없었다. 그는 더 대담해져 온몸을 그녀 옆에 붙였다. 자신이 완전히 불이 붙은 것을 느꼈다.

"너는 나를 속였고 나도 너를 속였나봐. 하지만 내 생각에는 우리 둘 다 속은 것 같아."

그는 그녀의 귓가에 대고 말장난 같은 이야기를 했다.

"그러면 우리는 누구한테 속은 건데?"

루제가 물었다.

"말하기 힘든걸. 아마 우리가 겪은 모든 일일 거야."

루제는 더 말하지 않고 그에게 입을 맞췄다. 그 입맞춤이 얽히고설킨 과거의 상념 속에서 그를 빼냈다. 그는 그녀에게 입맞춤을 돌려준 뒤, 훌훌 옷을 벗어던졌다. 그러고는 오래전의 그 꿈결 같던 일을 복습하듯 그녀에게 들어갔다.

그와 루제의 첫날밤은 결코 그가 처음 금단의 과실을 맛보는 첫날밤은 되지 못했다. 그가 자신을 꽉 끌어안자 드디어 그녀가 반응을 했다. 나중에 생각해도 빙긋 웃음이 나올 말을 그에게 했다.

"살살 좀 해. 이러다 너한테 졸려서 죽겠다."

그는 얼른 팔에서 힘을 빼고 자기가 너무 거칠었다는 것을 깨달았다. 여신 앞에서 몹시 부끄럽고 자기가 비천하게 느껴졌다. 그는 겸허한 마음으로 거의 키스를 할 뻔했다. 입을 맞춘 부분이 그녀의 입술이 아니라 목이었을 뿐이었다. 그것은 그에게 단순한 위치의 변화가 아니라 어떤 질적 변화였다. 그녀의 정신만 바라보던 상태가 끝나고 이제 드디어 그녀의 몸을, 그가 지금껏 자신을 억누르면서도 갈망해왔던 그녀의 육체를 마주하게 되었다.

그는 조심스레 그 신비한 몸에 입을 맞췄다. 마치 참배의 의식을 치르고 있는 듯했다. 그녀의 가슴을 속박하고 있는 물건을 떼어내버리고 싶었지만 그는 너무 서툴러서 끝내 해결할 방법을 찾지 못했다. 그녀도 그를 도와주지 않았다. 다음번에나 그를 도와줄 것 같았고 이번에는 어쩔 수 없이 잔뜩 웅크리고만 있었다. 그는 다른 방도가 없어 결국 또다시 거칠어졌다. 그 장애물을 피해 곧바로 목표 지점으로 향했다. 하지만 또 다른 장애물도 호락호락하지 않았다. 그곳은 모든 부끄러움의 은밀한 근원이어서 더더욱 그녀의 협조가 필요했다. 그는 뒤로 물러날 수밖에 없었다. 더구나 이 정도로 만족해야 하지 않느냐는 생각도 들었다. 이미 그의 기대를 한참 뛰어넘은 상황이었기 때문이다. 애초에 그는 단지 그녀와 게임방에서 같이 하룻밤을 보내는 것을 기대했을 뿐이었다.

하지만 여전히 억제할 수 없는 광기에 빠져 있던 그는 처음으로 대담한 짓을 저질렀다. 그들의 몸을 덮고 있던 이불을 치워 광활한 세상 속에 그들의 적나라한 몸을 드러냈다. 그녀는 소스라치게 놀랐고 고요한 상태에서 벗어나 두려운 목소리로 그에게 물었다.

"너…… 너 뭘 하려는 거야?"

그는 애써 냉정하게 말했다.

"너를 보고 싶어."

그들의 눈은 벌써 실내의 희미한 빛에 익숙해져 상대방의 표정까지 똑똑히 볼 수 있었다. 그녀는 꼼짝도 하지 않았다. 그저 천천히 두 손을 들어 자신의 얼굴을 가렸다. 그 순간, 그는 그녀에게 감동했다. 원래는 그녀가 자신의 은밀한 곳을 가릴 것이라고 생각했다. 하지만 그녀는 그에게 그토록 너그럽고 친절했으며 사려가 깊었다. 그 순간 가장 필요했던 것은 잠시 영혼의 눈을 감고 스포트라이트 아래의 예술품처럼 몸을 환히 드러내는 것이었다. 그 후로도 그가 그토록 오래 그녀를 사랑했던 것은 대부분 그 미묘한 순간 때문이었다. 그는 온 정신을 집중해 그녀의 몸을 감상했다. 그 몸의 에로틱한 느낌이 거의 다 사라지고 육체 그 자체가 아닌, 생명의 찬가가 남을 때까지. 그는 황홀함 속에서 그 고요한 찬가가 마음속에서 천천히 솟아오르는 듯했다.

그 기나긴 밤은 마침내 지나갔고 지나가고 나니 오히려 너무 짧았다는 느낌이 들었다. 그들은 정력이 왕성한 만큼 수면욕도 왕성했다. 그는 자신들이 어떻게 잠이 들었는지 기억이 나지 않았다. 단지 이튿날 잠에서 깨보니 벌써 11시 50분이었고 침대 맡 캐비닛 위의 전화가 요란하게 울리고 있었다. 그가 전화를 받으니 여관 종업원이었다. 계속 묵을지, 아니면 체크아웃할지 그에게 물었다. 그는 맥없는 목소리로 말했다.

"나갈 거예요."

"그럼 서둘러요. 열두 시에 체크아웃이니까."

말을 마치자마자 상대방은 전화를 끊었다. 루제도 깨어나서 고개를 숙인 채 부끄럽게 웃으며 말했다.

"그러면 우리 일어나자."

그는 미지의 공포와 맞닥뜨린 듯 갑자기 그녀를 껴안고 싶어졌다. 하지만 그녀는 그의 손길을 뿌리쳤다.

"안 돼. 빨리 옷 입어. 창피해 죽겠어!"

그녀는 장난스럽게 말했지만 그는 그것이 단호한 거절임을 알았다. 그는 어쩔 수 없이 옷을 입었고 그녀는 그를 돌아서게 한 뒤에야 옷을 입었다. 그의 마음은 실의로 가득했다. 그는 알고 있었다. 아름다운 밤이 지나고 두 사람의 운명에 극적인 변화가 일어났음을. 그는 왠지 모르게 그 변화에서 불길한 예감을 느꼈다.

밖에 나왔을 때 그들은 정오의 태양이 너무 눈부셔 눈을 뜰 수가 없었다. 그것은 지난밤의 깊이를 알 수 없던 짙은 어둠과 완벽한 대비를 이뤘다. 지난밤이 꿈같았는지, 아니면 지금이 더 꿈같은지 알 수가 없었다. 그와 그녀는 나란히 대로를 걸어 학교로 돌아가기 시작했다. 길가 고층 건물의 유리벽에서 반사되는 강렬한 광선이 마치 그들을 매섭게 째려보고 있는 듯했다. 시멘트를 가득 실은 트럭과 승객들로 붐비는 버스가 곁을 휙휙 지나치며 마치 어떤 형용하기 힘든 위기가 도사리고 있다고 시끄럽게 경고하는 듯했다. 그들은 한마디도 하지 못했다. 학교에 도착한 뒤, 그가 같이 식당에 가서 밥을 먹자고 했지만 그녀는 고개를 저었다. 너무 피곤해서 기숙사에 돌아가 쉬어야겠다고 말했다. 멀어지는 그녀의 뒷모습을 보고 있으려니 갑자기 지난밤의 장면들이 하나하나 떠올라서 그는 꼭 가상의 사물을 획득한 사냥꾼처럼 다시 감정이 부풀어 올랐다. 그가 그토록 가까이 갈 수 있게 그녀가 허락해주었으니 두 사람의 앞날은 틀림없이 희망이 가득할 것이라는 생각이 들었다.

그 후로 며칠 동안 그는 하루가 일 년처럼 느껴졌다. 그날 밤이 자신을 유혹하고 있다기보다는 자신을 해치고 있는 것 같았다. 그는 고통스러운 압박감을 느꼈다. 몹시도 절박하게 그날 밤의 모든 것을 복습하고 싶었다. 그 절반의 농도여도 상관없었다.

하지만 루제는 그날 밤을 잊었는지 더 이상 먼저 그에게 연락하지 않았다. 그가 전화를 걸면 그녀는 번번이 바쁘다고, 시간이 없다고 말했다. 그녀의 말투는 냉담하다고는 할 수 없었지만 더는 친절하지 않았다. 그가 예감한 위험이 현실로 바뀌고 있었다. 그는 어떻게든 그 순간이 오는 것을 늦추고 싶었다. 그래서 그녀를 압박하는 대신, 전화를 걸고 안부를 물으며 그녀의 목소리를 듣는 것만으로 만족하는 관계를 조심스레 유지해갔다. 그런데 어느 날, 그녀가 먼저 전화를 걸어와 만나서 이야기를 하자고 했다. 그는 삽시간에 머릿속이 까매졌다. 약속 시간이 그가 기대했던 아름다운 밤이 아니라 햇빛이 독하게 내리쬐는, 모두가 방 안에서 더위를 피하거나 낮잠을 자는 정오였기 때문이다. 그런 시간에 만나자고 하는 것은 분명 잔혹한 이야기를 꺼내려는 의도임이 틀림없었다. 그 순간은 그의 예상보다 훨씬 일찍 다가왔다. 그는 자신에게 시간과 기회가 더 있을 줄 알았다. 하지만 이제 그는 전장에 나가기도 전에 무장 해제된 병사처럼 어떻게 해야 할지 갈피를 잡을 수 없었다.

그들은 약속 장소인 운동장 입구에서 마주쳤다. 루제는 와인색 원피스를 입고 있었는데 이유 없이 더 성숙해 보여서 그를 두렵게 했다. 그들은 아무도 없는 트랙 위를 천천히 걸었다. 트랙 저편에서 뜨거운 열기가 눈부신 흰빛 속으로 모락모락 올라가고 있었다. 그는 그녀에게 인사를 한 뒤로 한마디도 하지 않았다.

먼저 판을 깨뜨리고 싶지 않았다. 그는 그녀의 심판을 기다리고 있었다. 그들은 트랙을 한 바퀴 돌아 제자리로 돌아왔다. 그녀가 무척 힘들어하는 표정으로 그를 바라보며 말했다.

"나, 남자친구가 생겼어."

"뭐라고?"

그의 첫 번째 반응은 질문이었다.

"언제? 요 며칠 사이에?"

"아니. 너를 알기 일주일 전에."

그는 믿을 수가 없어서 말을 더듬었다.

"네 말은, 그러니까 쭉 남자친구를 속이고 나랑 사귀었다는 거야?"

"그런 식으로 말하지 마."

"그러면 뭐라고 말해?"

그는 그 자리에 못 박힌 듯 꼼짝도 않고 서 있었다.

"내 말은, 너를 알기 일주일 전에 걔를 알았다는 거야. 그때 나는 아직 걔랑 사귀지도 않았다고."

"그러면 너는 쭉 우리를 비교하며 골랐다는 거야?"

"네가 그렇게 생각하면 나도 할 말이 없어."

그녀는 고개를 숙인 채 그의 눈길을 피했다.

"왜 나를 안 택했지?"

그는 자기가 울먹일까봐 이를 악물고 목소리를 내리깔았다.

그러니까 거만하고 화가 난 것처럼 보였다.

"나랑 걔는 둘 다 학교 토론 동아리 소속이야. 처음에 나는 정말 바빴어. 쭉 집중 훈련을 받다보니까 걔랑 만날 기회가 더 많더라고."

"그다음에는?"

"너는 걔랑 달라. 나는 언제나 네가 나와 너무 비슷한 것 같았고 너를 좋아하게 될까 두려웠어. 그런데 걔는 강한 애여서 걔의 구애를 당해낼 수 없었어."

그녀는 갑자기 쪼그리고 앉아 머리를 흔들었다. 긴 머리가 흐트러지자 그녀는 꼭 희한한 모양의 식물 같았다.

"아, 사실은 나도 모르겠어. 뭐라고 말해야 할지 모르겠다고! 아마 나는 내 삶을 완전히 새롭게 시작하고 싶은 것 같아."

그 식물이 불분명한 목소리로 말했다.

그가 무슨 할 말이 있었겠는가? 운명의 그 갑작스러운 내습을 말없이 받아들이고 정오의 그 눈부신 햇빛을 참듯이, 바늘로 찌르는 듯한 마음의 고통을 참는 수밖에 없었다.

막 시작하자마자 끝이 나버렸으니 쉽게 단념할 수 있을 리가 없었다. 그날 정오가 지난 뒤에도 그는 여전히 자기 마음속에서 그녀를 몰아내지 못했다. 그래서 얼마나 많이 루제에게 자신의 쌓인 감정을 털어놓고 싶었는지 몰랐다. 그녀를 감동시키지는 못해도 최소한 자기라도 감동시키고 싶었다. 하지만 매번 용기를 낼 때마다 그는 그날 밤의 기억이 낳은 어떤 높이를 넘지 못했다. 괜히 허튼짓을 저질러 그 아름다운 기억도 폐허로 만들까 봐 두려웠다. 나중에 그는 아무렇지도 않은 듯 가장하고 루제가 원하는 대로 그녀와 계속 '친구'가 되었다. 그리고 루제의 선택도 어느 정도 이해하게 되었다. 그들이 처음 사귀었을 때부터 그는 루제가 확실성이 높은 것을 갈망하는 데 반해, 자신은 늘 자기도 모르게 가능성을 좋아한다는 것을 알았다. 그의 그 가능성의 세계 안에서 루제는 어떤 튼튼한 손잡이를 붙잡을 수 없었을 것이다.

그러나 그에게 이성은 전혀 도움이 되지 않았다. 신비하고 애매한 감정의 세계는 일단 열리고 나면 영원히 다시 닫을 수 없다. 그는 그녀와의 관계가 가져온 아픔과 실망과 목마름을 잊기 위해서 적극적으로 애정 편력에 나섰다. 그날 밤이 그의 한 남자로서의 기질에 은밀한 선물을 가져다주었다. 그는 여자들과의 관계에서 성숙해지고 노련해졌다. 그래서 겨우 한 달 사이에 철학과와 사학과의 두 여학생과 연이어 사귀었다. 물론 그는 사기쳐서 여색을 취하는 호색한은 아니었다. 단지 가라앉힐 길 없는 감정의 파도를 그녀들과 함께 나눴을 뿐이었다. 그는 그녀들과 잠을 자지도 않았다. 그것은 루제와의 그 밤과 맺은 보이지 않는 약속 같았다. 비록 혼자 일방적으로 맺은 것이기는 했지만 그는 그 약속을 배반할 수 없었다.

한 학기가 지났다. 그는 감정적 경험이 풍부해져서 여자들 앞에서 갈수록 여유로워지고 말솜씨도 능수능란해졌다. 그래서 그를 질투하는 남학생들에게 '로맨틱 가이'라고 불리기도 했다. 그 기간에 그는 자기가 이미 루제를 잊고, 그날 밤도 잊었다고 생각했다. 그런데 어느 날, 루제에게서 전화가 왔다. 그가 전화를 받자마자 루제는 울면서 그 남자와 헤어졌다고, 그 남자는 아예 자기가 원하던 사람이 아니었다고 말했다. 그녀가 울며 호소하자 그는 마음속의 어떤 부분이 부드러워지는 것을 느꼈다. 이어서 지금이 그녀를 공략할 절호의 기회임을 깨달았다. 그런데 뜻밖에도 그의 마음속에서 강력한 반항의 목소리가 들렸다. 그것은 그녀에 대한 복수심에서 나온 것도, 그녀에 대한 실망과 불신에서 나온 것도 아니었다. 그 아름다운 밤에 대한 절망에서 나온 것이었다. 그와 그녀는 둘 다 길지 않은 시간 동안 이미 변해버렸다. 그들의 청춘은 리트머스지처럼 민감해서 아주 작은 변화라도 그들의 삶에서 나타났다. 그는 신중해져야만 했고 열정이라는 말은 입에도 담지 않게 되었다.

만나자고 하는 그녀의 제의를 그는 응낙했다.

그런데 생각지도 못하게 그는 루제와 마주했을 때 꼭 스카이다이버가 땅에 떨어지는 순간 꽈배기 모양의 밧줄에 칭칭 감기듯 반항할 힘도 발버둥 칠 방법도 없었다. 그는 루제의 눈빛을 보기가 두려웠다. 그녀의 눈빛은 예전처럼 맑고 투명해 보였다.

마치 아무 일도 일어난 적이 없는 것처럼. 마치 그녀가 아직도 처음처럼 순진하고, 또 시간이 역류하여 그들이 서로 처음 만났을 때로 돌아간 것처럼.

그녀는 희디흰 원피스 차림이었으며 치맛자락이 동그란 무릎 위에 꼭 알맞게 놓여 있었다. 그는 그녀가 신은 굽 높은 분홍색 샌들과 샌들 틈으로 드러난 발가락이 귀여운 새끼 동물처럼 머리를 내밀고 있는 것을 보았다. 그녀는 이미 자신의 아름다움을 인지했고 더 적절히 그것을 드러낼 줄 알았다. 그는 조금 마음이 설렜지만 그도 이미 자신을 억제할 줄 알았으며, 또 충분히 인내심을 갖고 시간 속에서 발효되는 청춘을 음미할 줄도 알았다.

그와 그녀는 나란히 학교 건너편의 커피숍으로 향했다. 운동장을 지나갈 때, 그는 고개를 돌려 사람들로 미어터지는 트랙을 바라보았다. 아직도 가슴을 찌르는 듯한 통증이 느껴졌다. 하지만 그녀는 앞만 보며 걷고 있었다. 가슴속에 근심이 가득하여 얼마 전의 그 잔혹한 순간은 자신과 무관하다고 생각하는 듯했다. 바로 그 순간, 그는 불현듯 그녀에게 억제할 수 없는 분노를 느꼈다. 그 분노는 당연히 지난번 그녀의 거절과 관계가 있었지만 좀더 추상적인 성질을 띤 채 일종의 내밀한 적의로 변해버렸다. 그 적의는 그의 사랑과 마찬가지로 설명할 수 없으면서도 그의 삶 위에 압도적으로 존재했다. 그는 자기가 어떤 확실한 것들을, 예컨대 인정이나 성공, 심지어 금전을 갈망하기 시작했다는 것을 깨달았다. 루제가 자신에게 준 고통을 일종의 가능성의 실패로 귀결 지은 것이다. 그는 루제가 옳다고 생각한 것은 결코 아니었다. 단지 가능성의 매력은 확실성의 기초 위에 세워져야 한다는 생각이 들었을 뿐이었다. 그는 스스로 진리를 찾았다고, 승기를 잡았다고 확신했다.

그들은 커피숍의 창가 쪽 자리에 앉았다. 그는 두 사람이 맨 처음 레스토랑에서 식사를 하던 장면이 떠올랐다. 그들은 그녀의 시에 관해 열띤 토론을 벌이며 즐거워했다. 그는 그녀가 아직도 잡지에 투고하고 있는지는 몰랐지만 계속 시를 쓰고 자신의 QQ 미니 홈페이지에 올리고 있다는 것은 알고 있었다. 그는 매번 그녀의 시를 읽고 나서 자신의 흔적을 지웠다. 그 이유는 무엇보다도 자기가 아직도 그렇게 은밀히 그녀를 주목하고 있다는 것을 들키고 싶지 않았기 때문이었다. 하지만 그것 말고도 더 중요한 이유가 있었는데, 그것은 바로 그녀의 시가 갈수록 안 좋아지고 전에는 눈에 확 띄었던 재기가 번잡한 수사에 가려지고 있었기 때문이었다. 그녀는 여전히 글을 쓸 때 남의 눈을 의식했다. 마음속의 열정이 부족해질수록 더 스스로를 치장했고 그것이 오히려 글을 망쳤다. 그는 그런 그녀가 안타까웠다.

"요즘 바빠? 통 연락도 없고."

그녀가 울적한 표정으로 그를 바라보았다.

"응, 바빠."

그는 그녀에게 미소조차 지어주고 싶지 않았다.

"자화, 너 내가 싫어졌구나."

그녀가 고개를 푹 숙이고 말했다.

"아니야. 왜 그런 소리를 해?"

그는 즉시 마음이 약해졌다.

"위로해줄 필요 없어. 나는 다 알아."

그녀가 창밖을 바라보았다. 그는 그녀의 눈썹이 말끔히 다듬어지고 가장자리도 선명하게 그려져 있는 것을 보았다. 그녀의 눈은 영롱한 수정처럼 맑고 깨끗했다.

"루제, 나 여자친구가 생겼어."

그는 그녀의 눈을 응시하며 무심코 말했다. 이야기를 하는 사이에 미움이 불쑥 찾아들었다. 그 자신도 예상치 못한 일이었다. 그는 그 아름다운 밤의 깃발을 높이 치켜들고 있었다. 마치 그녀에게 선전 포고를 할 수 있는 도덕적 권리라도 얻은 것처럼.

"정말?"

그녀가 얼굴을 돌려 똑바로 그를 쳐다보았다. 순간 그녀의 눈에 당황한 기색이 스쳤다가 금세 의혹으로 변했다. 도저히 이해할 수 없는 일이라고 생각하는 듯했다.

"철학과 애야. 우리는 늘 하이데거의 철학과 횔덜린의 시에 관해 이야기해. 그 애도 시를 아주 잘 써."

그는 마음속으로 만들어낸 여자에 관해 묘사하면서 아찔한 쾌감을 느꼈다.

"나한테도 소개해줄 수 있어?"

그녀는 방금 전의 우울함을 떨치고 짐짓 흥분한 척했다. 마치 탐정이 사건의 실마리를 찾은 듯한 표정이었다.

"그럼. 다음에 소개해줄게."

그는 소리 내어 웃었다.

하지만 그녀는 웃지 않고 더 오랫동안 창밖을 바라보았다. 그는 그녀의 맑은 눈가에 자욱한 안개가 어리는 것에 주목했다. 그것은 그들의 고향인 서북 지역의 겨울 창문 같았다. 일찍이 그는 숱한 아침을 교실 책상에 앉아 그런 안개를 응시하며 보냈다. 마치 그 안개를 통해 불확실한 자신의 미래를 똑똑히 볼 수 있을 것처럼. 지금 그가 그 안개를 통해 본 것은 자신에 대한 그녀 마음속의 불확실한 감정이었다. 순간적으로 그는 가슴을 에는 듯한 억울함을 느꼈다. 이어서 그 억울함은 어떤 깊디깊은 슬픔으로 번졌다.

그는 깨달았다. 자신이 영원히 루제를 잃었음을.

어둠 속에서 절정에 오르며 그는 자기가 겪은 모든 밤이 하나로 녹아드는 것을 느꼈다. 그 밤들은 그 순간 모두 그의 생명 속에 도래했고 그의 생명은 또 그 밤들에 의해 매번 단단해지고 형태를 갖췄다. 그는 몹시도 영원한 존재를 갈망했다. 루제의 애교

스러운 얼굴을 보았을 때, 그는 루제에 대한 자신의 사랑이 비록 영원하다고는 할 수 없지만 적어도 영원에 대한 가정 혹은 발명이라고 생각했다. 언젠가 그녀는 그에게 문학적인 방식으로 이런 말을 한 적이 있었다. 자기는 그를 영원 속에 남기기 위해 언제나 그를 멀리하는 쪽을 택했다고. 그런데 이상하게도 그는 그녀를 영원 속에 남기기 위해 갖은 수단을 다 써서 그녀에게 접근하려 했다. 똑같은 목표인데도 어째서 방식은 두 가지가 전혀 달랐을까?

그는 그녀의 몸을 쓰다듬고 있었다. 피부가 땀에 젖었고 숨을 쉴 때마다 리드미컬하게 오르락내리락했다. 그 안에 마치 무한한 에너지라도 들어 있는 듯했다. 이어서 그의 손이 그녀의 복부에 있는 흉터 위에 멈췄다. 그는 그것이 낯설지 않았다. 그녀가 어릴 적 맹장염 수술을 받은 흔적이었다. 그는 그녀와의 첫 번째 밤에는 그 흉터의 존재를 몰랐다. 대학 졸업 전, 그녀와 함께 보낸 두 번째 밤에 비로소 그 흉터를 발견했다. 그 두 번째 밤은 필연적으로 더 완전한 밤이자 슬픈 밤이었다. 그 밤 전에 그들은 이미 각자의 인생을 시작했다.

당연히 그는 '여자친구'를 그녀에게 소개시켜주지 못했다. 그런데 그 후로 그들의 관계는 이상하게 변했다. 그들은 만나는 횟수가 줄어들기는커녕 거꾸로 늘어나서 거의 처음 사귀었을 때에 육박했다. 달라진 것은 서로의 감정에 대해서는 입을 다물고 문학과 일상, 루제를 힘들게 하던 해부학에 대해서만 이야기하게 된 것이었다. 바로 그 기간에 그는 본격적으로 소설을 쓰기 시작했고 그것은 틀림없이 루제의 영향 때문이었다. 그런데 그 영향은 문학에 대한 그녀의 뜨거운 사랑이 아니라 그녀가 그에게 입힌 마음의 상처에서 비롯되었다. 그는 시를 택하지 않고 소설을 택했다. 자신의 가능성의 세계에서 끊임없이 가설을 세워야만 했기 때문이었다. 그 가설들은 저마다 허구의 여정을 촉발했다. 그는 루제를 만날 때마다 이런 말을 하곤 했다.

"나는 계속 너를 내 작품 안에 남기고 있어."

남은 대학 시절은 갈수록 빠르게, 가속도로 지나가서 그들은 곧 졸업을 하게 되었다. 그는 신문사에서 일하기로 했고 루제는 성적이 뛰어나 베이징의 한 의과대학에서 석사 과정을 밟게 되었다. 졸업식이 있던 날 밤, 그들은 서로 약속을 하고 함께 밤을 보낸 그 작은 여관에 갔다. 그때와 똑같은 방 안에서 두 사람은 기대한 지 오래된 의식을 완성하듯 섹스를 했다. 그 의식이 끝난 뒤, 그들은 문득 심신이 편안해지는 것을 느꼈다. 그는 그녀를, 또 그녀는 그를 바라보았다. 부끄러움과 두려움에 뒤따르는 갖가지 갈등은 이미 연기처럼 사라졌다. 마음의 평정을 얻은 그때, 그는 그녀의 복부에 난 흉터를 만졌고 그녀는 서정적인 어조로 그에게 말했다.

"어렸을 때 맹장염에 걸렸는데 아파서 죽다 살아났어. 제때 병원에 못 가서 진짜 죽을 뻔하기도 했고."

그는 그 흉터의 약간 튀어나온 느낌이 약간 거슬렸지만 그녀의 설명을 듣고 나서 그것이 중요한 의미가 있다는 생각이 들었다. 루제라는 이름에 그것과 상응하는 사람이 있는 것처럼 그 흉터에도 그것과 상응하는 몸이 있는 듯했다. 그 흉터는 바로 그 몸의 은밀한 칭호로서 언어와 무관하면서도 실제로 존재하는 이름이었다. 그리고 그는 지금 이 시각, 그 이름을 손에 꽉 쥐고 있는 사람이었다.

"너는 왜 늘 그렇게 내 흉터를 만지는 거야?"

루제는 말하면서 그의 어깨를 힘껏 깨물었다. 그는 아파서 입이 벌어졌다.

"진짜로 깨물면 어떡해?"

그가 항의했다.

"나도 너한테 흉터를 남기려고. 나를 못 잊게 말이야."

루제가 흉악한 표정을 지어 보였다.

"네가 나한테 남긴 흉터는 이미 차고도 넘친다고."

그는 억울해하며 루제의 흉터를 더 세게 잡아 비틀었다. 루제가 꺅, 비명을 질렀다.

아득한 옛날에 그 흉터의 역사가 그로 하여금 그녀에 대한 사랑을 재확인하게 했다면, 지금 그의 느낌은 사뭇 달라졌다. 그는 제왕절개 분만 후 여자들에게 남는 흉터가 생각났고, 루제도 과거에 임신을 했었을 가능성이 생각났고, 막 지나간 루제의 산산조각 난 결혼 생활이 생각났고, 오랫동안 공허했던 자신의 삶이 생각났고, 정면으로 덮쳐오는 예측 불가능한 인간관계의 그물망이 생각났고, 십수 년간 겪은 좌절과 상처가 생각났고, 마음속 깊은 곳에서 메아리치고 있는 불치의 슬픔이 생각났다…….

그 흉터는 더 이상 그 몸의 은밀한 칭호가 아니라 삶이 다시는 원래대로 돌아갈 수 없다는 상징이었다. 그는 손에 힘을 빼고 살며시 그 흉터를 덮었다. 어쩔 수 없는 슬픔이 느껴졌다.

"여자친구 생겼지?"

루제가 불시에 질문을 던졌다.

그는 순간적으로 무한한 적막감에 사로잡혀 아무 생각도 할 수가 없었다. 물론 그것은 생각이 필요한 문제는 아니었다. 그는 한참만에 입을 열었다.

"응, 생겼어."

"뭐 하는 사람인데?"

루제는 옛날처럼 호기심을 보였다.

"중학교 선생이야. 국어를 가르쳐."

처음 그녀에게 그 허구의 여자친구를 묘사할 때 그의 마음이 복수의 쾌감으로 가득했다고 한다면, 지금 현실을 묘사하는 그의 마음은 씁쓸하기 그지없었다.

"또 나를 속이는 건 아니겠지?"

그녀가 장난스레 눈을 깜박거렸다.

"또 속인다는 게 무슨 뜻이야?"

"그 철학과 여자친구가 네가 지어낸 사람이라는 걸 아직도 인정 안 하는 건 아니겠지?"

"나는 그 철학과 여자친구가 고마워."

"고맙다고?"

"그래, 고마워."

그는 입술을 핥으며 일부러 뜸을 들이다가 말했다.

"그 애는 내 소설 쓰기 선생님이었거든."

"와, 너 계속 속이는 거야?"

"속이는 게 아냐. 어떻게 허구를 지어낼지 그 애가 나한테 가르쳐줬다고."

"얄미워 죽겠네."

그녀가 웃으며 손을 뻗어 그의 옆구리를 꼬집었다. 그는 아파서 소리를 질렀다.

"네 생각에, 우리 계속 같이 지내는 건 어때?"

그가 대단히 관심을 두고 있는 문제를 그녀가 물었다.

"솔직히 내 소설을 읽어본 적 있어?"

그가 말했다.

"소설에서 나는 무수히 그 문제를 다뤘어."

"네 소설은 죄다 비극이잖아!"

그녀가 소녀처럼 꺅, 소리를 질렀다. 하지만 곧 그녀의 안색은 무거워졌다. 농담을 하는 것 같지 않았다.

"소설은 어쨌든 일종의 가정일 뿐이야."

그는 얼른 그녀를 위로했다.

"그렇게 많은 소설을 썼지만 사실 내 이상적인 독자는 너 하나였어. 네가 읽고 나서 나를 마주하고 내 가정을 부정해주길 바랐어."

그는 말을 마치고 바짝 긴장했다. 지금 이 순간이 너무나도 중요하다는 것을, 앞으로 가정의 전제에 커다란 변화가 생기리라는 것을 의식했다.

"나는 네 가정을 부정할 수가 없어."

그녀의 이 말에 그는 등골이 오싹해졌다.

"하지만 네 가정을 긍정할 수도 없지."

그녀는 계속 말했다.

"너랑 함께 살아봐야 알겠어."

그 순간 그는 마음이 후끈 달아올랐다. 그의 소설에는 일찍이 없었던 가정이 출현했다. 그는 언제나 사랑하는지, 사랑하지 않는지를 가정했을 뿐, 두 사람이 함께하는 삶은 가정해본 적이 없었다. 아마도 사랑은 삶의 전제이고 그 전제도 해결되지 않았는데 삶을 이야기하는 것은 지나친 욕심이라고 생각했던 것 같다. 물론 그는 수도 없이 스스로를 반성했으며 자신이 너무 순진하고 유치하며 이상주의적이라고 생각했다. 하지만 그런 특성들을 잃으면 천진무구한 마음까지 잃고 만다는 생각도 들었다. 천진무구한 마음도 없이 어떻게 계속 글을 쓰겠는가? 그것은 수치스러운 일이라고 그는 생각했다. 지금 루제는 그와 함께 살겠다고 말했다. 그것은 너무나 매력적이고 또 너무나 예상을 뛰어넘는 생각이었다! 글을 쓸 때의 상상력을 총동원해도 그 명제를 통찰할 수 없었다.

"왜 그래? 무서운가 보지?"

루제가 웃었다.

"무서운 건 아니고, 그냥 나한테 너무 과분한 것 같아서."

"됐네요. 나는 네가 상상하는 것만큼 좋은 여자는 아니야."

그녀는 몸을 일으키고 앉아 무릎 위에 턱을 괸 채 고양이처럼 그를 바라보았다.

"잘 알잖아. 내가 얼마나 너를 마음에 두고 있는지."

그는 그 말을 하고 나서야 그것이 지금까지 자기가 루제에게 한 말 중에 가장 감동적인 말임을 깨달았다. 그 전에는 "내 여자친구가 돼줄래?"라는 한마디밖에 한 적이 없었다. 그 말은 사실 상당히 유치했고 그리 따뜻하지 않았을 뿐만 아니라 은근히 명령조이기도 했다.

"그 말 한마디면 충분해."

루제가 미소를 지었다.

"나는 진심이야."

그는 그녀를 꼭 껴안고 서로 몸을 기댔다.

그는 다시 한번 자기가 얼마나 나약한지 절감했다. 옛날에도 그 나약함 때문에 루제가 그 들개처럼 치근덕거리는 남자를 택했었다. 지금 그는 자기가 두 사람의 아름다운 미래의 청사진을 묘사한 뒤, 그녀에게 더없이 자신 있는 말투로 약속을 해줄 수 있기를 바랐다. 예를 들어 베이징으로 옮겨와 그녀와 함께 살면서 마치 딸처럼 그녀를 보살펴주고 또 그녀와 결혼하여 자식을 낳고 평생을 같이하겠다는 식으로 말이다. 하지만 그는 그런 생각들이 떠오르자마자 무력감을 느꼈다. 자기가 이 관계에서 철저히 병자로 전락하지 않을지, 슬픔이 사라지더라도 예민함까지 사라지지는 않을지 두려웠다.

"나가서 좀 안 걸을래?"

루제가 불쑥 고개를 들고 말했다. 그녀의 눈빛이 흥분으로 반짝거렸다.

"베이징의 겨울 추위를 맛보게 해줄게."

"네가 오기 전에 혼자 호텔 앞에서 잠깐 맛봤어."

그가 말했다.

"정말 오랜만의 느낌이더군. 정신이 확 들던걸."

"나랑 같이 맛보면 진짜로 정신이 확 들 거야!"

그녀가 미소를 지으며 말했다.

"가자. 좋은 데에 데려다줄게."

"이렇게 늦은 시간에 어디를 간다는 거야?"

"디탄地壇에."

"디탄?"

그는 어리둥절했다. 너무나 귀에 익은 이름이었다.

"스톄성史鐵生•이 쓴 「나와 디탄我與地壇」의 그 디탄을 말하는 거야?"

"맞아. 가보고 싶어?"

그녀는 벌써 옷을 입기 시작했다.

"그야 당연하지!"

그는 침대에서 벌떡 일어났다.

스톄성의 「나와 디탄」은 그와 루제가 매우 좋아하는 수필이었다. 문학에 관해 열띤 토론을 나누던 시절, 두 사람은 여러 차례 그 작품을 이야기했다. 당시 삶에 대해 아는 게 너무 없었던 그들은 그저 '공원 깊은 곳에 숨어 휠체어에 앉아 있던 그 사람'에게 감동받았을 뿐이었다. 삶에 관한 그 물음들은 대부분 그들에게는 일종의 수사일 뿐이어서 그것들을 자신의 삶을 향해 겨누

• 1951~2010. 중국 현대의 수필가이자 소설가. 이십 대에 척추 질환으로 두 다리가 마비되어 집에서 요양하며 작품 활동을 시작했다. 불구가 되어 앞날이 막막할 때부터 십오 년간 디탄 공원을 오가며 만난 사람들과, 자신의 삶에 대한 철학적 상념을 기록한 「나와 디탄」이 대표작이다. 디탄은 땅의 신에게 제사 지내는 제단이다. 베이징 북쪽에 있으며 이 제단을 중심으로 시민 공원이 조성되어 있다.

지 못했다. 그가 처음으로 진정한 의미에서 그 글을 읽고 이해한 것은 지난해 어머니의 장례를 치르고 난 뒤였다. 그 글에도 어머니에 관해 쓴 부분이 있다는 것이 생각나, 그 슬픈 시간에 일부러 다시 읽고 싶은 생각이 들었다. 그는 그 글을 찾아 천천히 읽었다. 스톄성은 어머니가 자신을 데리고 집에 돌아가려고 디탄 공원에 찾아온 일을 서술했다. 그때 그는 자신의 하반신 마비를 받아들일 수 없어서 공원 구석에 숨어 일부러 그녀를 외면했다. 나중에 그는 소설을 발표하고 작가가 됐지만 그의 어머니는 벌써 죽은 뒤여서 그를 자랑스러워할 수가 없었다. 이 사실이 그를 더 큰 고통에 빠뜨렸다. 이 부분까지 읽었을 때 그는 이미 눈물을 철철 흘리고 있었다. 삶의 막이 어떤 손에 의해 걷어지고 눈앞이 온통 어둠으로 뒤덮인 듯했다. 그가 지금까지 알고 있던 그 어떤 수사도 그곳에서는 쓸모가 없었다. 그는 스스로 그 어둠 속에 들어가 혼자 더듬어야 했다. 자기가 믿을 수 있는 것을 찾을 때까지. 그는 그 어둠 속에서는 믿음에 의지해 살 수밖에 없다는 것을 깨달았다. 믿음을 잃으면 어디나 다 절망뿐이었다. 하지만 문제는 그가 도대체 무엇을 믿어야 하느냐는 것이었다. 그는 루제를 믿을 수 있을까? 루제에게 그 고통과 근심과 해결할 길 없는 절망을 이야기할 수 있을까? 그녀는 그가 바라는 대로 그를 위로하고 그녀 자신의 은밀한 고통을 이야기할 수 있을까?

그는 묵묵히 옷을 입으며 한마디 말도 하지 못했다.

그와 루제는 말끔히 옷을 차려입고 거리로 나섰다. 찬바람이 살을 에듯 불고 기온도 이번 겨울 최저치에 근접했다. 그는 이번에는 준비를 단단히 해서 제일 두꺼운 외투를 입었지만 삼십 초도 안 돼서 뺨과 귀가 얼얼해졌다. 어쩔 수 없이 두 손을 비벼 귀를 덮었다.

"춥지?"

루제가 웃으면서 물었다. 그는 이를 악물고 말했다.

"시원하군! 우리 빨리 좀 걷지?"

"그러자!"

루제는 외투에 달린 모자를 쓰고 꼼꼼히 머리를 감쌌다. 그 모습이 꼭 에스키모인 같았다.

"정말 철저하군!"

그는 그녀가 거의 부럽기까지 했다.

"당연하지. 나는 지금 진짜배기 북방 사람이라고!"

루제가 말했다.

"너랑은 달라. 너는 추위가 무서운 남방 사람이 됐잖아."

그는 큰 소리로 웃었다. 남방의 습한 무더위가 그의 머릿속을 스쳤다. 남방에 있던 그 루제와 북방에 있는 이 루제는 마치 같은 사람이 아닌 듯했다.

길거리에는 사람이 별로 없었지만 사거리의 노점상들은 그래도 천막을 치고 뜨끈뜨끈한 야식을 준비하고 있었다. 그는 믿을 수 없어서 그녀에게 물었다.

"와서 먹는 사람이 있어?"

"물론이지."

그녀가 말했다.

"그뿐만이 아냐. 네가 상상하는 것 이상으로 손님이 바글바글해."

그가 못 믿겠다는 표정을 짓자 그녀는 그의 팔을 잡아당기며 말했다.

"그러면 돌아올 때 우리도 여기서 뭘 먹는 게 어때?"

"그것 참 좋은 생각이네."

그는 추위가 한결 덜 느껴졌다.

그들은 어느 휘황찬란한 호텔 앞을 지나쳤다. 그는 추위 속에서는 호화로운 것일수록 쓸쓸해 보이고, 작고 소박한 것, 예를 들어 낡은 골목의 닫힌 문짝이나, 문 닫힌 구멍가게의 침침한 불빛 같은 것은 거꾸로 따뜻하고 친근해 보인다는 것을 처음 깨달았다. 그가 그 느낌을 얘기해주자 그녀는 잠시 침묵을 지키다가 마치 큰 결심을 한 것처럼 그에게 말했다.

"나는 네가 그동안 발표한 작품을 다 봤어. 너는 대단한 작가야."

그 말 한마디에 그는 격렬하게 가슴이 뛰었다. 알고 보니 그 오랜 세월 그녀는 시종일관 그의 작품에 관심을 가졌던 것이다.

자존심 강한 루제가, 그를 훌륭한 작가라고 인정해준 것은 결코 쉬운 일이 아니었다. 그는 평소에 글을 쓸 때 루제가 떠오르면 괜히 부끄러워지곤 했다. 자기가 그녀의 꿈을 빼앗고 또 그녀를 대신해 글을 쓰고 있는 것 같았다. 그래서 그는 그녀의 그 침묵에 내포된 복잡한 심정을 이해할 수 있었다. 십 년이 흐르고 나서 그녀가 해준 이 말은 마치 열쇠처럼 그의 마음의 자물쇠를 열고, 또 옛날에 이미 먼지구덩이가 돼버린 꿈의 거처도 열었다.

"고마워. 가끔 나는 네 분신일 뿐이라는 생각이 들어."

그는 웃으면서 말했다.

"소설을 쓰는 분신 말이야."

"나를 너무 치켜세우지 말아줘. 이제 나는 내 자신을 정확히 아니까. 나는 작가가 될 수 없어. 우선은 속마음을 드러낼 용기가 없거든. 어둡고 추악한 쪽으로는 특히 더. 남들이 나를 꿰뚫어볼까 너무 무서워. 그다음으로는 언어적 능력이 너무 보통이야. 너만큼 정확하지 못해."

그는 깜짝 놀랐다.

"너무 조리 있게 얘기하잖아. 오래 생각했나 보지?"

"그렇게 오래는 아니야. 칠팔 년 정도?"

그녀가 크게 웃었다.

"납득이 되자마자 결혼했지. 부자한테 시집을 갔어."

그녀의 솔직함에 감동한 그는 자기도 모르게 오른팔을 뻗어 찬바람 속에서 그녀를 꽉 끌어안았다.

그때 그는 디탄 공원의 문을 보았다. 그것은 너무 볼품이 없어서 옆문인 게 틀림없었다. 안으로 들어가니 드문드문 서 있는 가로등이 모든 것을 시커먼 그림자로 보이게 했다. 마치 오래전 그 해변의 밤처럼 현실감이 들지 않았다.

"스톄성은 보통 어디 앉아 있었지?"

그가 물었다.

"그건 나도 모르지. 아마 어디든 다 머물렀을 것 같아. 그 사람 글을 보면 수십 년 동안 틈만 나면 여기 와서 마음을 가라앉혔다고 하니까."

"그러면 지금 그 사람의 기운이 우리를 감싸고 있겠군."

"이상한 소리 좀 하지 마, 무섭잖아."

루제가 그의 호주머니에 손을 넣어 그의 손을 꽉 잡았다.

하지만 그는 무섭지 않았다. 스톄성을 생각하면 무척 친근감이 들었다. 스톄성이 그토록 오래 고민했던 문제를 그도 지금 이어서 고민하고 있었고 역시 마찬가지로 답은 없었다.

"다른 얘기 좀 해봐. 너무 조용해."

루제가 말했다.

"너, 그 일에서 완전히 벗어난 거야?"

그 침침한 곳에서 그는 비로소 그 질문을 할 용기가 났다.

"지금 내가 가장 하고 싶은 일이 뭔지 너는 아니?"

그녀는 그의 질문에 답하지 않고 거꾸로 그에게 물었다.

"몰라. 얘기해줘."

"시간만 있으면 베이징 대학에 가서 여러 가지 수업을 청강하고 싶어. 내가 가장 듣고 싶은 수업은 페미니즘 이론이야."

"뭐라고? 너, 페미니스트가 된 거야?"

그는 소리 내어 웃었다.

"아직 그 정도까지는 아니야. 그냥 내 운명을 똑똑히 본 것뿐이지."

"내 생각에 요즘 여자들은 남자에 대한 요구가 너무 높아. 예를 들면 집도 있어야 하고, 차도 있어야 한다고 하지. 여성의 지위도 낮지는 않아."

그는 장난기 어린 어조로 말했다.

"그게 바로 여자의 지위가 낮다는 걸 설명해주지. 물질에 대한 요구는 사실 권력을 거세당한 결과거든. 결국 여자들은 자신을 물질의 일부로 간주하게 된 거야. 여성의 권리는 결코 남녀평등 같은 것만이 아니야. 서로 공모해서 인간을 내리누르는 모든 권력체계에 저항해야만 해."

그녀의 말투가 격렬해졌다.

루제가 그렇게 심각한 철학적 문제를 논하는 것을 처음 들었기 때문에 그는 낯설고 놀라웠다. 이 여자는 도대체 어떤 여자일까? 그녀는 또 한 번 그의 예상을 벗어났다.

"그건 네가 수업에서 배운 이야기야?"

그가 물었다.

"내 삶이 내게 해준 이야기야. 실패한 내 결혼이, 감옥에 다녀온 우리 아빠가 해준 이야기이기도 하고."

그녀는 말을 마치고 한껏 숨을 내쉬었다. 지난 십 년간 쌓인 울분을 다 토해내는 것 같았다. 그는 희미한 불빛 아래 그녀의 하얀 입김이 연기처럼 검은 어둠 속으로 사라져가는 것을 보았다. 그 아득했던 해변의 밤이 떠오르며 그녀의 성숙의 무게가 느껴졌다. 그 무게는 탄알처럼 그에게 명중되어 순간적으로 그의 마음속에 그녀에 대한 사랑의 감정이 넘실거리게 했다.

"시인 예이츠가 평생 쫓아다니고도 구애에 실패한 모드 곤이라는 여자가 생각나. 그녀는 혁명가였지."

그는 자기도 모르게 말했다.

"그쯤 해두지. 설마 네가 예이츠라는 거야?"

그녀는 그의 손을 꼬집었다.

"하하!"

그는 크게 웃었다.

그들은 붉은색 담장을 따라 오래된 홍갈색 나무문 앞까지 갔다. 루제가 말했다.

"이 문 뒤에 진짜 제단이 있어. 방택단方澤壇이라고 하지. 저녁에는 개방을 안 하니까 이 문틈으로 들여다봐야 해."

그는 루제의 지시에 따라 문에 난 창살을 통해 그 안을 들여다보았다. 까맣고 육중한 패방牌坊(문 없는 대문 모양의 기념 건축물) 세 채가 눈에 들어왔다. 패방 끝부분의 높이 들린 처마가 괴물의 머리에 난 큰 뿔 같았다. 그는 어떤 신비한 두려움이 느껴져 얼른 목을 움츠렸다.

그가 아직 정신을 못 차리고 있을 때 루제가 갑자기 무슨 생각이 났는지 그에게 물었다.

"아 참, 내가 준 선물 봤어?"

"못 봤어."

"아직 못 봤다고?"

그녀가 믿기 어렵다는 듯이 또 물었다.

"왜? 못 찾았어?"

"찾긴 했지."

그는 솔직히 말했다.

"그런데 상자를 열 용기가 없었어."

"이 겁쟁이!"

그녀는 혼란스러워하며 말했다.

"그러면 영원히 열지 마."

"응. 나도 그럴 생각이야. 영원히 안 열 거야."

그는 심각하게 말했다. 하지만 루제는 자신을 어린아이 같다고 생각하리라는 것을 알고 있었다.

과연 그녀는 깔깔 웃으면서 말했다.

"알았어. 네가 지금 한 말, 꼭 기억해둘게."

그는 천천히 고개를 끄덕였다. 마치 결심을 굳히고 그 비밀을 자신의 삶 속에 감춰두려는 듯했다. 이때 루제가 막 무슨 말을 하려고 했다. 그런데 갑자기 멀지 않은 어둠 속에서 누가 경극京劇 대사를 외치면서 간간이 "껄껄껄!" 하고 너털웃음까지 터뜨렸다. 그들은 깜짝 놀라 눈을 마주치고는 어둠 속에서 서로 동물처럼 바짝 몸을 기댔다. 찬바람이 거세지고 어둠도 깊어지고 있었다. 그는 자신과 루제가 너무나 외로우며 주변 환경과 뚜렷하게 구분되어버렸다는 생각이 들었다. 그리고 바로 그 순간 자기가 디탄 공원에, 베이징의 시내에, 중국의 북방에, 세계의 북반구에 그리고 부유 상태의 지구 표면에 서 있고 차가운 밤하늘의 밝은 달이 점점 더 자신과 가까워지고 있음을 더없이 분명하게 인식했다.

그는 문득 자신과 사랑하는 루제가 대지에게 제사를 지내는 문 뒤의 그 방택단 위에 남겨진 제물이 아닐까 생각했다.

후기

이야기가 없는 사람

어려서부터 나는 이야기 듣는 것을 좋아했다. 아마도 이야기 듣는 것을 싫어하는 아이는 없을 것이다. 나는 운이 좋았다. 내 할아버지는 머릿속에 이야기가 한가득인 사람이었기 때문이다. 한때 나는 사람이 일정한 나이가 되어 경험이 많아지면 자연히 이야기도 많아질 것이라고 생각했다. 하지만 현실은 그렇지 않았다. 내 아버지만 해도 아직까지 이야기를 하실 줄 모르거나 이야기를 하실 마음이 없다. 요즘 아버지는 내 어린 조카를 앞에 두고 어린 시절의 내게 그랬듯 '옛날에 말이야'라는 말로 입을 떼고는 길게 소리를 늘이고서 그 자신도 잘 모르는 일을 이야기하시곤 한다. 아버지의 목적은 이야기 자체에 있어본 적이 없었다. 아이를 달래 재우는 데 있었다. 그런데 그 수법은 늘 효과가

만점이었다. 무미건조한 이야기를 견딜 수 있는 아이는 없기 때문이다.

할아버지가 해주시던 이야기는 두 가지였다. 하나는 책에 나오는 이야기였다. 그중에 내가 가장 좋아한 것은 춘추시대 협객의 이야기였다. 다른 하나는 할아버지가 직접 겪으신 이야기였는데 아직까지 잊기 힘든 것들이 많다. 항일전쟁 이야기, 칭하이성青海省에서 비적을 토벌하던 이야기, 우파 이야기 등이었는데 지금도 가끔씩 떠오르고 마치 내가 그 이야기들 속에 있는 듯하다. 내가 글을 쓸 수 있었던 것은 늘 할아버지의 이야기를 듣고 자란 것과 관계가 깊다. 그때 나는 어린아이였지만 이미 어렴풋이 인식하고 있었다. 인간의 삶은 끝없이 풍부하며 언어로 보존해 다른 사람도 체험하게 할 수 있다는 것을. 그것은 내게 대단히 중요한 발견이었다. 내 삶의 경험에서 얻은 최초의 깨달음이었다.

하지만 나는 현실적인 세계에서 살아가야 했다. 남들처럼 어려서부터 어른이 될 때까지 교육의 규칙에 적응하며 이 세상에 발붙일 곳을 마련하려 애썼다. 그 기나긴 세월 글쓰기는 내 꿈이 아니었다. 감히 그런 사치스러운 꿈을 갖기 어려웠다. 내 꿈은 그저 독서에 그쳤다. 현실 밖에 머무른 채 아무것도 묻거나 관여할 필요 없는 그런 독서면 족했다. 그런데 그런 꿈도 마찬가지로 사치스러운 축에 속했다. 인간이 걸어다니는 나무라면 세상의 바람은 한순간도 쉬지 않고 그것을 흔들어댄다. 싹이 나고 가지가 뻗는 기쁨, 꽃이 피고 열매가 맺히는 만족감, 가지와 잎이 꺾이고 떨어지는 고통, 이 모든 것을 느낄 때마다 나는 새삼 할아버지의 이야기가 떠오르곤 했다.

내가 할아버지의 이야기를 좋아한 것은 그 이야기들에 신비로움이 가득했기 때문이다. 글을 쓰기 시작한 뒤로 나는 거듭 스스로에게 묻곤 했다. 내 이야기를 좋아해줄 사람이 있을까? 내 이야기에는 신비로움이 없는데도? 심지어 나는 이야기가 없는 사람이라고 해도 무방하지 않은가? 하지만 그럼에도 불구하고, 이야기가 없는 나는 여전히 말에 대한 갈증이 있었으며 누군가 내 말을 통해 자신의 삶의 체험을 되살릴 수 있기를 바랐다. 이런 곤경 속에서 나는 이야기를 만들어내는 수밖에 없었다. 훗날 "소설의 탄생지는 고독한 개인이다"라는 발터 벤야민의 말을 읽고서야 나는 내가 이해받았다는 느낌을 받았고 더는 내 자신의 고독 속에 맺힌 그 상상들 때문에 놀라고 불안해하지 않게 되었다. 그리고 더더욱 글쓰기는 고독하고 희망 없는 일인 동시에 무한한 희망으로 가득한 일이라는 생각이 들었다.

소설은 바로 삶이다. 소설과 삶이 가장 가까운 점은 이 양자의 객관적이면서도 주관적인 시간적 속성에 있다. 한편으로는 무한한 과거와 무한한 미래가 모두 호흡하며 글을 쓰고 책을 읽는 이 순간에 교차해야 하며 그러고 나서는 시간의 자연스러운 흐름에 따라 의미의 공간이 생겨나고 인류의 풍부한 정신적 속성이 거듭 이야기된다. 다른 한편으로 소설과 삶은 또한 '이 순간'이라는 울타리를 벗어날 수 있다. 무한한 과거와 무한한 미래가 마치 씨앗처럼 눈앞의 순간에서 자라나고 뻗어나갈 수 있다.

이는 무엇을 의미하는가? 나는 이것이 인간의 자유를 의미한다고 말하고 싶다.

인간의 본질과 관련해서 자유는 가장 중요한 것이다. 바로 인간의 자유가 소설을 상상의 언어예술이 되게 한다. 소설은 언어로 삶을 보전할 수 있을 뿐만 아니라 언어로 삶을 창조할 수도 있다. 그 창조 과정에서 삶의 또 다른 공간이 열리고 이에 힘입어 삶의 가능성도 충분히 드러난다. 소설이라는 예술을 통해 우리는 인간의 삶이 결코 불변의 확정된 그 무엇이 아니라 빚어내고, 바꾸고, 분별할 수 있는 원천의 살아 있는 물임을 깨닫는다.

소설이라는 예술은 언어의 예술이지만 절대로 언어의 공중누각이 아니며 소설과 문화의 관계는 우리의 일반적인 생각을 훨씬 뛰어넘는다는 점에 주목할 필요가 있다. 나는 소설을 읽으면 읽을수록 인류의 모든 성숙한 문명이 그 발전의 후기에 이르렀을 때 약속이라도 한 듯 소설이라는 예술을 택해 자신을 서술했다는 사실에 경악하곤 한다. 예컨대 시를 문학의 정통으로 삼았던 중국 문명도 명나라와 청나라 시대에 그토록 많은 위대한 소설을 탄생시키지 않았던가. 우리는 옛날 중국에서 소설이 우아하지 못한 글로 간주되었을 뿐만 아니라, 저잣거리의 사악하고 음란한 이야기로 취급받았음을 잘 알고 있다. 그런데도 그토록 빛나는 경지에 올라 우리를 깊은 사유로 이끌 만한 가치를 획득한 것이다. 여기에는 단지 정치적·사회적 환경 같은 객관적 요인만이 있는 것이 아니다. 인간의 심적인 추구와 더불어 특히 문명의 동기를 가늠해볼 만하다.

지금 이 시대에는 진정으로 신비한 이야기가 이미 사라졌다. 신비한 이야기가 모두 영화와 텔레비전과 인터넷 같은 매체에 모여 그 신비로움의 심오한 비밀이 거의 소진되었기 때문이다. 내가 존경하는 작가 모옌莫言이 '이야기하는 사람'이라고 스스로를 정의한 것은 아무리 말해도 결코 바닥나지 않는 이야깃거리들을 갖고 있기 때문이다. 단지 가오미高米라는 둥베이東北 지역의 시골 마을 이야기만으로도 그는 평생을 보낼 수 있다. 하지만 그가 속한 '신비한 이야기의 시대'는 지금 속절없이 시들어가는 중이다. 시인 예즈葉芝는 벌써 백 년 전에 오늘날까지 우리를 불안하게 만드는 시구를 지은 적이 있다. "모든 것이 사방으로 흩어져, 더는 중심을 지킬 수 없네." 그로부터 백 년 뒤, 서양뿐만 아니라 인류 전체의 문화생활이 변화를 가속화하는 심해의 소용돌이 속에 빠졌고 누구도 그 끝이 어디인지 모른다.

신비한 이야기가 이미 사라진 탓에, 은유적으로 말하자면 우리는 모두 이야기가 없는 사람이 돼버렸다. 이야기가 없는 사람은 결코 이야기를 못하는 사람이 아니라, 더 높은 효율로 공장에서 찍어내듯 이야기를 만드는 사람이다. 아마도 첨단 기술의 발전에 따라 소프트웨어로 이야기를 '제작'하는 것 역시 이제는 상상 밖의 일이 아니게 되었다. 하지만 코카콜라의 비방처럼 그렇게 대량으로 주문 제작되는 이야기들은 인간의 마음과 영혼, 심지어 삶 그 자체와 더욱 멀어진다. 우리는 어떻게 자신을 이야기해야 하는가? 우리는 시대의 저 흩어진 모래알들을 한 사람의 형상으로 응집시킬 수 있을까? 우리는 문명의 저 깊은 곳에서 부르는 소리를 들을 수 있을까?

이런 물음들이 바로 오늘날의 소설이 직면한 전대미문의 도전이다.

나는 이런 물음들의 답을 모른다. 내가 아는 것이라고는 카뮈의 어떤 말이 오랫동안 나를 뒤흔들고 있다는 사실뿐이다. "이십 년에 걸친 황당한 역사의 전개 과정에서 나는 망연자실했고 수많은 내 동년배처럼 격렬한 시대적 혼란 속에서 그저 어떤 감정에 의지해 불안하게 스스로를 지탱했다. 그것은 글쓰기의 영광이었다. 글쓰기가 영광스러운 것은 그것이 어느 정도 뭔가를 감당하고 있으며 그것이 감당하는 것이 단지 글쓰기 그 자체만은 아니라는 데 있다. 그것은 내가 내 방식으로, 내 힘에 의지해, 이 시대의 모든 사람과 함께 우리가 공유하는 불행과 희망을 감당하게 만든다."

오늘날의 글쓰기도 마찬가지로 우리가 공유하는 불행과 희망을 감당해야만 한다. 오늘날의 작가도 마찬가지로 역사의 어둠 속에서 건네진 등불을 받아 계속 전달해야만 한다. 글쓰기의 영광이 곧 도래할 시대를 밝힐 때까지.

2015년 5월 25일

옮긴이의 말

이야기 없는 시대의 이야기꾼

1

재작년 여름, 나는 '중국문화번역연구네트워크'라는 중국 문화단체의 초청을 받아 7박 8일간 그 단체가 진행하는 세미나 프로그램에 참여했다. 그 프로그램은 전 세계의 중국 도서 관련 번역자와 출판인들을 한자리에 모아 정보의 교류를 꾀했는데, 그 중 한 행사로 베이징의 외국어교육연구출판사를 견학하는 일정이 있었다. 그때 외국어교육연구출판사는 자신들이 출판한 대표 도서들을 소개하는 자리를 기획했고 나는 그 자리에서 처음으로 '왕웨이롄'이라는 이름을 접했다. 왕웨이롄은 외국어교육연구출판사에서 나온, '중국 1980년대생 대표 작가 선집'의 표제작 「소금이 자라는 소리를 듣다」의 작가로 소개되었다.

사실 이때까지만 해도 나는 그의 존재에 대해 별로 관심이 없었고 큰 기대도 없었다. 이른바 '중국 1980년대생 작가들'에 대한 기존 이미지가 별로 안 좋았기 때문이다. 그때까지 한국에 소개된 중국 1980년대생 작가로는 궈징밍, 한한, 장웨란, 디안 등이 있었지만 장르소설이나 성장소설에 치우친 대중작가들이어서 나로서는 그리 순문학적 역량을 느끼지 못했다. 하지만 「소금이 자라는 소리를 듣다」라는 제목의 매력만은 인정할 수밖에 없었다. 이 제목이 뜻하는 바는 무엇일까? 어떤 스토리이기에 이런 제목을 붙인 것일까? 나는 계속 신경이 쓰였고 그래서 역시 「소금이 자라는 소리를 듣다」가 표제작인 왕웨이롄의 중단편집을 따로 구해 며칠 뒤 호텔방에서 뒹굴며 읽기 시작했다.

나는 뜻밖에 「소금이 자라는 소리를 듣다」의 신비로운 분위기에 빠져들었고 곧바로 다음 단편인 「책물고기」 읽기에 돌입했다. 책을 읽는 자세도 점점 진지해져, 어느새 누워 있던 몸을 일으켜 의자에 바짝 등을 붙이고 앉아 탁자 위에 책을 펼쳤다. 「책물고기」는 「소금이 자라는 소리를 듣다」와는 또 딴판으로 스타일이 기발하고 유머러스했다. 나는 참을 수가 없어 계속 키득키득 웃었다. 그런데 그때 마침 세미나 프로그램에 함께 참여하고 있던 글항아리 출판사의 강성민 대표가 옆에 있었다. 강 대표는 내가 웃는 이유를 캐물었다.

"뭐예요, 혼자만 웃지 말고 이야기 좀 해줘요."

나는 아쉬워하며 책장을 덮고서 그에게 내가 읽은 그 두 단편 소설의 스토리를 찬찬히 이야기해주었다. 강 대표는 정신을 집중해 시종일관 흥미진진하게 내 이야기를 다 듣고는 갑자기 "심봤다!" 같은 말투로 "우리 이 책 냅시다!"라고 소리쳤다. 그렇다. 왕웨이롄의 그 중단편집은 이렇게 번갯불에 콩 볶아 먹듯이 후다닥 한국어판 출간이 결정되었다. 나는 한국에 돌아가자마자 중국 출판사에 저작권 오퍼를 넣었고 중국 출판사 담당 편집자는 반색을 하며 썩 좋은 조건으로 계약에 동의해주었다. 모든 인간에게 운명이 있듯이 한 권의 책도 마찬가지로 나름의 운명이 있다. 왕웨이롄과 그의 대표 중단편집 『책물고기』는 이렇게 우연과 필연이 교차하는 어느 한 지점에서 운명적으로 한국어판으로서의 새 생명을 부여받았다.

2

왕웨이롄은 1982년생으로 만 35세의 젊은 작가이지만 2007년 중편 「불법 입주」로 등단한 이후 10년 동안 장편 한 권과 중단편 40여 편을 발표하며 활발한 창작 활동을 이어왔다. 그런데 특이하게도 그는 원래 이과를 전공한 학생이었다. 처음에 광저우 중산대학교 물리학과에 입학했다가 인류학과로 전공을 바꾸었으며 석사 때 또 중문과로 방향을 전환해 박사를 마쳤다. 자신의 이런 독특한 학력에 대해 그는 2016년 잡지 『10월』과의 인터뷰에서 "물리학은 자연의 법칙을 연구하는 과학이고 인류학은 인류문화의 모델을 연구하는 학문인데, 그것들을 통해 저는 이 세계의 본질에 대해 더 흥미를 느끼게 되었습니다. 그래서 저는 글을 썼으며, 또 겉만 화려한 표면을 꿰뚫고서 정신의 내핵이 존재하는 더 심오한 곳에 이를 수 있기를 바라게 되었습니다"라고 밝혔다. 이 발언을 통해 우리는 그가 글을 쓰게 된 동기가 사뭇 형이상학적이었음을 추론할 수 있는데, 실제로 그는 같은 인터뷰에서 "지금 저는 단순한 수사의 쾌락에서 일찌감치 멀어져 언어의 가능성과 사상의 가능성을 더 중시합니다. 세상이 아무리 화려하고 눈부셔도 저는 여전히 굳게 믿고 있습니다. 언어의 힘과 기호의 힘은 인류의 어떤 심층적인 본질에 다다를 수 있다고 말입니다"라고 하여, 자신의 글쓰기가 언어와 사상의 힘을 통해 '인류의 심층적인 본질'에 다다르려는 여정임을 분명히 했다.

나는 일상의 지엽적인 사물과 얕은 감수성에 빠져 허덕이거나 상업주의 문학의 얄팍한 주문을 처리하느라 바쁜 오늘날의 젊은 중국 작가들 사이에서 이런 터무니없는 야심을 가진 작가가 아직 남아 있을 줄은 몰랐다. 더구나 그의 형이상학적 지향은 단지 사변적인 글쓰기로만 흐르지도 않았다.

새로운 세기로 접어든 지난 15년간 여러분은 우리의 일상생활에 얼마나 거대한 변화가 일어났는지 발견했을 겁니다. 한 작가가 인류의 지난 역사를 총체적으로 파악하지 못하고 그 역사의 추세를 예리하게 판단하지 못한다면, 또 일상생활을 통찰하여 그런 변화를 포착해 글로 써낼 능력이 없다면 그가 쓴 글은 금세 사라지고 말 겁니다. 이 혼란하고 예측하기 힘들면서도 생기발랄한 역사적 전환기에는 더더욱 그럴 겁니다.

왕웨이롄은 이상, 역사, 기억, 미美, 정신적 근원 같은 근대소설의 형이상학적 모티프를 자기 작품의 주제로 받아들이되, 그 주제를 형이하학적인 일상의 배경과 서사 속에 흥미로우면서도 함축적으로 담아내는 전략을 충실히 수행한다.

「소금이 자라는 소리를 듣다」는 동료의 죽음으로 인한 정신적 트라우마에 시달리는 한 공장 직원의 이야기이지만 그 내면에는 순수한 아름다움에 대한 지향과 좌절이라는 주제가 도사리고 있다. 「책물고기」도 단지 신비한 책벌레의 출현으로 인해 벌어지는 우스꽝스러운 우화인 것 같아도 현대적 삶의 탈신비성이라는 묵직한 문제가 뒤에 숨겨져 있다. 구구절절한 로맨스로만 보이는 「베이징에서의 하룻밤」도 마찬가지다. 이 긴 중편소설에서 작가의 관심은 글쓰기의 의미와 작가의 정체성이라는 거창한 문제의식에서 한순간도 멀어지지 않는다.

더 흥미로운 것은 이 책에 담긴 다섯 편의 중단편에서 볼 수 있듯이 그의 작품이 동일한 스타일의 중복이나 교묘한 변주 없이 저마다 강한 개성을 갖고 있다는 점이다. 이에 대해서 왕웨이롄은 "내 생각에 작가는 스타일을 창조하지 못한다. 정반대로 스타일이 작가를 창조하고 있다. 바꿔 말해 작가의 스타일은 그가 선택할 수 없는 예술적 운명일 것이다. 그래서 내게 스타일은 아마도 내가 피하려고 하는 것이다. 작가는 자신의 스타일을 피할수록 더 멀리 나아갈 수 있다"라고 답을 제공한다. 젊은 작가답게 그는 "스타일은 내가 표현하려는 내용에 기여하는 것이어야 한다"는 입장을 고수하면서 절대로 고정된 특정 스타일을 전유하며 그것에 머무르려 하지 않는다. 이 점에 대해서는 누구든 이 책을 읽고 나면 예외 없이 동감하게 될 것이다. 왕웨이롄의 작품세계는 현재도 끊임없이 증식 중이며 그 증식의 방향은 밖으로 무한히 열려 있다.

이 책의 저자 후기에서 왕웨이롄은 "우리는 모두 이야기가 없는 사람이 돼버렸다"고 말하면서 "이야기가 없는 사람은 결코 이야기를 못하는 사람이 아니라, 더 높은 효율로 공장에서 찍어내듯 이야기를 만드는 사람이다"라고 규정한다. 이 발언은 갖가지 서사가 대량으로 생산되고 소비되는 오늘날의 문화에 대한 적절한 비유다. 인터넷 뉴스의 저널리즘 서사, 웹툰과 웹소설 그리고 여기에서 파생된 드라마 서사까지 우리는 그야말로 서사의

홍수에 휩쓸리며 살아가지만 그 서사들 대부분은 스테레오타입에 따라 주문 생산되고 일회용으로 소비되어 사라져버린다. 우리 삶 자체를 진실하게 이야기하여 마음과 영혼에 깊은 감동을 주는 '영원한 이야기'는 극히 드물다. 아마도 그런 이야기는 우리 시대의 희망과 불행을 전달하게 마련인데, 우리는 보통 그 희망과 불행을 직면할 용기가 없어서인 듯하다. 사실상 오늘날 서사의 공장에 대량 주문을 넣는 주체는 '빅 브라더'가 아니라 우리 자신인 것이다.

왕웨이롄은 '이야기 없는 시대의 이야기꾼'이다. 그가 써내는 이야기는 정해진 일련 공정에 따라 찍혀 나오는 스낵형 이야기가 아니라 글쓰기 고유의 책무에 충실한 '영원한' 이야기다. 나는 이 책을 보고 우리의 많은 독자가, 나아가 언제나 글쓰기의 새로운 세계를 탐색하는 우리 작가들이 신선한 충격을 받을 수 있기를 바란다.

책물고기

1판 1쇄	2018년 10월 12일
1판 2쇄	2021년 3월 22일

지은이	왕웨이롄
옮긴이	김택규
펴낸이	강성민
편집장	이은혜
편집	곽우정
마케팅	정민호 김도윤 최원석
홍보	김희숙 김상만 함유지 김현지 이소정 이미희 박지원

펴낸곳	(주)글항아리 | 출판등록 2009년 1월 19일 제406-2009-000002호
주소	10881 경기도 파주시 회동길 210
전자우편	bookpot@hanmail.net
전화번호	031-955-2696(마케팅) 031-955-1936(편집부)
팩스	031-955-2557

ISBN 978-89-6735-552-4 03820

글항아리는 (주)문학동네의 계열사입니다.

잘못된 책은 구입하신 서점에서 교환해드립니다.
기타 교환 문의 031-955-2661, 3580

geulhangari.com